本书由滨州学院学术著作出版基金资助

编译文库

教育

白花丽 著

新文化运动时期文学教育思想研究

Research on literary education thought in the period of
New Culture Movement

中央编译出版社
Central Compilation & Translation Press

图书在版编目（CIP）数据

新文化运动时期文学教育思想研究／白花丽著． —北京：中央编译出版社，2023.10（2025.4 重印）
ISBN 978－7－5117－4502－6

Ⅰ.①新… Ⅱ.①白… Ⅲ.①文学—教学思想—研究—1915-1927 Ⅳ.①I206.6

中国国家版本馆 CIP 数据核字（2023）第 196019 号

新文化运动时期文学教育思想研究

责任编辑： 周雪凝
责任印制： 李　颖
出版发行： 中央编译出版社
地　　址： 北京海淀区北四环西路 69 号（100080）
网　　址： www.cctpcm.com
电　　话： (010) 55627391（总编室）　　(010) 55627312（编辑室）
　　　　　 (010) 55627320（发行部）　　(010) 55627377（新技术部）
经　　销： 全国新华书店
印　　刷： 三河市华东印刷有限公司
开　　本： 710 毫米×1000 毫米　1/16
字　　数： 206 千字
印　　张： 11.5
版　　次： 2023 年 10 月第 1 版
印　　次： 2025 年 4 月第 2 次印刷
定　　价： 85.00 元

新浪微博：@中央编译出版社　　　　微　信：中央编译出版社(ID: cctphome)
淘宝店铺：中央编译出版社直销店(http://shop108367160.taobao.com) (010) 55626985

本社常年法律顾问：北京市吴栾赵阎律师事务所律师　闫军　梁勤
凡有印装质量问题，本社负责调换，电话：(010) 55626985

自 序

教育是立国之本，文学是立人之道。新文化运动时期的教育整体上以"培养健全人格、发展共和精神"为教育宗旨。在此宗旨的指导下，教育得到了较普遍的新发展：在教育价值取向上，尊重人的人格、个性；在教学方法上，以自主、自动取代灌输、强制；在教育管理上，强调教育独立、教师自治等。这一时期的文学用崭新的表述方式表现社会的现实与人的精神，直逼人性深处，关注人类命运。兼得教育与文学发展之利的文学教育，在教育理论和教学实践等方面都取得了巨大的进步。

本书在研究中采用文献研究和多学科交叉研究等方法，通过分析清末至民国的社会思潮、文学思潮、教育制度、课程形态等，研究1915—1927年的文学教育思想。结合有"中国的文艺复兴"之称的新文化运动的主题和诉求，探寻文学教育的思想发展与社会、文学、教育的发展之间的关系，从教育目的观、对象论、内容观、方法论等方面论述该时期的文学教育思想，并结合当今时代发展情况，探寻新文化运动时期文学教育思想对当今教育的启示。内容主要包括六个章节。

第一章对20世纪初期中国文学教育思想发展的背景进行梳理。清末民初以来，中国社会的转型、思想启蒙与救亡图存的时代思潮等社会因素是其发展的外部原因；"经世致用"思想的持续发展和"纯文学"思想的萌芽等文学思想自身的发展，以及西式教育的推广、文学学科的独立，是其发展的内在动力。

第二章论述新文化运动时期文学教育的思想指向。这一时期文学教育的根本目的是以现代的精神"立人"，让人成为独立、自由、有个性的人。对当时的文学家、教育家来说，对"人的发现"不仅仅意味着对人性的关注，还含有思想启蒙等"实用"的成分。新文学作品中对国民劣根性的批判、对人的自然欲望的肯定、对"超人"的热切呼唤等都是"立人"这一目的的不同反映，其目的都是以文学塑造新的国民人格，改造民族气质，改变中国人的精神品格。鲁迅、蔡元培和陈独秀等人的观点虽各有特色，但又异曲同工，都是文学"立人"

目的观的不同表现。

　　第三章从文学教育的目的定位出发，阐述这一时期的文学教育对象论。新文化运动"人的发现"中非常重要的一个方面是"儿童的发现"，在这一时期，与"成人"相对的"儿童"既成为文学讲述的主体，又成为文学教育施教的主要对象。"儿童是人"的思想强调尊重儿童的独立性和自主性，"儿童是儿童"的观点强调尊重儿童的特点和身心发展规律，这些思想的产生帮助文学教育真正转向"人"的教育。

　　第四章阐述文学教育的内容观。通过分析与文学教育相关的一些思想论争，例如，文言与白话之争、国语与国文之争、读经的存废之争、国故与新潮之争等，论述了学者在实现文学教育"语""文"双新过程中的新思想。而后，以胡适、周作人、叶圣陶的文学教育内容观为例进行具体论述。"国语的文学""人的文学""儿童文学"等不同的教育内容论，体现了新文化运动时期文学教育内容的多样性和灵活性。

　　第五章通过研究教育家的论述，总结了这一时期主要的文学教育方法论。该时期的文学教育思想深受西方"自动主义"教育理论的影响，形成了以"自动"读赏为主要特征的教育方法论。具体表现在课堂教学中提倡互动式和"自动主义"的教学法，在学生的阅读中提出了文学读赏的本能论、情意论和指导论等。

　　第六章结合文学教育发展的历史，讨论新文化运动时期文学教育思想的价值；并结合当今国内外教育形势，探讨这些思想对当前教育的启示。

　　书中通过对社会、文学与教育因素的观照对比，对新文化运动时期文学教育思想的发生、发展过程进行了动态梳理，探寻其演变的历史渊源和现实根据，论述了新文化运动时期主要的文学教育思想，进而总结出文学等文艺的教育对社会思想发展的影响和意义，以期为当前在新的历史条件下包括文学教育在内的致力于培养人的审美和情感的教育发展提供可资借鉴的经验与启示。

目 录
CONTENTS

引 言 ·· 1
  第一节　问题的提出 ·· 1
  第二节　研究现状 ··· 3
  第三节　研究对象界定 ··· 7
  第四节　研究思路与方法 ·· 17

第一章　社会转型：文学教育思想的发展背景 ······································ 24
  第一节　社会转型与时代思潮演进 ·· 25
  第二节　文学转向与文学思想变迁 ·· 29
  第三节　学科体系与教育主体重构 ·· 33

第二章　文学"立人"：文学教育目的观 ··· 47
  第一节　文学"立人"目的观与"健全人格"教育宗旨 ······················· 47
  第二节　文学"立人"目的观中的功利与非功利倾向 ·························· 56
  第三节　文学"立人"目的观的不同表现 ··· 60

第三章　"儿童"是"人"：文学教育对象论 ······································· 78
  第一节　"儿童"作为文学教育的对象 ··· 79
  第二节　"儿童的发现"：文学教育对象的特点论 ······························ 84
  第三节　儿童本位：文学教育对象的地位论 ······································ 90

第四章　"语""文"双新：文学教育内容观 ······································· 95
  第一节　文学教育的语言载体观 ·· 96
  第二节　文学教育的体裁选择观 ··· 103

1

第三节　文学教育内容观的个案分析 ················· 113

第五章　"自动"读赏：文学教育方法论 ················· 126
　　第一节　"自动"与"互动"结合的文学讲读观 ············ 127
　　第二节　传统兼现代的自主读赏观 ··················· 135

第六章　新文化运动时期白话文学教育思想的当代启示 ········ 140
　　第一节　文学"立人"观与转型期青少年人格与精神的培育 ····· 141
　　第二节　"儿童是人"观与人的自我意识和社会角色意识的培养 ···· 148
　　第三节　"语""文"双新观与信息时代文学教育内容的选择 ····· 153
　　第四节　"自动"读赏观与教育4.0时代文学教育方法的革新 ···· 157

结　语 ·· 161

参考文献 ······································ 162

后　记 ······································· 172

引 言

第一节 问题的提出

王国维先生说:"凡一代有一代之文学:楚之骚,汉之赋,六代之骈语,唐之诗,宋之词,元之曲,皆所谓一代之文学,而后世莫能继焉者也。"① 到了民国时期,白话文学崭露头角,并且逐渐成为文学中的"顶流"。白话文学成了代表民国时期的新一代文学。而且,在新文化运动时期,辉煌的不仅是白话文学的创作,还有白话文学的教育。这里的教育既包括对学校、对学生的教育,还包括社会对广大民众的教育。为什么在这一时期尤其倡导文学(特别是白话文学)的教育?教育家为何即使顶着很大的压力也要将白话文学送上学校教育的"神坛"?面对作为新事物的白话文学教育,教育家有哪些观念,又有过什么样的争论?这些问题是反映当时社会问题的一面镜子,也是引导教育发展的一面旗帜,值得进行深入的思考。

新文化运动是20世纪初期中国先进知识分子发起的一次提倡民主与科学、反对封建文化的思想文化革新和文学革命运动。白话文学教育,简单说就是以白话文学作品为主要媒介进行的教育,它既可以是主动的、自得其乐的白话文学阅读,又可以是在学校体制内对白话文学作品的学习,没有时间、空间限制。

应该说,"新文化运动时期的文学教育思想"是一个宏大的研究课题。就新文化运动来说,它是在特定的历史时期,在政治、经济、思想、文化等诸多因素的综合作用下产生的。在政治上,我们可以说它是一场反帝反封建的斗争;在经济上,民族资本主义发展是其经济基础;在思想文化上,它一方面反映了资产阶级强烈的民主政治诉求,另一方面反映了其冲破封建思想束缚的现实需

---

① 王国维:《宋元戏曲史》,北京:中国书籍出版社2006年版,序章。

求。就文学教育思想来说，也是一个多层面的复杂的研究对象，无论是教育观念产生发展的背景、内容、特点，还是有代表性的某一教育家的思想分析，都是学者研究的课题。然而，对于这一纷繁复杂的研究课题，在文学领域一般将其作为现当代文学史的书写对象，关注作家、作品、流派、思潮、传播媒介以及域外影响等层面的分析和研究；在教育领域一般将其置于语文教育史的发展脉络中进行考察，从课程、教材、教学、教育思想等方面去研究。由此，有很多在这一特定的历史时期迸发出的思想火花和这一时期独特的思考，在过于宏观的研究中容易被纷繁的史料湮没，在过于微观的研究中又容易因不够系统而被忽略。考虑到教育家的教育思想对文学教育发展的重要引领作用，本书将主要关注著名教育家的言论与著述、教育思潮等，探究被称作"中国的文艺复兴"的新文化运动时期的文学教育有哪些独到的教育思想。

新文化运动有"中国的文艺复兴"之称。1923 年，胡适用英文写了一篇文章，题目为"*The Chinese Renaissance*"（《中国的文艺复兴》）。胡适用"中国的文艺复兴"这一表述，表达了特殊的内涵和意义。根据欧阳哲生的论述，胡适笔下的"中国文艺复兴"有两重含义："广义的指唐代以来'古文复兴运动'，宋代以后出现的新儒家，元明时期由民间兴起的戏曲、长篇小说创作，明末以后的考证学，近代的新文化运动；狭义的则指新文化运动。"[①] 从胡适用"文艺复兴"这个词形容新文化运动可以看出，在他的理解中，新文化运动具有和欧洲文艺复兴相近的一些特征，包括运动的人文主义、理性主义的特点，运动中对人的自我革新的追求，运动的思想启蒙作用，等等。欧洲文艺复兴最大的主题便是"人的再生"[②] 或"人的发现"[③]，新文学运动的最大贡献也是"人的发现"。

新文化运动与欧洲中世纪的文艺复兴的确有很多相似之处。新文化运动和

---

① 欧阳哲生：《中国的文艺复兴——胡适以中国文化为题材的英文作品解析》，载《近代史研究》，2009 年第 4 期，第 22~40 页。

② "人的再生"是对欧洲文艺复兴主题的精辟概括。意大利史学家欧金尼奥·加林在《文艺复兴时期的人》一书中说道："从文艺复兴开始，'再生'和新生的思想就作为一种纲领和追求，伴随出现在文艺复兴运动的各个方面。"并且指出："作家和历史学家们最关心的题材就是人、人的世界和人们在世界上的活动。"

③ 通常，学界将欧洲文艺复兴称为"人的发现"，将新航路开辟称为"世界的发现"。19 世纪法国史学家米什莱在《法国史》第 7 卷的开头曾说："16 世纪是从哥伦布到哥白尼，从哥白尼到伽利略，从地球的发现到天上的发现。人还发现了他自己，探测了他自己的深奥复杂的人性。"也有人将欧洲文艺复兴的主题概括为"人和世界的发现"，例如，刘明翰等的著作《欧洲文艺复兴史》提道："在谈到文艺复兴的主要成果时，恐怕没有比'人和世界的发现'这句话说得更为精辟了。"

欧洲文艺复兴的实质都是新兴资产阶级发起的弘扬资产阶级思想文化的反封建的文化运动，都倡导人文主义精神，肯定人的价值和尊严，倡导解放个性。但是两者之间还有很大的差别：欧洲文艺复兴中的人文主义对抗的是神学思想，反抗宗教的统治，是在复兴希腊罗马古典文化的名义下进行的；新文化运动中的"人文主义"主要反抗的是帝制和封建迷信思想。胡适用"中国的文艺复兴"这一说法，一方面点出了中国的新文化运动与欧洲文艺复兴内容上的相似性，另一方面表达了对新文化运动历史价值的一种预期和追求。

新文化运动时期是一个思想尤为活跃、文学教育成就斐然的历史时期。这一时期的文学教育有许多问题的答案有待进一步追寻。例如，一般认为，文艺的发展能引导社会思想、社会风气的变革，而新文化运动通过文学教育等途径，要引导怎样的社会风气，如何促进社会思想的发展；特定的历史背景形成特定的思想文化，在这样特定的背景下，"中国文艺复兴"中的文学教育与"人的再生"这一运动主题如何契合，有什么样的教育观；这些问题吸引着我们去探究。

第二节　研究现状

文学教育思想的研究属于文学思想与教育思想的交叉研究，涉及多个学科门类，包括哲学、文学、教育学等多个研究领域。具体到新文化运动时期的文学教育思想研究又涉及五四运动、新文化运动、文学革命、白话文运动等多个文学与历史研究的重点问题。长期以来，学界对上述问题从不同的学科角度出发加以阐释，形成了丰厚的研究成果。

（一）文学思想史研究中的文学运动与文学教育思想的研究

文学运动、语言运动的发展对文学教育的发展有重要影响，对民国时期的文学教育与白话文运动、新文化运动、文学革命等之间关系的研究，促进了民国时期文学教育研究的深化。郑国民的《从文言文教学到白话文教学：我国近现代语文教育的变革历程》（2000年）一书清晰地梳理了我国语文教学从文言到白话的历史进程，并在此基础上探究了与这一变化相适应的教科书和教学方法的变化，指出这一变化是语文教育史上的"一次深刻而彻底的变革"。钱理群的《五四新文化运动与中小学国文教育改革》（2003年）一文将研究重点聚焦到了新文化运动对中小学国文教育的影响上来，而且对五四文学、语言改革与中小学国文教育之间的互动联系进行了深入分析，这一研究突出了新文化运动这一特定的历史事件和发展阶段，为研究语文教育的历史发展开拓了思路。与此思路一致，李宗刚的论著《新式教育与五四新文学的发生》（2006年）探讨了新式教育对五四新文学产生的作用，深入论述了五四新文学的创建主体和接受主体在新式教育熏染下完成的"自我现代文化心理结构"的建构。刘进才的《语言运动与中国现代文学》（2007年）一书也是从语言发展的角度研究语言运动与文学发展的关系，其论文《国文教学中的文言与白话问题——以三四十年代"中学生国文程度"讨论为个案》（2007年）论述了国文教学中的文言与白话的消长关系。

现代文学研究领域也在探讨现代文学的发展与语文教育的改革这两者之间的关系，如季中扬的《文学经典危机与文学教育》（2007年）、张向东的《白话教科书的编写与现代文学的发生》（2008年）等；还有一些博士的研究进一步丰富了这一方面的研究成果，例如，王林的《论现代文学与晚清民国语文教育的互动关系》（2004年）、张伟忠的《现代中国文学话语变迁与中学语文教育》（2005）。从这些研究可以看出，现代文学的发展与语文教育的改革之间的影响是相互的，文学的现代化推动了文学教育的改革，文学教育的发展又促进了文学的繁荣和发展。

同时，文学教育易受社会思潮、教育思潮的影响，学者在论述民国时期的教育模式或文学教育的特点时，经常从当时的思想潮流出发。思想史研究中关于近现代社会思想的研究成果颇丰，代表性的著作有李泽厚的《中国近代思想史论》（1979年）和《中国现代思想史论》（2008年）。这些著作论述了19世纪改良派变法维新思想，20世纪初资产阶级革命派思想和启蒙与救亡思想，其中重点论述了孙中山、梁启超、王国维、鲁迅、胡适等人的思想，从不同角度反思了中国近现代历史的思想图景。董宝良和周洪宇主编的《中国近现代教育思潮与流派》（1996年）指出，民国时期的主要教育思潮有民主革命教育思潮、反复古主义教育思潮、实用主义教育思潮、三民主义教育思潮等，这些教育思潮往往受到西方教育思想的影响。

（二）教育思想史研究中的中国近代文学教育思想研究

自1904年语文独立设科开始，我国的文学教育从古代笼统的文、史、哲一体的教育体系中独立出来。对于文学教育来说，民国时期是一个破旧立新的时期，也是一个承上启下的时期，具有重要的研究价值。但是受政治环境、观念束缚等因素的影响，自新中国成立至20世纪70年代，对民国时期文学教育的研究处于沉寂状态，仅有少量的成果，如刘溶编著的《略谈中学文学教学问题》

（1955年）、高名凯等的论文《鲁迅与现代汉语文学语言》（1957年）、罗大同编著的《初中文学教学讲话》（1958年）等。20世纪80—90年代，对语文教育史的研究增多，出现了多部语文教育通史著作，如陈必祥主编的《中国现代语文教育发展史》（1987年）、张隆华主编的《中国语文教育史纲》（1991年）、顾黄初的《现代语文教育史札记》（1991年）、李杏保和顾黄初的《中国现代语文教育史》（1997年）等。对语文教育思想的研究也取得了发展，如刘国正主编的《我和语文教学》（1984年）、郑国民的论文《陶行知的语文教育思想》（1995年）和《胡适对白话文教学的贡献》（1999年）等。同时加强了语文教育史料的整理，如中央教育科学研究所编的《叶圣陶语文教育论集》（1980年）、《朱自清论语文教育》（1985年），顾黄初、李杏保主编的《二十世纪前期中国语文教育论集》（1991年）和黎泽谕等编的《黎锦熙语文教育论著选》（1996年）等。进入21世纪以来，教育界表现出对民国教育的热切关注和持续思考，对民国时期的语文教育研究在史料整理和通史研究的基础上，对民国时期语文教育的专题史、某一教育家、某一教育专题（如学制、课程目标、教材、教学过程等）的研究增多，对民国时期的文学教育的研究也从发展历程、课程文件、教材、教育思想、教学方法等多方面展开，并取得了较多成果。

现有研究中少有专题论述新文化运动时期的文学教育思想演变的著述，但是民国时期的语文教育思想方面的研究较为丰富。相关研究集中于民国时期改革的文件、课程改革、教材改革等，对杜威教育思想的影响和胡适、夏丏尊、叶圣陶等教育家的教育思想研究也较丰富。在近代语文教育思想研究方面，曹明海和潘庆玉编著的《语文教育思想论》（2002年）研究了传统语文教育思想、现代语文教育思想，以及叶圣陶、张志公等教育家的语文教育思想，其中论述了五四运动与语文教育思想的现代性创生、20世纪30年代至中华人民共和国成立前语文教育思想的演化与分化等重要问题。韩立群的著作《中国语文革命——现代语文观及其实践》（2003年）用翔实的材料阐述了胡适以白话为本位的语文进化论，鲁迅以大众为本位的语文改革论和毛泽东以民族形式为本位的语文建设论，对考察胡适、鲁迅、毛泽东的现代语文观及其文体实践有重要的参考价值。曹洪顺、武玉鹏的著作《中国现代语文教育思想研究（第1辑）》（2003年）研究了蔡元培、梁启超、夏丏尊、黎锦熙、陈望道、叶圣陶等教育家对语文教育的贡献。武玉鹏和秦凤珍等编著的《中国现代语文教育思想研究（第2辑）》（2006年）论述了王国维、鲁迅、胡适、陶行知、袁哲等人的语文教育思想。另外有周纪焕的《现代作家语文教育思想论》（2008年）、曹尔云的《白话文体与现代性》（2006年）、庄森的《胡适的文学思想》（2013年）等。

文科博士学位论文对民国时期语文教育家思想的研究颇多,例如,张哲英的《清末民国时期语文教育观念考察——以黎锦熙、胡适、叶圣陶为中心》(2008年)研究了黎锦熙、胡适、叶圣陶的语文教育观念;程稀的《夏丏尊语文教育思想研究》(2008年)以夏丏尊国文课程、教材、阅读作文教学、教师的理论与实践为研究主体,论述了其"大语文教育"的理论与实践;欧阳芬的《叶圣陶:在文学与教育之间》(2010年)论述了叶圣陶的文学教育和文学创作之间的关系;秦春的《中国文学教育历史轨迹及价值反思》(2009年)在论述近代文学教育的发展时,大致将其划分为文学教育的经世致用、文学教育的新民思想、五四时期文学启蒙教育和左联成立后的革命化的文学教育四个阶段。

(三) 国外对新文化运动及教育思想演变的研究

首先是对 20 世纪上半叶教育改革的研究,这是奠定新文化运动基础的时期。国外学者对清末建立起来的新式学校、学制改革、课程改革等的积极作用进行了肯定,并且认为清末的改革带动了思想的改革,虽然此次改革由封建统治阶层发起,但是它推动了民众的民主思想的萌发,为新文化运动的开展打下了基础。国外学者的相关研究主要有:玛丽安娜·巴斯蒂(Marianne Bastid)的《中国二十世纪初的教育改革》(1988年),首先对清末民初(1900—1911年)教育改革的目的、主张、改革的过程等进行了总体介绍,其次用个案分析的方式进行论证;作者以状元资本家张謇的教育成长历程为例,借助其儒生、状元、实业家、政府高级官员等多重身份,论述 20 世纪初教育改革的实质及其影响,认为在十年的新政中现代教育的基础已经建立起来了。保罗·贝利(Paul Bailey)在其著作《改造老百姓:二十世纪初的中国对于教育普及化在态度上的转变》中,对现代化中国教育思想与制度的变革做了翔实的描述与解释;为了澄清一般认为的中国近代教育思想改革始于五四运动这一误解,贝利较为详尽地论述了清末民初的各项教育制度、方针的转变,肯定了其对于中国教育普及化和现代化的奠基意义;他从普通教育的角度入手,论述了中国如何在科举废除后探索教育改革的历程,更加强调传统中国教育思想在教育改革过程中发挥的积极作用。鲍斯韦克(Sally Borthwick)所著的《中国教育与社会变迁,近代的开始》一书,其研究的时间范围涵盖 1902 年到 1912 年,重点研究了清末兴建新式学堂遭遇的各种困难,包括时局动荡、经费不足、课程内容的变化不定,授课师资缺乏,传统教育在民间依然占据重要地位,等等;她认为,虽然晚清的中国不得不接受新式教育,但是绝大部分学校仍继续传授传统学问,这一时期新式教育的发展不得不继续建立在原有的教育价值上。

其次是西方教育思想对民国时期教育思想影响的研究。托马斯·库伦(Thomas D. Curran)的《民国时代的教育改革：教育家创造现代民族的失败》(2005年)对20世纪前十年中国的教育改革进行了研究，其研究一方面肯定了教育改革者通过改革学校为拯救中国而做出的贡献，另一方面指出，新的教育体系是根据不适合中国国情的外国模式设计的，它必须与强大的本土教育传统相抗衡，而传统教育与中国社会结构的重要特征紧密相关，所以中国教育家通过教育改革创造现代民族的努力失败了。吴美瑶的《现代中国的外国教育思想的接受（1909—1948）：基于卢曼选择和自我参考理论的分析》（2009年）一文，论述了清末民国时期外国主要的教育思想理论及在我国传播的情况，并提出，在一般情况下，中国只从外部吸收那些能够适应其自身传统形式的教育思想的想法，即中国倾向于向外部世界寻求那些能适应自己的教育文化、政策和制度的新想法。徐旭的论文《翻译、借鉴和现代化：约翰·杜威和20世纪初中国的儿童》（2013年）论述了外国思想的影响和本土思想的交集，认为中国儿童文学是一种"混合产品"；文中指出，中国知识分子运用杜威（John Dewey）重视儿童的利益和需求的教育理念，制订了影响中国儿童文学的新观念；但是，中国知识分子与杜威在儿童天性方面的认识不同，他们不认同杜威所主张的儿童的天性是人类与生俱来的特点。

第三节　研究对象界定

为明确研究对象的范围，首先对研究对象中的"文学""文学教育""新文化运动时期"等词语进行解释和说明。

（一）何谓文学

在对"什么是文学"已有广泛认同的当下，再去论辩"什么是文学"已经没有太大意义。清末民初，在西方观念强势涌入和传统的文章体式受到巨大冲击的背景下，从古代的"文"的概念中独立出一个与现代文学含义相近的"文学"概念，对这个概念的认识和理解涉及有关文学的发展及文化的传承等重要问题。另外，在民族灾难深重和国困民乏的形势下，文人志士试图以文救国，对于"什么是文学""文学的作用是什么"等问题的论争与救国之路径这一政治化的问题紧密联系在一起，在"何谓文学"的论述中包含着对文学的形式、内容、作用、价值的诸多思考。所以有必要对"文学"这一概念的发展进行简要的梳理。

1. 中国古代对"文学"的理解

中国古代在魏晋以前并没有独立的文学概念。虽然早在《论语·先进》中就有"文学"一词,"文学,子游、子夏",但那个时期所说的"文学"并不是现在意义上的文学。如果非要把古代的教育内容与现在的文学相对应,那么那个时期的经学大概可以算作文学。在孔子时代,除了经学之外,还有一项内容也应该是文学,那就是"诗"。《论语·阳货》中还特别强调了诗的多元化意义,"诗可以兴,可以观,可以群,可以怨"。这里的"诗"专指我国第一部诗歌总集《诗经》。到了汉代,《毛诗序》中"诗者,志之所之也,在心为志,发言为诗"的"诗"已经不仅仅指《诗经》,还指包含修饰语言、表现情感等特征的文章,已经有了一定的文体学意义。魏晋之后,文学渐渐进入自觉的时代。比如,魏文帝曹丕《典论·论文》中所说的"盖文章,经国之大业,不朽之盛事"这一论断,经常被当作进入"文学的自觉时代"的标志,虽然有学者指出"曹丕的文章不朽观与汉人一脉相承""并无与今人类似的纯文学观念"[1],但是总的来看,曹丕从有利于社会政治和人文教化的角度出发解释"文章",突出了文学的地位。又如,萧子显所说"文章者,盖情性之风标,神明之律吕也"(《南齐书·文学传》)、其中的"文章"更具文学性,强调了文学自身的性情、音律等特点。与此同时,对文章(包括文学)的作用的认识,也在逐步加深。南朝的刘勰对于"文"的定位更高,他说"文之为德也大矣,与天地并生者何哉?"(《文心雕龙·原道》),由此有了"因文明道"的观点。到了唐宋时期,又出现了"文以贯道"[2]"文以载道"[3]等观点。"唐人主文以贯道,宋人主文以载道"[4],文与道渐渐融合,这种文道统一观渐渐成为中国传统文学观的主流。

文学"言志""载道"的观念不断发展,逐渐形成了以文治国等观念。到了近代,在晚清改良派、革命派等的推动下,产生了"文学救国"的观念,文

---

[1] 王齐洲:《"文章经国之大业不朽之盛事"新解》,载《三峡大学学报》(人文社会科学版),2002年第3期,第5~9页。

[2] "文以贯道"或"文以明道"是唐代古文运动的理论纲领,也是韩愈美学思想的核心。语出韩愈门生李汉的《昌黎先生集序》:"文者,贯道之器也,不深于斯道,有至焉者,不也?"

[3] 第一个明确提出"文以载道"的是北宋理学家周敦颐,语出他的《通书·文辞》:"文所以载道也。"有一定的重"道"轻"文"倾向。

[4] 郭绍虞:《文学观念与其含义之变迁》,见《郭绍虞说文论》,上海:上海古籍出版社2000年版,第28页。

学担负起启蒙与救亡的重任。晚清时的文学观念与传统的文学观念有了很大的不同：在传统的"文以载道"观念中的文学主要指被奉为经典的"六经"，"《六经》，文之范围"[（清）刘熙载《艺概·文概》]；而在晚清的文学观念中，原来不被重视的小说、戏剧等也被纳入文学范围，并且进行了"文界革命""小说界革命"，从而对文学的内容和形式进行了调整。

2. 晚清到五四运动时期"文学"的含义

晚清到五四运动时期对文学的见解大致可以分为两类：以章太炎为代表的传统文学观和以周氏兄弟为代表的新文学观。

首先看章太炎的文学观。1906年，章太炎（后来改名为"章炳麟"）在东京国学讲习会上发表了题为"论文学"的演讲，后来易名为"文学总略"，被收入《国故论衡》。文中，他解释了什么是文学，他认为写出来的文字都是文章，研究文章法式的文章是"文学"。他不认同阮元的"文必有韵，有韵为文"的观点，认为"凡云文者，包络一切著于竹帛者而为言，故有成句读文，有不成句读文，兼此二事，通谓之文"①。在他看来，文字不管是有句读的还是无句读的、有韵的还是无韵的都是"文"，也就是当时所说的"文学"。章太炎的文学观代表着清末主流的文学观念，与我们今天认同的以虚构性的叙事和抒情为主体的"文学"有很大的不同。这一时期，文学的内涵依然宽泛，虽然这时候有人开始用"有韵""无韵"等标准对文章进行区分，但是这个标准并没有定论，这时候用得更多的还是"文"或"文章"等词。古代的经史古文都是文学，后来新兴的白话小说、诗歌也是文学，清末文学的概念与"文"的概念相差无几。

章太炎的文学观通常被认为是保守的、复古的，但是从当时的时代背景来看，他的观点也有一定的进步意义。在民族危亡时期，章太炎竭力倡导"无韵之笔"的散文体，提倡以"书""论""序""议""传"等文体撰写文章，以笔为武器参加革命斗争。从适应革命需求的角度来看，他将上述文体归为"文"，并且主张扩大这些文体的应用范围和影响，这是有积极意义的。

其次看周氏兄弟的新文学观。要谈论和今天所说的"文学"概念相近的观念，或者说开始将文学从混沌中拉出来并赋予它独特意义的，还要从鲁迅（周树人）的文学观说起。

许寿裳在《亡友鲁迅印象记》中记载了鲁迅听章太炎讲课的一些情形，其中说到有一次章太炎问鲁迅关于文学的定义，鲁迅的回答是"文学和学说不同，

---

① 章太炎：《国故论衡》，上海：上海古籍出版社2019年版，第59页。

学说所以启人思，文学所以增人感"①。章太炎认为鲁迅的观点有胜于前人的地方，但是不够恰当，他举出了郭璞的《江赋》等例子，认为有的作品虽然算是文学，但文字价值不大。

鲁迅所表达的"学说以启人思，文学以增人感"的文学观念，把理性思辨和情感熏陶作为学术与文学相区别的标志。章太炎虽然肯定了这一观念"较胜于前人"，但是认为这不符合文学实际，他举出了一些反例，如《过秦论》等虽然属于"启人思"的论说类文章，但是写得真挚感人。虽然鲁迅的这种"学说"与"文学"的区别方式受到章太炎的质疑，但是这一区分比过去笼统地说"什么是文学"或者"文学有什么特征"则让人更易理解。通过这样的区分，将"文辞"区别于"学说"，也就能在比较中更好地认识文学的特征。鲁迅听章太炎讲课是在1908年，而关于文学"增人感"，早在1907年他用文言文写就的《摩罗诗力说》中就表达了与此类似的文学观念，他在该文中指出："由纯文学上言之，则以一切美术之本质，皆在使观听之人，为之兴感怡悦。"② 他认为，文学的本质在"兴感怡悦"，与"利"、与"理"无关。这一文学观点，与欧洲近代的文学观念相近，重视的是文学在情感上的审美价值。鲁迅从仙台医专返回东京后，立志从事文艺事业以疗救民众的精神。在此期间，鲁迅翻译了很多域外小说，不可避免地受到了欧洲文学理论的影响。

鲁迅的文学"增人感"的主张与王国维的诗学理论相近，强调的是文学要通过情感上的交流达到感人的审美效果。周作人的文学观和鲁迅的观点相似，他在《中国新文学源流》③ 一书中把文学界定为："文学是用美妙的形式，将作者独特的思想和感情传达出来，使看的人能因而得到愉快的一种东西。"④ 他也同样注意到了文学表达作者的独特情意、使人愉快的功能。根据周氏兄弟的界定，表达作者思想、情感的美妙的文字形式都是文学。

3. 新文化运动时期对"文学"的界定

关于"什么是文学"，新文化运动的健将有基于那个时代所做的理解和认识。20世纪三十年代，"纯文学"观在学界得以初步确立，关于这一点，后文

---

① 许寿裳：《亡友鲁迅印象记》，北京：人民文学出版社1955年版，第27页。
② 鲁迅：《摩罗诗力说》，见《鲁迅全集》（第1卷），北京：人民文学出版社1956年版，第202~203页。
③ 《中国新文学的源流》一书是根据周作人的讲演记录稿编辑而成的。1932年2~4月，周作人应沈兼士之邀，在辅仁大学讲学八次，后经整理成书，在1932年9月由北平人文书店出版。
④ 周作人：《中国新文学的源流》，长沙：岳麓书社2019年版，第5-6页。

总体来说，新文化运动时期学者认同的"文学"的含义具有如下特点：一是形式上要优美，二是内容上要有理想，三是表达效果上要"感人""动人"。虽然这一时期的文学概念已经有了"纯文学"的意识，但是依然强调其情感表达、思想教育的功能，认为文学是"疗救人们的精神"的需求，是思想启蒙的"工具"。

在这一时期，学者对"文学"主要有两种不同的分类方法。一种是按语言分，词意优美的是文学文，词意平实的则是普通文。1919年，孙本文在《中学校之读文教授》一文中，有感于教育界研究的重心向中学教育的转移和中学国文教学的困难，进一步申明了中学国文的教育目标："中学国文在授以理想主义之普通文、文学文，养成其搜集知识发表之能力，并以启发智慧。"① 根据该目标，孙本文对教材中的选文按形式（文学文或普通文）和实质（理想主义或写实主义）进行了分类，并且对"各类文字之词意平实者，为普通之文""各类文字之词意优美者，为文学之文"做出了界定。按此界定，各类文字，无论是写实主义的还是理想主义的，凡是词意优美的都是文学文，那些词意平实的则是普通文。另一种是按文体分，古代的经史古文，现代的白话小说、戏剧、散文、诗歌等都是文学文，应用文、记叙文、论说文则是普通文。蔡元培将文章分为"应用文"和"美术文"，就属于这一分类法。1919年，蔡元培在北京女子高等师范学校演说《国文之将来》，讨论高等师范学校应该用哪一种国文。作为新文化的倡导者，他非常肯定地认为"将来白话派一定占优胜的"。他将文章分为应用文和美术文两类，应用文具有记载和说明两种作用。他指出，国文可分两种：一种是应用文，在没有开化的时候因生活的必要发生；另一种是美术文，没有生活上的必要，但是文明时候不能没有。② 他又对美术文进行了细分："美术文，大约可分为诗歌、小说、剧本三类。"③ 这一阶段还有一些与此相近的分类方法，例如，刘永济的《文学论》里将文章分为"属于学识之文"和"属于感化之文"④。

后来，朱自清曾发表了一篇《什么是文学？》的论文，专门谈文学的含义变化及变化的原因，并解释了胡适的文学观。他认为文学的界定是没有定论的，

---

① 孙本文：《中学校之读文教授》，载《教育杂志》，1919年第7期，第1~18页。
② 蔡元培：《论国文的趋势及国文与外国语及科学的关系》，见高平叔编：《蔡元培教育论著选》，北京：人民教育出版社2011年版，第308~313页。
③ 蔡元培：《国文之将来》，载《新教育》，1919年第2期，第22~25页。
④ 刘永济：《文学论》，北京：商务印书馆1926年版，第112页。

"因为文学的定义得根据文学作品,而作品是随时代演变,随时代堆积的"①。他在文中总结了传统"文"的观念的发展演变,南朝以有韵的诗赋为主,到宋朝则是散文时代。现代中国文学三十年也从诗的时代走到了散文时代。之后,小说和杂文占据了文坛首位,其实这些都属于散文,所以仍然是散文的时代。除经史子集之外,小说、戏剧能被认为是文学,这固然受了西方文学观念的影响,同时这些作品的不断累积迫使着人们承认它们的地位。对于所谓"纯文学"和"杂文学"这类称谓,朱自清认为这是日本人根据英国德来登的"知的文学"和"力的文学"仿造出来的。

文学的概念是不断演化的,旧的观念不断被新的观念所取代,而且实际上还会"随时代演变"而尚无定论。到了1940年,叶圣陶在《国文教学的两个基本观点》中说:"五四"之前国文教材中的文学都是些经史古文,到了"五四"以后,产生了一些白话小说和戏剧,这些变成了教材中的文学。② 叶圣陶在此所说的"五四"以后的文学基本就是延续至今的对文学内涵的理解。但是,这是白话文通行并广泛进入教材之后的时期,与新文化运动时期的"文学"概念有一定的差别。

综上所述,新文化运动时期对于文学的界定,既有对中国古典文学概念的总结,也有受西方文学观念影响而做出的调整。这一时期被大众广泛认同的"文学"的内涵虽然不如章太炎所说的"文学"范围的宽泛,但是比当今人们所说的"文学"的内涵要丰富得多。无论是从语言上认定的"词意优美"的就是文学文,还是从文体上所说的"美术文",都有更灵活的语言运用和组织形式,能更好地达到"增人感"的功能。当今民众眼中的文学,一般是狭义的文学。"今日通行的文学,即包含情感、虚构和想象等综合因素的语言艺术行为和作品,如诗、小说、散文等。"③ 在这样的理解中,文学被限定于小说、戏剧、诗歌和散文这些文体,而且强调文学是虚构的,这样狭义化的文学界定要求写作者具有更敏锐的感受力和更丰富的想象力,这会在一定程度上迫使文学作者的知识范围狭窄化,也会限制文学"感化"作用的发挥。

---

① 朱自清:《什么是文学?》,载《新教育杂志》,1947年第1期,第47页。
② 叶圣陶:《国文教学的两个基本观点》,见刘国正主编:《叶圣陶教育文集》,北京:人民教育出版社1994年版,第51页、55页。
③ 童庆炳主编:《文学理论教程(修订版)》北京:高等教育出版社1998年版,第90页。

（二）何谓文学教育

文学和教育本身就是两个复杂的概念，"文学教育"更是一个抽象而复杂的概念。正如缪尔纾所说，"文学"是一个概念，"教育"又是一个概念，这两个概念，应用一番分析的功夫，来说明它的所以然。① 文学教育内容丰富，功能多样，我们从以下两个方面对它进行一定的辨析。

1. 作为学校教育学科内容的文学教育

作为传统教育重要内容之一的"文学教育"，在近代中国学校教育中有三种主要形态：一是大学中文系里的文学教育，二是在初等和中等教育中国文、国语科目中的文学篇目的教育，三是由文学作品充当课外读物的学生课外阅读。前两类由新式教育体系承担，后一类由学生自发的阅读推进。但是，由于近代不能进入正规学校读书的少年儿童队伍庞大，由教育团体或个人自发地对学生的文学阅读或写作进行指导的情况较多。

第一类有明确的文学教育体系，科目独立、内容体系较完整，但是其受教的群体较为限定，能进入大学中文系读书的学生数量有限；第二类和第三类没有独立的文学科目设置，但是，这是近代广大少年儿童接受文学教育的主要途径。"五四"之后，众多新文学读物为课外文学教育注入了新鲜血液，在中小学的国语、国文教育中也出现了儿童文学、新小说、新诗等篇目逐渐增多的情况。

在中小学，作为由传统教育到新式教育转型中的"牺牲品"，文学教育被"国文""国语"教育收编。在这样的背景下，有人认为文学仅是国文教学的材料。例如，认为中等学校"就分量说，文学材料，应占各种文章三分之一；就性质说，现代的文学应多取，古代的应少取"，"小学校里教授国语应该于教科书之外，加入有趣味的文学材料"。② 同时，有人认为文学应是独立的教育内容。1927年，黄庐隐在《文学的教育价值》一文中，将小学校里的"国语"一科与"文学"教育做了区分。他认为，国语一科的价值"在使儿童借语言文字以发表思想，交换知识，传递经验，承受从前人的经验，且予且取，如是连绵不绝，而后人类社会的文化，乃能日新月异进步不已。这是国语科——即语言文学一般的功能而言"③。"文学"这一科在教育上到底有何种功用？黄庐隐在文中阐述了现代社会中生活枯淡、艺术遭受厄运的情形，呼吁研究文学的人不

---

① 缪尔纾：《文学与教育》，载《女学界》，1923年第17期，第1~3页。
② 缪尔纾：《文学与教育（续）》，载《女学界》，1923年第18期，第1~2页。
③ 黄庐隐：《文学的教育价值》，载《京师教育月刊》，1927年第1期，第13~19页。

可不注重文学教育的价值：训练高尚的享受能力，养成艺术的兴趣，造成共同的道德观念，好的文学可以提炼人们的感情，提高并充实人们的经验。他充分肯定了文学的价值，指出"文学的教育价值是为救济现代的物质文明下，人类生活畸形的病状，而使之情意各方面均得到平衡发展，并提高改善人类文化的生活，达到教育最终的目的"①。

在西式学堂的科目体系中，涉及文学教育的课程科目名称发生了诸多变化。1903年的"癸卯学制"规定的中小学科目中有"读经"也有"中国文学"，还规定"宜随时试课论说文字，及教以浅显书信记事文法"。民国时期，1913年的"癸丑学制"就开始明令废止"读经"，将和文学、文字有关的内容合到"国文"这一科目中。"国文"是在1907年《奏定女子小学堂章程》颁行后才开设的，1908年2月公布的《两等小学课程》亦称"国文"。1912年颁布的《普通教育暂行课程标准》规定将学校里"中国文学""中国文字"课程改称"国文科"；同年，公布《小学校令》进一步把国文科细分为四项——读法、作法、书法、语法。后来，小学阶段的"国文"改称"国语"。1916年秋成立的国语研究会在1919年提出《国语统一进行方法》。1920年1月，民国教育部令《国民学校令》中将"国文"改"国语"，语体文教科书代替文言文教科书，实现了言文一致。因教材审定制和国定制并存，教材自编种类繁多，在一段时间内，"国文""国语"并存于世。20世纪30年代，基本上小学称"国语"，中学称"国文"。

2. 作为美育一分子的文学教育

"'美育'这个概念，在西方一般认为是由德国剧作家和诗人席勒（Johann Christoph Friedrich von Schiller，1759—1805）在《美育书简》中首次使用的。"②其实，美育的思想早已存在于古代教育内容和教育家、思想家的著作中。雅典教育中的缪斯教育，就包括了一定的智育和美育的内容。希腊柏拉图的《文艺对话集》，亚里士多德的《诗学》和《修辞学》等，就有不少涉及美育问题。中国古代也有优良的美育传统。例如，古代的"六艺"（礼、乐、射、御、书、数）中有丰富的美育内容，还有孔子的"诗教""乐教"思想，荀子的美学思想。但是，这种重视美育的教育后来受到封建制度的压制，"封建的伦理道德和禁欲主义，是束缚美育发展的一条大的绳索"③。

---

① 黄庐隐：《文学的教育价值》，载《京师教育月刊》，1927年第1期，第13~19页。
② 黄济：《教育哲学通论》，太原：山西教育出版社1998年版，第573页。
③ 黄济：《教育哲学通论》，太原：山西教育出版社1998年版，第575页。

在近现代，受西方教育思想的影响，美育得到了一定的发展。近代以来，王国维、蔡元培和鲁迅等，都是美育的倡导者。

王国维在1903年发表的《论教育之宗旨》一文中明确提出"美育"一词，这是中国教育史上首次提出这一概念。文中指出："教育之宗旨何在？在使人为完全之人物而已。何谓完全之人物？谓人之能力无不发达且调和是也。"① 这种"调和"的能力包括"身体能力"和"精神能力"。精神能力又分知、情、意三个方面，在教育领域分别对应着"智育""美育""德育"。这也是中国教育史上首次明确提出体、德、智、美"四育"理念。

虽然鲁迅的教育思想表达得不那么直接，但是他的文学教育思想、美学思想在其众多论著中都有所体现。鲁迅在1907年发表的《摩罗诗力说》一文中呼告："有作至诚之声，致吾人于美善刚健者乎？"② 这体现了他的美学观念和革新精神。1912年，在蔡元培的号召下，民国教育部开办了"夏期美术讲习会"，鲁迅曾去演讲，还为此专门撰写了《美术略论》讲稿。

蔡元培的"五育并举"的教育主张对教育的直接影响最大。蔡元培在1900年前后多次谈到"美学""美术学"，例如，他说"美育者教情感之应用"③，"文学者，亦谓之美术学"④。蔡元培在1912年1—7月任民国教育部教育总长，主持或参与教育方针和教育实施方案的制定，将其美育思想融入国民政府的教育方针。他的《对于教育方针之意见》（1912年）和《以美育代宗教》（1917年）等文章影响其大。当时，民国教育部改订教育宗旨、改革学制、修订课程、废除读经，大刀阔斧地进行改革。在蔡元培的倡导下，艺术、音乐等专门学校成立，并在中小学开设美术、音乐等课程，使美育在学校教育的地位得到了提高。

虽然在20世纪的上半期，由于各种条件的限制，美育实施的实际效果有限，但是包括文学教育在内的美育在现代教育体系中的地位确立了起来。

（三）"新文化运动时期"——研究时限限定

这里的"新文化运动时期"是指从1915年陈独秀创办《新青年》杂志开始到1927年北洋政府结束这一历史时期。这一时期，虽然北洋政府的统治黑暗，

---

① 王国维：《论教育之宗旨》，载《教育世界》，1903年第56期，第18~20页。
② 鲁迅：《摩罗诗力说》，见《鲁迅全集》（第1卷），北京：人民文学出版社1956年版，第202~203页。
③ 蔡元培：《哲学总论》，载《普通学报》，1901年第1期，第1~9页。
④ 蔡元培：《学堂教科论》，上海：普通学书室光绪二十七年（1901年）版，第23页。

但是新的革命力量得到了孕育和发展，这段时间的教育、文化政策相对稳定，从文学教育思想的发展来说，是一个富有特色而且相对较为完整的历史时期。

本研究将这一时期的开始时间定为1915年。1915年9月，陈独秀创办《青年杂志》（1916年9月改名为"新青年"），提出了"民主""科学"的口号，这是新文化运动开始兴起的标志。这一杂志也成为新的文学教育思想发展和发表的重要理论阵地。将新文化运动时期的结束年份定为1927年北洋政府统治结束，是借鉴了美国学者J. B. 格里德的观点。学界一般认为，新文化运动于20世纪20年代结束，结束的原因是马克思主义的传播成为新的思想潮流，新文化运动宣传的资本主义思想已经落伍。但是，学者对于新文化运动结束的具体时间的认识有较大分歧。朱栋霖认为，1920年上半年，《新青年》编辑部移居上海，编辑部内部思想开始出现明显分化，"《新青年》编辑部分化标志着五四新文化统一战线解体"①。格里德对新文化运动起止时间做了一个更明确的界定，他说"新文化运动前后大约是十二年，即从处于政治分裂和军阀主义边缘的1915年到1927年，1927年中国至少名义上重新统一在自称为早期革命继承者的国民政府之下"②。文学教育和教育观念都有很强的延续性，某一时期发展起来的教育思想并不会随着某一历史事件的发生而消失或停止。本研究虽然将1927年定为新文化运动时期的结束时间，但是仍会涉及之后的教育家的相关观点论述。

这个时期有较为清楚的起点和终点，对于文学教育来说也是一个比较关键的发展阶段。与这个时期的文学教育密切相关的事件有很多，包括清末科举制的废除、西式学校的建立、民国初年教育宗旨等的重建，以1917年胡适《文学改良刍议》的发表为标志的文学革命的开始，以1918年鲁迅第一篇白话小说《狂人日记》的发表为标志的白话新小说的兴起，1919年的"五四运动"，1922年新学制的颁布，等等。其中，最重要的是五四运动、文学革命、国语运动和1922年新学制。

五四运动是新文化运动的高潮。学生和新闻界最初使用"五四运动"这个词语时仅指1919年5月4日北京的学生游行示威运动。但是后来，人们把"六三运动"及其引发的后果和影响也加到"五四运动"这个称法中来，将包括学生及知识分子在1919年5月4日前后的社会和政治活动都称为"五四运动"。

---

① 朱栋霖等主编：《中国现代文学史1917—2013（第三版）》（上册），北京：高等教育出版社2014年版，第20页。
② [美]杰罗姆B. 格里德尔：《知识分子与现代中国》，单正平译，天津：南开大学出版社2002年版，第236页。

另外,"五四运动"经常和"新文化运动"连用,形成"五四新文化运动"。对于"五四运动"和"新文化运动"的关系,学界有不同的观点。有人认为,"五四运动"和"新文化运动"不同,也没有什么直接的关系。① 也有人认为,"新文化运动"为"五四运动"创造了思想条件,"五四运动"又加强或扩大了"新文化运动"的作用和影响。② 对于"五四运动"的时间跨度,学界也有不同的看法。时间短的观点认为,"五四运动"就是1919年5月4日那一天发生的学生游行示威运动。时间长的观点则认为,"五四运动"是一场持久的思想和社会运动,例如,胡适、张奚若、何干之等人认为"五四运动"始于1915年9月《新青年》创刊,终于1923年科学与玄学论争之际。③ "五四运动"实质上既是新文化运动的重要成果,又是新文化运动的强力推进器。

另外,新文化运动与"国语运动""白话文运动""文学革命""五四运动"交织汇合,形成一股强大的冲击力量,割除了封建伦理、孔教儒学的思想"毒瘤",攻克了"言文不一"等多种难题。"国语运动"早在清末就开始了,由裘廷梁、黄遵宪、梁启超等人发起,以"言文一致"和"国语统一"为口号,直到新文化运动时期,随着"白话文运动"和"文学革命"的成功,才结束了文言文垄断书面语言的局面,实现了"言文一致"。作为新文化运动的一部分,文学革命和白话文运动的兴起由新文化运动直接促成,又成为新文化运动最明显的实绩。这些语言、文学、文化上的运动都成为教育改革与发展的新的生长点,尤其是对于文学教育来说,这些运动是文学教育思想发展的动力与源泉。可以说,这一时期实现了文学教育从文言到白话、从国文到国语、从旧文学到新文学的转变,是文学教育发展史上不可多得的重要历史时期。

第四节 研究思路与方法

(一)研究思路

本书旨在以文学与教育的互动关系为视角,以新文化运动时期文学教育思想的特点为核心,研究民国时期文学教育思想自身的特点及其与社会思潮、教

---

① 周予同:《过去了的五四》,载《中学生》,1930年第5期,第1~12页。
② 胡适:《"五四"的第二十八周年》,载《大公报》,1947年5月4日,第2版。
③ [美]周策纵:《五四运动:现代中国的思想革命》,周子平等译,南京:江苏人民出版社1996年版,第6页。

育观念、精神传播之间的密切关系。本书主体分为文学教育目的观、文学教育对象论、文学教育内容观、文学教育方法论四部分。将主体定位为这四部分,参考了孙培青和李国钧主编的《中国教育思想史》中的观点。该书指出教育思想史的基本内容包括以下六个方面:

> 人类社会为什么要有教育(教育的作用与地位);为了什么目的而教育(教育的方针与目的);以什么东西来教育(应有几方面的教育内容);怎样进行教育(教育教学方法);教育谁和由谁来教育(学生与教师);如何领导管理教育(从微观至宏观的教育管理)。①

其中,涉及的基本问题有:为什么要有教育、凭什么能教育、为什么而教育、用什么来教育、怎么教育、由什么人来教育、教育什么人等。结合文学教育的实际情况,本书选择"为什么而教育""教育什么人""用什么来教育""怎么教育"等问题进行研究,并将其概括为文学教育的目的观、对象论、内容观和方法论四部分。在这四部分中,对教育思想的研究力求做到整体思想研究与教育家思想研究相结合。教育思想由社会孕育,由思想家代言。思想家往往都是一个群体,某一突出的个体又可以作为典型代言人。

另外,考虑到文学教育思想发展与社会发展、文学和教育自身发展的密切关系,将在本书的第一章论述文学教育思想的发展背景。考虑到本书的研究既要论述新文化运动时期文学教育思想的精髓与特点,又要获得对于当前教育的启示,因此,最后一章对教育观进行反思,获得启示。具体的写作思路见图1。

---

① 孙培青、李国钧主编:《中国教育思想史》,上海:华东师范大学出版社1995年版,前言。

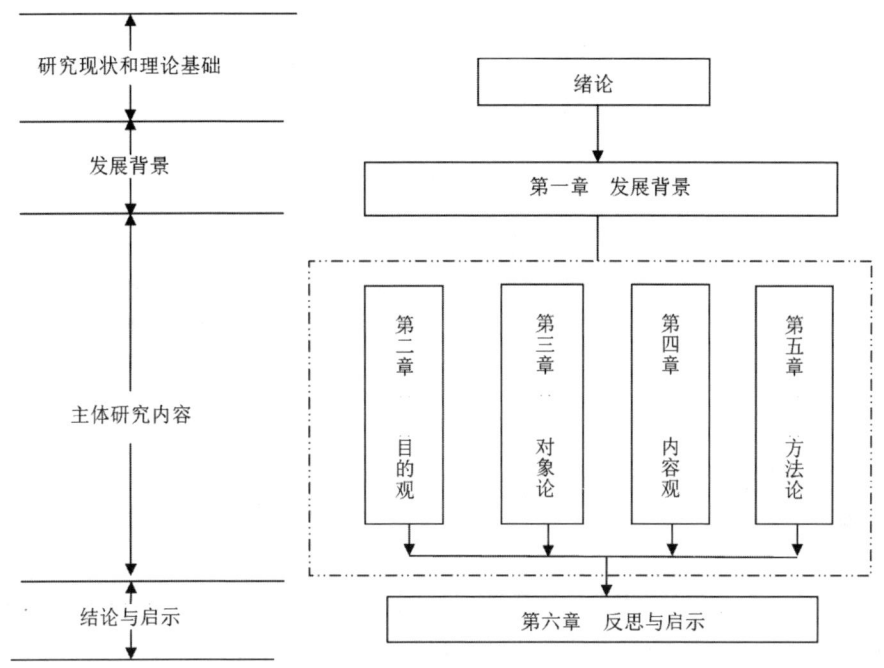

图1 本书写作思路示意图

(二) 研究方法

1. 文献研究

本书首先以原始资料的阅读、整理为基础，分析文学教育的发展历程，剖析其内容，论述其发展的意义；其次以比较法分辨其发展的自身和外在的原因；再次以归纳法归纳主要思想，以求获得普遍经验之结论，以个案分析法分析具有代表性的文学教育家的教育观，探求个别经验与全体特点之间的关系；最后借助批判法，将各项结论从纵横、异同等各方面进行辩证分析，总结经验教训，以期为当前教育发展提供前车之鉴。

研究力求资料真实。资料以原始资料为主，主要包括清末、民国时期教育家、学者的著作、论文、日记，各类文编、汇编、档案、实录、史料等，并且学者的论述原文基本参阅"晚清和民国期刊全文数据库"。

2. 多学科交叉研究

本书属于文学思想史与教育思想史的交叉研究，寻求教育史、思想史、文学史之间的融会贯通，围绕"文化转型期文学教育应该如何开展"这一主线，通过对特定历史时期代表人物的教育观及在传承中流变的梳理，挖掘新文化运动时期文学家、教育家的思想智慧,从而寻求对当代教育的启示。

本书借鉴了文学思想史和教育思想史的研究方法,以教育思想史的研究方法为主,并借鉴文学史、阅读史的研究方法进行多方位的研究。张荣明指出:"教育思想史的发展经过了哲学方法、历史理论方法、历史文献方法的指导流变,最终走向了当今多学科的研究方法。"① 多学科研究方法可以用不同的框架分析同一事物,通过学科迁移,可以打破学科壁垒,从而更高效地研究问题。《北京大学教育评论》2015 年第 4 期有一个关于教育思想史研究的专题指出:"研究教育思想史需要细读经典,也需要理解经典产生的环境,还需要理解经典在传承中的流变。"② 这就既要关注有代表性的教育家的观念,又要关注教育家之间的互动,还要关注教育观念前后的传承。笔者在学识、视野和能力等方面存在很多不足,故以此论述为指导纲领,关注教育思想产生的环境,细读经典,并分析思想在传承中的流变。在整体研究具体时期的教育思想的总体面貌时,以某些具代表性的教育家的思想为重点,并关注教育家之间的互动;在文学教育思想研究中不仅关注中国传统思想、文化的影响,也重视西方思想、文化的作用;在对教育家的教育观研究中,不仅关注教育家的论著,也注重教育家在教育实践中流露出的教育观念,理解理论与实践之间的复杂关系。

(三) 研究的理论基础

对于文学与社会、教育与社会、文学与教育之间的关系,不同的理论有不同的认识。一般认为,文学、教育都是相对独立的,但文学、教育与社会、文化之间又存在相互联系。无论是文学的发展还是教育的革新,都是各种社会因素综合作用的结果。文学、文化、政治、经济、教育之间存在相互制约、相互影响的关系。文化是政治、经济发展的反映,同时能反作用于政治、经济。教育受文化、社会变革的影响,同时作用于文化与社会。在新文化运动时期,文学教育受特殊的社会背景和社会思潮影响,文学、教育、社会之间联系尤为紧密。针对这种情况,李怡提出了现代文学的"民国机制"问题,主张从民国时期的政治体制、经济模式和文学结构等多个方面分析现代文学形成的种种力量,并判断这些对文学发展的影响。③ 研究文学发展、文学教育要从上述诸多方面考

---

① 张荣明:《近百年中国思想史研究探索与反思》,载《西北大学学报》(哲学社会科学版),2009 年第 3 期,第 20~28 页。
② 《教育思想史研究:范式与方法》,载《北京大学教育评论》,2015 年第 4 期,第 1 页。
③ 李怡:《"民国文学"与"民国机制"三个追问》,载《理论学刊》,2013 年第 5 期,第 113~117 页、128 页。

虑，而研究文学教育思想，还要重视社会、文化等对思想的影响。班杜拉提出了个体、行为、环境交互决定的观点，认为人类的思想和行为有诸多社会根源，人的思想对情感和行为又有深刻影响。① 本书尤其重视对新文化运动时期的文学教育产生了重大影响的实用主义教育理论的研究。杜威的实用主义教育思想有三个重要的论点："教育即生长""教育即生活""教育即经验的继续改造"。他的这些教育理论体现了教育与社会之间的联系。人类经验是可以延续的，教育既要传承这些经验，又要"改造"这些经验，这是人类社会繁衍发展的条件。而我们的教育只有同社会生活联系起来，才能发挥作用。在中国社会推翻封建统治走向共和，废除科举兴办新式学校的特殊历史时期，杜威的教育思想传到中国后受到了热烈的追捧，并且对中国的教育产生了极深的影响。他的学生胡适、陶行知等，更是推崇他的教育思想，他们为了使中国教育能更贴近社会生活、符合时代需求而做出了巨大的贡献。基于此，本书将以社会认识论、实用主义教育理论等为理论基础，关注文学、教育、社会之间的紧密联系，注重梳理文学教育思想的产生、发展的外部因素和内部因素之间的关系。

另外，本书还关注新文化运动时期文学教育的特殊性。在新文化运动时期，文学教育与社会之间，尤其和政治之间存在着若即若离的矛盾关系。具体表现在以下两个方面：

一方面，新文化运动时期，文学和教育都试图呈现一种独立的姿态。文学作为一种艺术形式，在中国古代就占有一席之地，但是那时的文学往往融合在笼统的文、史、哲于一体的教育中，并不注重其独立价值。到了清末，在西方美学的影响下，中国的学者开始关注文学的独立性。对教育而言，"教育独立"的思潮在五四运动之前萌发，到了1922年，蔡元培则响亮地喊出了"教育独立"的口号。20世纪20年代，北洋政府不重视教育，再加上军阀混战、经济凋敝，国家预算中教育经费比例偏低而且经常被侵占、挪用；一贯重视教育的蔡元培在1922年发表了《教育独立议》一文，提出了教育独立的观点，并阐明了教育独立的方法。这一教育独立论得到了教育界的积极响应。1922年2月，在北京成立的全国教育独立运动会发表了教育独立宣言书，要求教育经费和教育制度独立。

另一方面，文学、教育与社会之间存在欲罢不能的紧密联系。我国自古重视文学的思想教化作用。曹丕在《典论·论文》将"文章"誉为"经国之大

---

① ［美］A. 班杜拉：《思想和行动的社会基础：社会认知论》，林颖等译，上海：华东师范大学出版社2001年版，第5~19页。

业，不朽之盛事"。白居易在《读张籍古乐府》一诗中强调了"诗"的教化功能，他说"上可裨教化，舒之济万民。下可理情性，卷之善一身"。到了清末，学者和文人更加青睐于"文学之用"。梁启超、陈独秀旗帜鲜明地主张"小说新民"，呼吁进行"小说界革命"以促进民众的思想变革。当时，小说成为"救亡图存"的"武器"。清末至民国初期，军阀割据、政府腐败、社会萎靡不振。虽然1905年科举制度被废除，1911年清政府被推翻，中华民国成立，但是民众的精神依然没有得到解放。早在1902年梁启超发表的《论小说与群治之关系》一文就强调了小说的社会政治功能。他振聋发聩地呼吁以小说"新民"，也就是要充分发挥小说的叙事说服力以培养"新人"。① 此文章成为"小说界革命"的纲领，由此号召对小说进行内容和思想的改造，以便使小说成为改造民众思想的渠道。朱光潜先生认为，中国从周秦到现代，"文艺都被认为道德的附庸"，这和中国人一向"偏重实用"有关，他进一步指出："就大体说，全部中国文学后面都有中国人看重实用和道德的这个偏向做骨子。"②

新文化运动时期，在社会转型、思想变革的时代背景下，很多有识之士对文学的力量寄予厚望，希望以文学教育实现思想的启蒙和塑造。一方面，受"文学救国论"的影响，一大批作家投身现代文学的创作，在民国时期出现了现代文学创作的繁荣景象，一大批现代的出版社、杂志社推出诸多文学作品，外国文学的翻译、白话文学的创作等都推动了文学从形式到内容的发展，并出现了以鲁迅、茅盾、巴金、老舍等为代表的文学创作群体，创作出大量的经典文学作品。在民国短短三十余年的时间里，出现了一大批经典小说，如鲁迅的《阿Q正传》《狂人日记》、巴金的《家》、老舍的《骆驼祥子》、叶圣陶的《倪焕之》、茅盾的《子夜》、沈从文的《边城》、张爱玲的《传奇》等。另一方面，在学校教育中，白话文学、儿童文学、外国文学进入课堂，文学教育进入一个新的阶段。

文学和教育试图保持其独立性，远离政治，但这种努力在特定的历史背景下是难以实现的。1917年，刚从美国留学返回上海的胡适"看了出版界的孤陋，教育界的沉寂"，于是"打定二十年不谈政治的决心，要想在思想文艺上替中国政治建筑一个革新的基础"，但是很快他就不得不承认自己"有不能不谈政治的感觉"③。同样试图保持独立不谈政治的还有陈独秀，《新青年》初创时，其定

---

① 梁启超：《论小说与群治之关系》，载《新小说》，1902年第1期，第1~8页。
② 朱光潜：《文艺心理学》，见《朱光潜全集》（第1卷），合肥：安徽教育出版社1987年版，第294，297页。
③ 胡适：《我的歧路》，沈阳：万卷出版社2014年版，第194页。

位是青年的思想启蒙刊物,但是在《新青年》创刊的第三年就发表了一系列论政治的文章,如《今日中国之政治问题》《庶民的胜利》等。陈独秀在《青年杂志》发刊词中也说:"国人思想尚未有根本之觉悟,直无非难执政之理由。"①1922年,由胡适起草的《我们的政治主张》在《努力》周报第2期刊发,这是他和蔡元培、陶行知等十六人联名发表的政治纲领,对政府提出了一些要求。在这一时期,胡适当年"二十年不谈政治"的决心已经被热心参与政治的行动所取代。对于新文化运动时期的文学教育来说,同样面临着一方面要保持自身的独立性,另一方面要担负着启蒙、救国等重任,果真让人欲罢不能。

---

① 陈独秀:《敬告青年》,载《青年杂志》,1915年第1期,第13~18页。

第一章

社会转型：文学教育思想的发展背景

文学教育思想的生成、发展与政治、经济、文化的变化紧密联系。文学教育思想的发展受文化革新、社会转型和思想变革的推动。杜威对于教育与社会的关系有深刻的认识："一个不仅进行着变革，而且有着改进社会的变革理想的社会，比之目的在于仅仅使社会本身的风俗习惯延续下去的社会，将有不同的教育标准和教育方法，这一点尤为正确。"① 不同社会中的教育，其教育目的、内容和方法都是有区别的。新文化运动时期虽然政局不稳、思想交锋激烈，但是这一时期的社会正如杜威所说，是"有着改进社会的变革理想的社会"。新文化运动时期的社会正是有着改进社会变革的理想，其教育自然与维持原有习惯的封建社会教育有很大不同。这些不同有多种表现，别开生面的文学教育就是这些表现中最耀眼的一个。

晚清民国时期，批判传统、质疑权威的变革精神的高涨推动了文学教育反叛传统、革旧立新。"文化问题上的革新主张，往往就是政治上和经济上变革的舆论准备和先导。"② 文化革新，适者生存、精神独立的文化精神，促进新文化、新文学的产生，人的意识的觉醒和对于个性的重视，促进了"人的文学"、儿童文学的产生。社会变革，让推翻封建伦理道德观念成为一种觉悟，推动了"小说界革命""文学革命"等。新的社会风貌，为新文学创作提供了创作素材。思想变革，对于民主、自由的追求，成为教育变革的动力，民众开始认同"独立之思想、自由之精神"。文学、教育与社会文化、思想之间的关系相互交织，共同形成了现代文学和文学教育的"民国机制"。

---

① [美]约翰·杜威：《民主主义与教育》，王承绪译，北京：人民教育出版社2001年版，第91页。
② 陈崧编：《五四前后东西文化问题论战文选》，北京：中国社会科学出版社1985年版，第1页。

<<< 第一章 社会转型：文学教育思想的发展背景

第一节 社会转型与时代思潮演进

　　1902年，"戊戌政变"后流亡日本三年多的梁启超在日本创办了《新民丛报》，在该刊物上使用"中国之新民"这一笔名发表了《论中国学术思想变迁之大势》。后来出版为书，在该书的第八章章末，他将明末到20世纪初这二百多年间的学术思想发展称为"中国之'文艺复兴时代'"，并在之后撰写了《清代学术概论》，充分肯定了清代学术以复古的形式表达时代新思潮的做法。明末到19世纪中叶，虽然在学术上有以复古的形式表达的新思潮，但在政治和社会思想上，腐朽的封建势力依然顽固不化。1839年，龚自珍在辞官南归的路上写下了著名的《己亥杂诗》。面对腐朽没落的清王朝闭关锁国的政策，龚自珍试图奋起宣传变革，但是呼告无门，于是他哀叹"万马齐喑"，发出对"不拘一格降人才"的热切呼唤。真正称得上是龚自珍盼望的"天公重抖擞"的时代可以说是从19世纪中叶开始的。中国社会先后发生了多次重要的变革，其中包括19世纪60—90年代的洋务运动、1898年的戊戌变法和1911—1912年的辛亥革命等，"九州"出现了"风雷"般的种种社会思潮，中国大地在沉闷、压抑中爆发出响亮的呼救与抗争的声音。在此期间，西方社会的文化思想在中国逐渐传播开来，形成了对中国固有的文化和纲常、名教、伦理等思想的巨大冲击，出现了"西学东渐"、人道主义、进化论、无政府主义、实证主义、民族主义等多种思潮。这些思潮一方面是受西方社会思潮的影响，另一方面是中国社会自身寻求资本主义发展的一种表现。在这样的社会转型期，批判传统、质疑权威的变革精神高涨，推动中国文化思想与教育思想革故鼎新。1920年，梁启超在《清代学术概论》中说道："凡'时代'非皆有'思潮'；有'思潮'之时代，必文化昂进之时代也。"[①] 在这一时期虽求学术之进步，却不求思想之统一。中国先进知识分子站在各自的立场宣扬各自的观念思想，中国的思想文化呈现出反叛传统、革旧立新的新面貌。但是，无论是戊戌变法还是辛亥革命，在社会思想方面，改良或是革命，都不彻底，并没有打破传统的精神枷锁，中国社会亟待一场轰轰烈烈的社会思想革命。这些前期的改良或革命，在社会思想方面为反对旧文化、旧思想、旧礼教的新文化运动的发展奠定了基础。

---

① 梁启超：《清代学术概论》，北京：中华书局2010年版，第1页。

（一）清末民初中国社会的转型

从 1840 年被英国用大炮打开国门以后，近代中国不得不从闭关锁国中挣扎地站起来，并一步步走向世界舞台。在这样的背景下，大清帝国这样一个封建专制王朝面临着分崩离析的危险，但是专制统治阶层不愿意退出历史舞台，于是他们尝试在维护统治的前提下进行社会的改造。这些改造涉及经济结构、政治观念、文化形态等多个方面。这一时期，中国试图从一个封建落后的农业国转向工业国，从一个封建专制国家转变为君主立宪的国家。在政治和经济转型的同时，文化、教育也要转型，但是无论哪一方面的转型都是困难重重。近代中国的社会转型不是在中国社会自身发展的基础上自然而然地发生的，而是在西方坚船利炮的攻击下被迫进行的，因此，在这一转型中，我们不得不将眼光投向已经实现转型的西方世界。明清的统治者沉醉于"天朝上国"的迷梦中，在世界转向发展工业文明的时刻，固守农耕文明，造成了中国后来被动挨打的局面。在鸦片战争后，中国人不得不从迷梦中醒来，面对西方列强的侵略，只能忍辱奋起抗争。抗争者，首先想到的就是"师夷长技以制夷"，在学习西方的过程中，逐渐从学习西方的技术扩大到学习西方的政治、文化、教育等制度与措施，先后经历了"洋务运动""戊戌变法""辛亥革命"等大的变革。

洋务运动可以说是中国经济现代化的开端。鸦片战争后，在不平等条约的规定下，被迫开放的通商口岸被动地纳入资本主义世界市场，这在客观上刺激了中国自身资本主义的发展。受外商企业和洋务企业的刺激和影响，中华民族资本主义产生并逐渐发展，出现了以发昌机器厂（上海）、继昌隆缫丝厂（广东）等为代表的民族资本主义企业。在两次鸦片战争的失败和教训中兴起的洋务运动，注重实用，在保持中国传统政治制度的前提下，以"中学为体，西学为用"为宗旨，学习西学，以求自强。这样的洋务运动虽然在一定程度上促进了西学的传播，也迈出了中国现代化道路上的第一步，但是不能实现国家富强。

由于晚清政府依然想维护封建的纲常名教、伦理道德，所以中国在文化上的现代化比经济上的现代化发展得更缓慢。在中国社会近代转型的过程中，相比经济和文化转型，政治转型是最困难的。面对复杂的国际环境，中国传统的政治体制日益与世界发展不相适应。但是，清政府不会自觉地改变封建专制的政治体制，只愿意在不伤及封建制度的前提下做一些修补的工作。中国社会近代转型中初次涉及政治转型的是"戊戌变法"。1898 年 6 月，以康有为、梁启超为代表的维新派人士通过光绪帝进行变法，试图将君主专制转变为君主立宪制，宣扬废科举、兴西学，提倡学习西方的科学文化。通过戊戌变法，维新派宣传了维新变法的主张，中国知识分子也进一步开阔了眼界、解放了思想，但是当时维新派的力量弱小，以慈禧太后为代表的封建顽固派掌握实权，这一场资产阶级的改良运动仅持续了一百零三天就仓促结束了。虽然戊戌变法在政治上没有取得实质性的效果，但是在思想文化方面进一步传播了资产阶级的文化观念。可以说政治体制上真正的转型是在辛亥革命中实现的。戊戌变法的失败表明，"自上而下"的维新改良道路在中国是行不通的，只有彻底推翻封建统治王朝才能真正建立起中国的资产阶级政权。1911年，孙中山等革命者以"驱除鞑虏、恢复中华、创立民国、平均地权"为革命纲领，进行了旨在推翻封建王朝统治的全国性民主革命，史称"辛亥革命"。辛亥革命推翻了统治中国几千年的封建君主专制制度，建立起了共和国，唤起了中国社会民主共和的希望。但是，民国初年社会黑暗，袁世凯窃取革命成果倒行逆施，推行尊孔复古，妄图复辟帝制，引起了人们对于辛亥革命失败的忧虑与反思。中国的先进知识分子深刻地意识到，如果民众没有民主共和的思想意识，即便建立起共和政治体制也无法真正实现民主共和，因此必须从思想上、文化上彻底消除封建思想的遗毒。这为新文化运动的到来奠定了思想基础。

经过洋务运动、戊戌变法和辛亥革命，虽然中国社会在经济、政治、思想文化方面都发生了显著变化，但是中国社会转型的过程曲折艰难。中国的思想启蒙是在救亡的需求和现代化运动中开展起来的，这与欧洲由启蒙而至现代化的过程正好相反。这也造成了中国的经济、政治朝民主的方向大步迈进，而其思想文化却没有跟上步伐的情况，因此这就需要一场思想文化方面的大运动来追赶时代的潮流。可以说，正是在中国社会经济、政治、思想文化等一系列转型的推动下，新文化运动才孕育而生。

（二）思想启蒙与救亡图存的时代思潮

总的来说，中国近代社会有两大时代主题：思想启蒙与救亡图存。这两大主题深受当时的社会思潮影响。中国近代社会思潮勃发，仅高瑞泉列出的就有十余种，如人道主义思潮、进化论思潮、实证主义与科学主义思潮、20世纪中国的自由主义思潮、文化激进主义思潮、汉宋学术与现代文化保守主义思潮、无政府主义思潮、民族主义思潮、佛教复兴思潮、晚清"西学东渐"思潮等。清末民初，维新派和革命派的思想启蒙主张和新文化运动中的思想文化革命主张都受多种社会思潮的影响，而且这些社会思潮深受西方思潮的影响。在甲午中日战争以后，民族危机严重，西方"物竞天择，适者生存"的进化论思想开始传入中国。严复翻译的《天演论》以及其他进化论思想的引入，给国人带来了一种崭新的世界观、历史观,进化论是抗击顽固不化的传统思想政治体系、解放人们头脑的优良武器,它的传播推动了中国社会的思想启蒙,也从思想上为戊戌变法的实施创造了条件。高瑞泉说:"中国近代价值观念的巨大变迁与西方文化的冲击有极大的关系,后者同时也是近代中国之所以思潮勃发的外因。"① 陈独秀曾在《文学革命论》中说"今日庄严灿烂之欧洲,乃革命之赐也",无论是政治、宗教、伦理道德,还是文学艺术,"莫不因革命而新兴进化"。②

上述社会思潮也深深影响了中国教育的发展。阮真的《时代思潮与中学国文教学》③ 一文将自有中学以来国文教学发展历史按时代思潮的影响划分为六个时期,即"中学为体、西学为用"时期、注重读经时期、废止读经时期、提倡白话文新思潮时期、整理国故时期和翻译文学大盛时期,并且指出了中学国文教学受时代思潮影响大的原因。

对于文学教育思想来说,教育思潮的影响更为直接。下面将结合笔者使用的"晚清和民国期刊全文数据库"进行相关论著的检索来说明清末至民国初期教育思潮的发展情况。这一检索的范围包括近代期刊、现代期刊、中文报纸、外文报纸,检索类型只选择了"正文"。虽然这一检索不能涵盖全部的教育论著,但是从该数据库的检索结果上可以直观地显示出各种教育思潮发展的时间段,并且能在一定程度上显示各种思潮的影响力。具体检索结果见表1-1。

表1-1 20世纪上半叶中国多种教育思潮的数量统计

年份 教育思潮(个)	1900—1909年	1910—1919年	1920—1929年	1930—1939年	1940—1949年
平民教育	1	141	2373	585	81
生活教育	2	167	460	5326	1362
乡村教育	2	21	983	3623	236
职业教育	4	475	1666	2622	666
"活"教育	4	67	259	1948	1010

---

① 高瑞泉:《中国近代社会思潮》,上海:上海人民教育出版社2007年版,第4页。
② 陈独秀:《文学革命论》,载《新青年》,1917年第6期,第6~9页。
③ 阮真:《时代思潮与中学国文教学》,载《教育季刊》(上海1930),1930年第2期,第51~64页。

续表

年份 教育思潮（个）	1900—1909年	1910—1919年	1920—1929年	1930—1939年	1940—1949年
公民教育	2	150	993	1668	278
革命教育	7	34	657	906	271

资料来源：晚清和民国期刊全文数据库，检索时间2020年12月10日。

表中显示，生活教育、乡村教育、职业教育、平民教育思潮、"活"教育等教育思潮在1900—1909年鲜有论述，基本上在1910—1919年这个阶段初步发展，在1920—1929年间平民教育思潮最为活跃，1930—1939年间生活教育、乡村教育、职业教育、"活"教育思潮的论述都达到鼎盛时期，其中以生活教育的论述数量最多。

第二节 文学转向与文学思想变迁

从清朝末年到民国初年，在政治、经济、思想文化转型的同时，文学自身也在发展变化。从晚清到民国初年再到新文化运动时期，文学自身在创作主题、思想倾向、题材类型等方面都发生了显著变化。这些变化主要表现在两个方面：一个是在文学启蒙与文学救国思潮影响下发展起来的文学"工具论"；另一个是受西方文学思想影响的"纯文学"观，文学出现独立化、通俗化的倾向。

（一）文学"工具论"的持续发展

中国自古重视文学的思想教化作用，如古代教育家孔子的"兴观群怨"说、古代诗歌理论经典《毛诗序》中的"美刺说"等都是文学"经世致用"观念的理论渊源。其后的文学理论都在不同层面表达了文学之"用"。曹丕所说的文章属于"经国之大业"，与白居易所说的诗"可裨教化"等，都是文学之"用"的不同表述。发展到清初，出现了"经世致用"学派，但是这一学派深受当时"文字狱"的冲击，后来逐渐消散。到了清末，学者面对内忧外患的局势，意识到"所学非所用"是非常大的弊病，故而重新思索经世致用观念的价值。到了道光年间，又形成了经世致用思潮，成为当时学界的主要思潮之一。晚清"文学领域里出现了众多的思潮，如经世致用文学思潮、学习西方文学思潮、人文精神文学思潮、文学通俗化思潮以及文学复古思潮等"①。后来，随着民族危机的加深和"西学"的输入，"经世致用"的文学观逐渐转向"文学救国论"，即在文学观念上，将文学从被视为政治教化的工具转化成被视为社会改造、救国革新的工具。

  1899 年，梁启超最早提出"文界革命"，提倡以简洁明快、富有情感的文字表达新思想，抵制桐城派古文。他倡导的"诗界革命""小说界革命"既包括表达形式的改革，又包括思想内容的改革。梁启超曾说："我生爱朋友，又爱文学。"② 他对文学的热爱，一方面来自对情感的关注，他认为文学是表达人的情感的最好方式；另一方面是出于对近代社会变革的希冀，他将文学作为陶冶情操、抒发情感的利器，意图用文学输入新思想，启迪民众，由此成为近代文学"工具论"的开拓者。在《清代学术概论》中，梁启超比较了中西学风，在他看来，前清一代学风很像欧洲的文艺复兴，但是区别很明显，就是中国的美术、文学不发达。③ 然后，梁启超分析了中国文学不发达的原因："欧洲文字衍声，故古今之差变剧；中国文字衍形，故古今之差变微。"④ 在漫长的历史发展中，语音和表达习惯早就发生了很大的变化，若今人依然要用古文作文，则写不出好的文学。也就是说，他认为中国文学的不发达源于文字掣肘，并提出了文字改革的主张，例如，以俗语代替古语，以白话文代替文言文。另外，在文学体式和内容上的改革，他提出了在近代文学界影响深远的文界革命、诗界革命、曲界革命、小说界革命等主张。在这些文体改革主张中，梁启超最重视小说界革命。1902 年，梁启超在《论小说与群治之关系》一文中提出"小说界革命"这一口号，并且"欲新一国之民，不可不先新一国之小说"⑤，他将小说的作用提到了"新民"的地位，将"文以载道""文以治国"的思想提高到了一个新的层次。梁启超如此青睐小说，主要是看中了小说通俗易懂、更容易被大众接受这一特点，他也由此开启了文学的通俗化、大众化的改革之路。他旗帜鲜明地主张"小说新民"，呼吁进行"小说界革命"以促进民众的思想变革。

---

① 彭功智、曹辛华：《晚清文学思潮与近现代词学批评的转型》，载《河南师范大学学报》（哲学社会科学版），2001 年第 2 期，第 60~64 页。
② 梁启超：《诗话》，见《梁启超全集》（第 9 册），北京：北京出版社 1999 年版，第 5295 页。
③ 梁启超：《清代学术概论》，见《梁启超全集》（第 5 册），北京：北京出版社 1999 年版，第 3106 页。
④ 梁启超：《清代学术概论》，见《梁启超全集》（第 5 册），北京：北京出版社 1999 年版，第 3107 页。
⑤ 梁启超：《论小说与群治之关系》，载《新小说》，1902 年第 1 期，第 1~8 页。

清末民初，军阀割据、政府腐败、社会萎靡不振，小说等文学作品成为"救亡图存"中思想革新的"武器"。虽然1905年废除了科举制度，1911年推翻了清朝统治，建立了"中华民国"，但是民众的精神依然没有得到解放。早在1902年，梁启超在日本创办《新小说》杂志，并且发表《论小说与群治之关系》一文就强调了小说的社会政治功能。他振聋发聩地呼吁以小说"新民"，也就是要充分发挥小说的叙事说服力以培养"新人"。这一文章成为"小说界革命"的纲领，以此号召对小说进行内容和思想的改造，以便让小说成为改造民众思想的渠道。同年，梁启超发表了《介绍新刊——新小说第一号》，他在文中就对"新小说"的创作提出了自己的思路："盖今日提倡小说之目的，务以振国民精神，开国民知识，非前此诲盗诲淫诸作可比，必须具一副热肠，一副净眼，然后其言有裨于用。"同时强调："小说之作，以感人为主。若用著书演说窠臼，则虽有精理名言，使人恹恹欲睡，曾何足贵。"① 小说诉诸人类情感的特性，再度受到肯定与重视。小说有其独特的文体，再加上近代文体观念的转变、出版业的发展、民众阶层的兴起、小说创作团队的壮大、知识分子的大力提倡等因素，小说在民国初期拥有了广泛的传播基础，而后蓬勃发展起来。小说通过塑造人物、叙述故事、描写环境来反映生活、表达思想，因其内容贴近民众生活，语言又能为普通民众所接受，所以成为民国时期民众喜闻乐见的文学形式。

辛亥革命后，文学救国的思想仍持续发展。1912年，虽然建立了临时国民政府，但是很快民众就感到失望，革命成果被袁世凯窃取，中国社会又一次百废待兴。民国初期的文学创作者努力地回避现实斗争和政治诉求，不约而同地转向儿女情长，当时的文学创作类型主要是鸳鸯蝴蝶派小说、黑幕小说、古典诗文等；而主流的文学思潮是复古与怀旧，有娱乐化倾向。直到新文化运动开始以后，新文学的发生成为可能，作家在思想启蒙、弘扬个性的时代使命的感召下，在文学革命的带领下，开始进行文学教育阵地的争夺，并在新旧文学的优劣、文言文学与白话文学的分量等方面展开了激烈的论争。

(二)"纯文学"思想的萌发

西方的文学思潮对晚清文学观念的更新有着极大影响，为人们正确认识文学、运用新的文学观念进行文学创作和文学批评扫清了道路。晚清早期学习西方的运动只主张学习西方的科学技术，"洋务运动"的目的是"师夷长技以制夷"，而并未提及学习西方的文学；到"戊戌变法"时期，废科举、兴西学，在

---

① 梁启超：《介绍新刊——新小说第一号》，载《新民丛报》，1902年第20期，第99页。

教育和文化方面有了较为明确的学习西方的主张，文学的"西化"也随着科学技术、教育文化的"西化"逐步展开。对于如何对待中学和西学这一问题，从明末清初就开始了讨论，最初有"以中化西""援西化中"等提法，之后有"中学为体，西学为用"等观点，再到后来研究西学才成为显学。

"中国传统文学观属于'杂文学'观，失之宽泛、庞杂。"① 近代，王国维提出了"纯文学"的概念，并在理论上进行了较为系统的阐述。他指出"美术之无独立之价值也久矣"②，美术"使吾人超然于利害之外，而忘物与我之关系"③，"而美术之慰藉中，尤以文学为尤大"④。他在《文学小言》一文中提出"余谓一切学问皆能以利禄劝，独哲学与文学不然"，认为文学家不应以"政治及社会之兴味为兴味"⑤，要注重文学自身的价值，那些没有真情感投入、不具有意境美的文章并不能成为真正的文学。他将"意"和"境"作为文学不可或缺的要素，"文学之事，其内足以摅己，而外足以感人者，意与境二者而已"⑥。他撰写的《红楼梦评论》和《宋元戏曲考》，成为小说、戏曲研究的奠基性著作。王国维的文学观，打破了传统的"文以载道"观念，不以文学为手段，而以文学为目的，追求文学独立的价值——"无用之用"。⑦ 他提出的"游戏说"（"文学者，游戏的事业也"⑧）和"境界说"（"有境界则自成高格"⑨）具有很高的理论价值。"正如梁启超提高了文学的社会地位一样，王国维给中国新文

---

① 陈才训：《20世纪初文学观之变迁与中国古代文学学科的初创》，载《江淮论坛》，2020年第2期，第179~185页。
② 王国维：《论哲学家与美术家之天职》，见姚淦铭、王燕编：《王国维文集》（下部），北京：中国文史出版社2007年版，第3页。
③ 王国维：《红楼梦评论》，见姚淦铭、王燕编：《王国维文集》（上部），北京：中国文史出版社2007年版，第2页。
④ 王国维：《去毒篇》，见姚淦铭、王燕编：《王国维文集》（下部），北京：中国文史出版社2007年版，第14页。
⑤ 王国维：《文学小言》，见姚淦铭、王燕编：《王国维文集》（上部），北京：中国文史出版社2007年版，第16页。
⑥ 王国维：《人间词乙稿序》，见姚淦铭、王燕编：《王国维文集》（上部），北京：中国文史出版社2007年版，第96页。
⑦ 参见原文："余正告天下曰：学无新旧也，无中西也，无有用无用也。"[王国维：《国学丛刊序见》，见姚淦铭、王燕编：《王国维文集》（下部），北京：中国文史出版社2007年版，第516页。]
⑧ 王国维：《文学小言》，见姚淦铭、王燕编：《王国维文集》（上部），北京：中国文史出版社2007年版，第16页。
⑨ 王国维：《人间词话》，见姚淦铭、王燕编：《王国维文集》（上部），北京：中国文史出版社2007年版，第76页。

学提供了一种本体精神。"① 五四时期的文学观念虽然处于文学"工具论"与"自主论"的二元悖论中，但在这一时期，文学既得到了社会的重视，又在理论和创造上得到了发展与繁荣。

紧随鲁迅的《摩罗诗力说》，周作人也通过《论文章之意义暨其使命因及中国近时论文之失》一文发表了他的文学主张，强调了文学要培养国民精神，他说："夫文章者，国民精神之所寄也。精神而盛，文章固即以发皇，精神而衰，文章亦足以补救。故文章虽非实用，而有远功者也。"② 这也是一种"纯文学"的观点，它发展了王国维的"纯文学"观念，但与传统的文以载道的文学观念相悖。周作人还提出了文章的思想使命："一曰，裁铸高义鸿思，汇合阐发之地；二曰，在阐释时代精神，的然无误；三曰，在阐释人情以示世也；四曰，在发扬神思，趣人心以进于高尚也。"③ 周作人对以梁启超为代表的文学功利论持批评态度，他批评梁启超以小说实现"群治""新民"的做法，说其是"以古目观新制"④，认为梁启超仍然是以传统的文学思想来曲解西方的文学观。对于势力依然强大的传统文学观念，周作人清醒地意识到其中问题，他说："若论现在，则旧泽已衰，新潮弗作，文字之事日就式微。近有译著说部为之继，而本源未清，浊流如故。"⑤

第三节 学科体系与教育主体重构

（一）"癸卯学制"与文学教育的学科独立

文学教育在清末开始改革。1902年的《钦定学堂章程》和1904年的《奏定学堂章程》规定了新式学校中的科目设置、学科时数、教学内容等。1905年，清政府废除了科举考试制度，并在全国范围内推广新式学堂。宣统元年（1909年），地方科举考试真正停止。此后，西式学校教育成为政府办学的主要形式。

---

① 李劼：《中国现代文学史 1917—1984 论略》，载《黄河》，1988 年第 4 期，第 1 页。
② 张枬、王忍之编：《辛亥革命前十年间时论选集》，北京：生活·读书·新知三联书店 1960 年版，第 330 页。
③ 张枬、王忍之编：《辛亥革命前十年间时论选集》，北京：生活·读书·新知三联书店 1960 年版，第 318 页。
④ 周作人译：《红星佚史》，北京：商务印书馆 1907 年版，第 1 页。
⑤ 周作人：《论文章之意义暨其使命因及中国近时论文之失》，载《河南》，1908 年第 4 期，第 105～123 页。

在新式学堂中,传统的文学教育的内容经重新整合之后,以学科科目的形式在新式学校中出现。

中国近代课程同传统课程相比,在教育内容方面最大的区别是除传统的经学和文学之外,还增添了自然科学和社会科学的内容。在清末教育的近代转型中,虽然致力于"废虚文"而"兴实学",但是依然保留了经学和文学课程。传统的融文、史、哲于一体的文学教育和经学教育已经不适应新式学校和新学制的要求,在新教育体系中幸存下来的经学和文学教育,与传统的经学、文学教育已有明显差别。学校的学科科目设置和教学内容虽然受经济、科学等发展水平的影响,但归根结底是由教育目的决定的,并受教育传统的影响。

我国自古重视文学教育,从习字、属对开始学习,到完成诗词、文章、策论的撰写,这曾是学生学习的主要任务,也是个人学业水平的重要体现。我国传统文学教育历时数千年,在不同的历史时期有不同的特点。先秦两汉时期注重经典教育,学习古代礼乐文化和孔儒诗教,主张"以意逆志"的解经之道;魏晋六朝时期文人阶层讲究文人意识,主张"由才入学";唐宋时期注重古文诸家的诵读和吟咏,主张"以学养气""因声求气";宋元明清时期,注重"四书""五经"的研读,发展大学教育,追求"内圣外王"。① 传统文学教育取得了浩瀚辉煌的成就,不仅培养了大批人才,而且为后人留下了众多诗、词、曲、赋、小说名篇。但不幸的是,从隋唐到清代同治年间,我国的学校教育降为科举的附庸。科举考试逐渐成为死抠"四书""五经"字句的游戏,写出的文章只能代"圣人立言",书生若不能考取功名,那所学的东西"有百害而无一用"。清道光以后,国家内忧外患,在对比西方的强大与自身的衰弱之后,朝野上下觉得,只有"废科举、兴学校"才能救亡图存。于是仿效他国,设立新式学校,增设多个学科,学习西方技艺,同时对原有的识字、读书、修身等学习内容进行改革。科举制废除后,传统的文学教育受到严重冲击。传统的、笼统的文学教育,在"废虚文""兴实学"的过程中幻灭。

清末戊戌变法是"救亡图存"的大变革,在这场变革中教育改革成为重要的内容之一。在此过程中,文学教育从文、史、哲一体的笼统教育,转变为分科教学中的一个学科。文学教育不符合当时"废虚文""兴实学"的大情势,但是清政府依然大力保留"读经"等内容,对于学生的识字、写作等方面的要求也没有放松,如"读经""习字""作文""词章"等。"读经"是传承道德、

---

① 陈雪虎:《传统文学教育的现代启示》,广州:广东教育出版社2006年版,第185、195、206页。

思想的重要方式，1903年11月由张百熙、荣庆、张之洞撰写完成的《学务纲要》（1904年1月颁布）指出，"中小学堂宜注重读经以存圣教"①。"读经"在教学内容的安排上依然占较大分量，这是统治阶层维护思想统治的一种方式，但同时传承了民族文化。这一阶段的文学教育依然保留了一些传统文学教育的精华，例如，按年龄层次，逐步推进古文典籍的阅读；在小学重以文字、音韵、训诂等为主要内容的语言基础教育，在中学注重文章写作。1903年的《学务纲要》依然强调"学堂不得废弃中国文辞，以便读古来经籍"②，并指出"其中国文学一科，并宜随时试课论说文字，及教以浅显书信、记事、文法以资官私实用"③。文学科目的教学内容上，注重保存国粹，并讲求实用。清末民初中小学文学教育的具体变化见表1-2。

表1-2 清末民初中小学文学科科目名称及内容

时期	初等小学			高等小学			中学		
	年限	科目	内容	年限	科目	内容	年限	科目	内容
1902年	3年	读经	《诗经》《礼记》	3年	读经	《尔雅》《左传》《公羊传》《穀梁传》	4年	读经	读《书经》《周礼》《仪礼》《周易》
		作文	四五句、七八句连属，作七八句记事文		读古文词	记事之文，说理之文，辞赋诗歌		辞章	作记事文、作说理文、学章奏传记诸体文、学辞赋诗歌诸体文
		习字	第一、第二年习楷书，第三年兼习行书		作文	作记事文短篇，作日记、简短书札，作说理文短篇			
					习字	楷书、行书、兼习小篆			

---

① 舒新城编：《中国近代教育史资料》（上册），北京：人民教育出版社1981年版，第200页。

② 舒新城编：《中国近代教育史资料》（上册），北京：人民教育出版社1981年版，第202页。

③ 舒新城编：《中国近代教育史资料》（上册），北京：人民教育出版社1981年版，第202页。

续表

时期		初等小学			高等小学			中学	
1904年	5年	读经讲经	《孝经》《论语》《中庸》《孟子》《礼记》	4年	读经讲经	读《诗经》《书经》《易经》及《仪礼》之一篇	5年	读经讲经	读"春秋三传"、《周礼》
		中国文字	动字、静字、虚字、实字，积字成句、积句成章之法，以俗话作日用书信，习字		中国文字	读古文，教以作文之法，学作日常浅近文字		中国文字	首重作文，次讲中国古今文章流别、文风盛衰之要略
1912年	4年	国文	首宜正其发音，使知简单文字之读法、书法、作法，渐授以日用文章，并使联系语言	3年	国文	首宜依前项教授渐及普通文之读法、书法、作法，并使练习语言	4年	国文	讲读，作文，文字源流、文法要略、文学史，习字

资料来源：根据光绪二十八年（1902年）"钦定学堂章程"（《钦定中学堂章程》①《钦定小学堂章程》②）、光绪三十年（1904年）"奏定学堂章程"（《奏定学堂章程》③《中学堂章程》④《高等小学堂章程》⑤《初等小学堂章程》⑥）、民国元年（1912年）中小学校令（《小学校令》《教育部订定小学校

---

① ［日］多贺秋五郎：《近代中国教育史资料》（清末编），台北：文海出版社1978年版，第157~166页。

② ［日］多贺秋五郎：《近代中国教育史资料》（清末编），台北：文海出版社1978年版，第166~184页。

③ ［日］多贺秋五郎：《近代中国教育史资料》（清末编），台北：文海出版社1978年版，第199~207页。

④ ［日］多贺秋五郎：《近代中国教育史资料》（清末编），台北：文海出版社1978年版，第279~287页。

⑤ ［日］多贺秋五郎：《近代中国教育史资料》（清末编），台北：文海出版社1978年版，第287~296页。

⑥ ［日］多贺秋五郎：《近代中国教育史资料》（清末编），台北：文海出版社1978年版，第297~308页。

教则及课程表》《中学校令施行规则》①）整理，内容有所删减。

由表1-2可以看出，清末的"钦定学堂章程"和"奏定学堂章程"对传统文学教育进行了大幅度的改革，再到1912年中华民国成立后，文学教育的改革继续深入，而这些改革涉及文学科目的名称、内容、教材等多个方面。

1. 文学教育学科名称的变化

虽然文学教育从古至今一直存在，但"文学"在除大学之外的学校系统里并不是一个独立的学科。古代教育是集文、史、哲于一体的笼统的教育，没有明显的学科界定。到了清末，清政府从1901年开始兴办新式学堂，学习西方的分科授课制度，这一时期在中学阶段出现过"中国文学"这一科目。从表1-2我们可以看出，1902年的初等小学、高等小学、中学都设有"读经"科，此外还有作文、习字等科目；到了1904年小学阶段的"习字"和"作文"就归为"中国文字"课了，中学阶段在开设"读经讲经"的同时还开设"中国文学"。这是中国教育史上难得的将文学作为一个单独的科目教学的时代。到了1912年，读经被废止，原来小学的"中国文字"和中学的"中国文学"课都归为"国文"一科。

1912年，南京临时政府教育部制定的《普通教育暂行课程标准》规定："各种教科书，务合乎共和民国宗旨，清学部颁行之教科书一律禁用"，"小学读经课一律废止"。民国初年废止读经后，将清末以来的"中国文字"和"中国文学"改称为"国文"科，并将该科分为读法、作法、书法、语法（练习语言）四项。此后，"国文"便成了中小学教学本国语言文字的唯一学科。虽然之后一度再次出现复古读经现象，但是国文作为中小学的一个重要科目一直延续了下来。国文科承担了语言、文学知识的学习、听说读写能力的培养等语言文学方面的主要教学任务。

2. 文学教育学科内容变化

为了学习西方的先进技艺，清末开始仿照西方模式重新构建学校教育的学科体系。首次尝试是1902年《钦定小学堂章程》的制定。在该章程中"寻常小学堂课程门目表"有修身、读经、作文、习字、史学、舆地、算学、体操，共八门课程。与文学相关的课程有"修身、读经、作文、习字"；到了中学，课程门目更多，有修身、读经、算学、辞章、中外史学、中外舆地、外国文、图画、

---

① 李桂林、戚名琇、钱曼倩编：《中国近代教育史资料汇编·普通教育》，上海：上海教育出版1995年版，第459、460、791页。

博物、物理、化学、体操十二门课，其中，去掉了作文、习字，在保留"读经"的同时，开设"词章"课程，四年时间分别学习记叙文、说理文、章奏传记诸体文、词赋诗歌诸体文。在这些科目中，有的借鉴西方，如物理、化学等，在中国的教育体系中首次出现；有的如读经、作文、习字等，则是传统教学内容。这一章程虽然没有实施，但是为随后学堂章程的制定开拓了思路。

　　1904年颁布并实施的《奏定学堂章程》是在晚清"废虚文、兴实学"的大背景里登场的，带有明显的务实特点。虽然教学内容包含"古今文学流别、文风盛衰要略"，但是更注重"文义""文法"及"作文"等实用知识的学习。在这一章程中首次出现"中国文学"学科，《奏定学堂章程·学务纲要》明确说明："其中国文学一科，并宜随时试课论说文字，及教以浅显书信、记事文法，以资官私实用。"① 文学科目的教学内容也偏重实用的读写能力的培养；在难度要求上，"但取理明词达而止"②。这样就降低了文学科目的学习要求，同时配合了多科目学习的需求，学生可以有更多的时间学习新兴学科。这些学科的名称和内容，多数借鉴了日本以及西方国家的教学体系，对于名称的设定和内容的要求，操作方式是这样的："并博考外国各项学堂，课程门目，参酌变通。"③在学科设置的目的上，1903年11月，张百熙、荣庆、张之洞在《重订学堂章程折》中说"以忠孝为本，以中国经史之学为基，俾学生心术壹归于纯正，而后以西学瀹其智识"④。无论科目如何变化，"以忠孝为本"依然是清政府重要的教育原则，所以，在教学中，传统的"读经""修身"和"作文"等科目受到重视，在教学时数安排等方面都有较明显的侧重。

　　民国元年的《中学校令施行规则》规定："国文要旨在通解普通语言文字，能自由发表思想，并使略解高深文字，涵养文学之兴趣，兼以启发智德。"⑤ 至此，虽然传统文学教育中的"习字""作文""词章"等内容被保留下来，但是教学的内容和教学时数安排以及教育的目的指向都发生了很大的变化。在新旧

---

① ［日］多贺秋五郎：《近代中国教育史资料》（清末编），台北：文海出版社1978年版，第214页。
② ［日］多贺秋五郎：《近代中国教育史资料》（清末编），台北：文海出版社1978年版，第214页。
③ ［日］多贺秋五郎：《近代中国教育史资料》（清末编），台北：文海出版社1978年版，第200页。
④ 舒新城编：《中国近代教育史资料》（上册），北京：人民教育出版社1981年版，第36页。
⑤ 课程教材研究所编：《20世纪中国中小学课程标准·教学大纲汇编》（语文卷），北京：人民教育出版社2001年版，第272页。

交融的过程中，中国文学教育自此呈现出新面貌。

3. 文学教育的教材变化

新式学堂深受西方教育影响，实行分科教学。数、理、化、音、体、美等科目都是借鉴日本、欧美等国的经验，编制相关科目的新式教材。唯独"中国文学"一科，是我国独有的，须由我国自己编制，中小学文学科目的教材先是袭用旧式选本，后来逐渐采用新制选本。

小学阶段：在废科举、兴学堂的潮流之下，各大出版机构开始编撰教材。为了满足新式学堂的需要，上海的商务印书馆于1903年出版了"自由编印"的中国近代第一部形式和内容都比较完善的教科书《最新国文教科书》。1904年施行"癸卯学制"以后，商务印书馆、文明书局等也纷纷编印出版各种中小学教科书。为了鼓励教材的编写，1905年起，由清政府设立的学部"审定"教材。1906年，学部又设立"图书编译局"，不久便由商务印书馆出版了一套"部编"小学教科书。蒋维乔和庄俞编的《最新国文教科书》（1~10册），从1907年起到中国民国成立前一直在使用，是清末全国小学堂使用范围最广的教材。另外，这段时期有一部识字教材影响很大，那就是1901年刘树屏编的《澄衷蒙学堂字课图说》，曾被胡适誉为"中国自有学校以来，第一部教科书"。《澄衷蒙学堂字课图说》一方面秉承了古代的识字教育传统，对汉字进行解说，先讲字的本义，再讲引申义和假借义，并引用传统经典中的释义和用例；另一方面有新的教育思路，能联系社会生活形态，让汉字回归生活，增进儿童对汉字的认识。这套教材，既可以作为一部词典，又相当于一部小型百科全书，还可以算作一部解释字根意义、正本清源的"说文解字"，因此，在当时扩印次数很多，流传广泛。

中学阶段：与小学阶段的教材相比，清末编辑出版的中学国文课本比较少，且多是讲义性质的。1908年，商务印书馆出版的吴曾祺编选的《中学国文教科书》在当时使用得最多。这套书综合介绍、评述每一历史时期的文学源流及特色，受到了学生的喜欢。当时知名的国文读本，还有林琴南选编的《中学国文读本》（1909年）。林琴南精于古文，该套教材选入了很多杰作名篇，点评也很深入。

从教材的内容来看，从清朝末年到民国初期的文学类教材依然以传统的文学为基础，内容上多汲取传统文学教育中的经典篇目，在保证文学发展脉络清晰的基础上，适当删减内容。因此，清末民初的文学教育，依然是古文的天下。

清末的教育改革向西方学习，以日本的教育体系为模式构建了自己的教育体系。清末的教育改革开始分科教学，并且引进了舆地、博物、物理、化学等学科，强调学习内容的实用性，整个教育朝"废虚文""兴实学"的方向发展。

但是，在清末新式教育中，依然保留了传统文学教育中的习字、作文、辞章等内容，并且注重经学教育，传统文学教育以一种新的形式继续在新的教育体系中存在。一直到民国初年将习字、作文、辞章等内容整合为国文学科，但其教学内容仍以传统的讲读、作文、文字源流、习字等内容为主，教学篇目多取材于传统文学。新的文学教育虽然从教学内容上有重实用性的读写能力的培养倾向，但是在教材选文和教学方法等方面，依然保留了大量传统的文学教育经验。清朝末年至民国初年的文学教育改革以形式上的改变为主，内容上依然是传统文学教育的血统。但是，我们能看到，在国困民乏的状态下发展起来的"救亡图存"式的教育存在"救亡压倒了启蒙"的问题。李泽厚认为，"救亡的局势"等"压倒了对个体尊严、个人权利的注视和尊重"①，这为五四运动后的教育改革埋下了伏笔。

（二）西式教育与文学教育主体的培育

新式学堂的教育和留学教育为新文化运动时期的文学教育储备了施教主体（教师和作家）和受教主体（学生及其他青少年、儿童）。一方面，民国政府成立以后推动实施义务教育，并且鼓励开设各类学习机构，学生数量不断攀升；另一方面，清末开始兴办的新式学堂培养的人才陆续毕业，为新式学校数量的扩充提供了一定的教师储备。另外，此前十余年间出国留学的人员纷纷回国，这一时期战事频繁，经济凋敝，很多人成为教员或者作家。

1. 西式学校兴办与学生群体的成长

清末新政中的一系列改革措施虽然未能达到富国强兵的目标，也没能阻止清王朝走向灭亡，但是在文学社会层面，像投向湖中的石块，激起了一串串涟漪。而且，文学和社会层面的变革虽然看起来不如政治和经济方面的变革那么有力，但是在政治体制更替的时候，文学社会层面的变革依然能悄然继续。以清末废除科举考试、发展新式学堂政策为例，在这一举措影响下渐渐发展起来一个"学生群体"。当时谁也不会想到，这一群体会在若干年后引领中国革命的风潮。学生群体作为一个新兴阶层，在中国政治、文化、教育等各个领域中发挥着重要的作用。新文化运动时期的教育者清醒地看到了学生群体的力量和作用。如何教育学龄阶段的儿童、少年、青年，成为这一时期文学教育的重要课题。

---

① 李泽厚：《中国现代思想史论》，北京：东方出版社1987年版，第33页。

据"光绪三十三年分学部第一次教育统计表"①,1907—1909 年,全国学堂总数持续增长(见表 1-3),学生总数也逐年递增(见表 1-4)。

表 1-3　1907—1909 年全国学堂总数　　单位:所

年份	数量
1907	37672
1908	47532
1909	58896

表 1-4　1907—1909 年全国学生总数　　单位:人

年份	学生数量
1907	1013571
1908	1284965
1909	1626720

另外,据宣统三年(1911 年)学部统计,各省简易识字学塾合计 1.7 万余所(见表 1-5)。

表 1-5　1911 年全国简易识字学塾数量②　　单位:所

省份	数量	省份	数量
四川	4054	直隶	4160
浙江	>1000	山东	>900
广东	>700	福建	>500
湖南	>500	陕西	>500
黑龙江	>300	奉天	>200
河南	>2500	湖北	>1000
吉林	>300	江西	>200
安徽	<200	江苏	>300

在清末废除科举之后,虽然大兴新式学堂,学堂里学生的数量也不断攀升,

---

① 朱有瓛编:《中国近代学制史料》(第 2 辑下册),上海:华东师范大学出版社 1989 年版,第 838~840 页。
② 凌以安:《怎样办民众学校》,上海:上海生活书店 1937 年版,第 12~13 页。

但是从教育的普及程度来看，远不及科举时期。据统计，1906年，中国学龄儿童至少有五千万人，而实际就学率仅为6%。这些数字相较于清代是远远落后的。罗友枝在《清代中国的教育和大众识字率》一书中估计，19世纪80年代中国人的识字率，男子为30%~45%，女子为2%~10%，平均识字率在20%。①清代的识字教育具有广泛的社会基础，政府办的义学等较为普遍，还有乡绅办的教育、私塾教育等，中国传统社会的民众识字率较高。

废除科举之初，私塾教育趋于瓦解，但是代替它的学校没有及时补位，导致很多孩子无书可读。尤其是在农村，失去了通过科举考试考取功名这一动力，很多家庭不再支持孩子就学，或者学生不愿意就学，这些都是造成清末民初民众识字率比清代低的原因。例如，清末举人刘大鹏在他1905年10月15日的日记里写道："下诏停止科举，士心散涣，有子弟者皆不作读书想，别图他业，以使子弟为之，世变至此，殊可畏惧。"② 当时的一些民间故事、民间习俗、乡村经验，用书面语言记录下来的很少，很多都是靠人们口耳相传的，这也从侧面反映了当时民众识字率低的情况。

1912年，中华民国临时政府成立以后大力推动教育改革。其中，很多举措对文学教育的开展和普及起到了重要作用。其中，一个大的举措是增设学校，并开始义务教育。1912—1913年，中华民国临时政府制定并公布的学校系统中就规定初等小学四年为义务教育；到了1915年，北洋军阀教育部颁布了《义务教育施行程序》；1920年又规定全国分期办理义务教育，从1921年开始至1928年完成。这些法令既促进了学校的开设，也显著提高了适龄人群的入学率，"但因军阀割据、政局动荡，实行义务教育只能是一纸空文。国民党定都南京后，不能不旧事重提，重新做起"③。

这些法令虽然没有得到持续的贯彻落实，但是对于教育发展的推动作用依然明显。从表1-6中我们可以看到，从1915年到1918年各类半日学校、简易识字学塾、图书馆等教育机构的数量大幅提升。人们有更多的机会去学习读写知识。他们不仅接受学校教育，还通过阅读书籍等方式自主学习感兴趣的知识。许多人把这些读写能力的获得作为打开职业大门的钥匙。

---

① Evelyn Sakakida Rawski. *Education and Popular Literary in Chling China*. Michigan：The University of Michigan Press，1979，pp. 173.
② 刘大鹏：《退想斋日记》，太原：山西人民出版社1990年版，第146页。
③ 于述胜主编：《中国教育通史·中华民国卷》（下），北京：北京大学出版社2013年版，第82页。

表1-6 1915年、1918年全国社会教育机构与设施统计①　　　单位：所

年份	图书馆	通俗图书馆	公众阅报所	巡回文库	通俗教育讲演所	巡行宣讲团	公众补习学校	半日学校	简易识字学塾	通俗教育会
1915	22	236	2808	不详	1464	738	76	1186	3407	200
1918	176	285	1376	259	2579	742	46	1686	4851	342

学校的大量开设也让更多的儿童、少年、青年有了入学读书的机会，因此学生群体迅速发展。1912—1930年，中学生这一群体的发展尤其迅猛（见表1-7）。

表1-7 1912—1930年中国的中学学校数和中学生人数统计②

年份	中学学校数（所）	中学生（人）
1912	500	59971
1913	613	72251
1914	784	82778
1915	803	87929
1916	653	75595
1922	547	118598
1925	687	129978
1928	954	188700
1929	1225	248668
1930	1874	396 948

"中学"是在清末教育改革中才出现在我国的学制体系中的。古代的教育体系中并没有"中学"，学生开始要学"小学"，学习文字、训诂、音韵；到十六七岁要上"大学"，要学"理"，学习致知、格物及忠信孝悌。中学学制始于1902年《钦定中学堂章程》，其中规定"中学堂修业四年"③。1922年，民国政

---

① 马宗荣：《现代社会教育泛论》，上海：世界书局1934年版，第281页。
② 中华民国教育部编：《第一次中国教育年鉴》（丁编 教育统计），上海：开明书店1934年版，第133页。
③ ［日］多贺秋五郎：《近代中国教育史资料》（清末编），台北：文海出版社1978年版，第157~166页。

府教育部颁布新学制,将原来的"七四学制"(小学七年、中学四年)改为"六三三学制"(小学六年、初中三年、高中三年),延长了中学年限,而且将中学分成初中、高中两级,建立了沿用至今的现代学制体系。民国时期的中学生处于非常具体的历史情境中,年龄一般偏大。与现在不同,那时的儿童大多不能按时入学,很多人需要边务工边自学,十九岁、二十岁这个年龄的青年,可能仍是中学生。例如,《读书与出版》1947年第7期刊登的习作《我需要一位忠实的导师》就写道:"我今年十七岁,在初级中学读书。"

此时的中学生已完成"小学"的识字任务,而尚未进行大学的专业分科,有广泛的阅读基础和阅读需求。受限于当时的媒介科技,读书看报是民国时期中学生重要的文化生活方式。那是一个社会变革、思想转型的时代,新思想、新文化、新文学不断涌现,文学成为进步人士传达新观念的载体,新文学的阅读成为进步青年的标志之一。对于这时的中学生,龚启昌曾这样描述:中学学生是思想最活跃,精力最弥满的一个时代,读物是指导他们正确思想,供给他们正当娱乐的重要工具。同时,民国时期的中学生处于特殊的社会环境中,有特殊的阅读诉求。他们处于社会动荡、观念变革的历史背景中,对于社会、家庭他们有各种各样的不满:某些人与封建专制的家庭观念对抗,有的无法赞同传统的礼教观念,有的试图寻找独立生活、表达自我的新方法。但是,中学生的社会经验不足,对矛盾和困惑的探索让他们诉诸书籍,试图在书籍的阅读中获得解决问题的新方式。借助书籍的阅读,尤其是一些反映社会和历史变革发展的书籍,他们了解到以前不了解的,感受到以前从未感受过的,他们的文化、家庭观念也在悄然发生改变,并激发了参与社会变革的热情。

另一项推动文学教育发展的重要举措是推动新闻出版的自由。以农民为主的广大民众通过听、说就可以正常地交流,但是到了民国时期,随着城市化的发展、商业的发展、出版的繁荣,处于社会转型期的人们在教育领域同样经历着转型,民众的识字意愿有了很大的提高。书籍数量和种类有了大幅度的增加,学校教育能够在各地开展,得益于印刷术的普及,书籍的阅读不再是上层人士的专享。

2. 留学教育与文学教育的施教人才储备

中国近代有大规模的人出国留学(见表1-8)。

表1-8 中国近代留学生情况统计简表

阶段	留学方向和群体	人数情况	留学生代表
鸦片战争到甲午战争：拓荒阶段	留美幼童学生群	1872年起4批，共120人	唐绍仪、詹天佑等
	福州船政学堂留欧学生群	1877年起4批，共80余人	严复、马建忠等
甲午战争到民国初期：觉醒、救亡、革命阶段	涌向日本的留学群	推算当达22000人以上	宋教仁、蒋介石、鲁迅、陈独秀等
	留学欧美学生群	到辛亥革命前达600人左右	孙中山、蔡元培、竺可桢等
民国初期到20世纪20年代末：自由发展阶段	留美学生群	推算人数达5362人	茅以升、闻一多、梁思成等
	赴法勤工俭学学生群	共计有1700名以上	周恩来、聂荣臻、邓小平等
	留苏的政治家群	总计达1600人左右	刘少奇、邓小平、叶剑英等
	留日学生群	当达20000人以上	郭沫若、苏步青、李大钊等
	留欧学生群	当达5000人以上	徐悲鸿、李四光、朱德等

参见：周棉：《近代中国留学生群体的形成、发展、影响之分析与今后趋势之展望》，载《河北学刊》，1996年第5期，第77~83页。

在寻求自救和发展的社会背景下，留学生群体被寄予厚望。1914年，任鸿隽就曾在《建立学界论》一文中提出"改造而振作之，正唯吾留学生之责"[①]，呼吁青年学生，尤其是留学生，在改造社会中发挥身先士卒的作用。事实也证明，留学生对中国思想和技术的现代化有着重要贡献，他们成为清朝末年至民国时期大规模革命和思想解放运动的主要推动者。孙中山曾说："没有留日学生就没有辛亥革命。"留学生不仅促成了辛亥革命，还组织和发动了新文化运动，可以说，"没有清末开始的留学运动，就没有'五四'新文化运动"[②]。文学教

---

① 任鸿隽：《建立学界论》，载《留美学生季报》，1914年第2期，第43~50页。
② 王彬彬：《留学生的归国体验与新文化运动》，载《文艺争鸣》，2015年第10期，第79~92页。

育中，也可以说，没有清末开始的留学运动，就没有文学教育的多元思想。新文化运动中的"新道德""新文化"等思想并非新文化领袖的独立创造，大多是从日本、美国、欧洲学习借鉴来的，新文化运动的倡导者大多有留学经历，陈独秀、鲁迅、周作人、钱玄同、李大钊等曾在日本留学，蔡元培三次赴德国留学，胡适留学美国。陈独秀、鲁迅、周作人、钱玄同、胡适等既是五四文学革命的发难者，又是新文学创作的先锋人物，蔡元培、胡适是新教育改革的旗手，他们共同成就了新文化运动时期的文学教育在思想和实践上的推陈出新。

新文化运动中文学教育的受教主体，是在1905年废除科举制之后在新式教育中成长起来的一代；这一时期文学教育的施教主体，无论是创作文学作品的文学家，还是活跃在文学教育机构的教育家，基本上都是在留学教育中成长起来的一代。这种新面貌的教师与学生群体，在中国社会中属于首次出现。新文化运动时期从教育体制到教学内容、教育方法、教育主体都与以往教育有很大的差别，在这一时期孕育和发展的新式文学教育有很强的开创意义。

第二章

文学"立人":文学教育目的观

　　自清末到民国,中国社会内外交困、时局动荡,新旧思想交锋激烈。先进知识分子逐渐认识到,教育是救国之根本,救亡图存必先启蒙新民。到了新文化运动时期,文学教育更成为知识分子革新民众思想的首要途径。这一时期的教育目的观最能体现出这个时期人的培养的诉求。新文化运动时期,在教育宗旨上,不同于民国元年(1912年)以"五育并举"主张为基础的教育方针,新的教育宗旨为"养成健全人格,发展共和精神"(以下简称"'健全人格'教育宗旨");在文学教育方面,整体上与"健全人格"的教育宗旨相一致,以"立人"为文学教育的深层追求。

第一节　文学"立人"目的观与"健全人格"教育宗旨

　　1919年,"养成健全人格,发展共和精神"成为当时总教育方针。这一教育方针是古代经世致用思想和现代个性解放思想相互结合的结果。文学教育作为教育的一部分,也肩负着实现教育总目标的使命,尤其是在新文化运动时期,文学教育受到格外关注,在养成"人格"、发展"精神"方面被寄予厚望。

　　(一)"健全人格"教育宗旨的提出

　　1. 复古思潮与"一战"动乱下民国元年宗旨的"失效"

　　早在1912年,民国教育部就颁布了不同于封建教育目的的新教育宗旨。1912年1月,中华民国临时政府在南京成立,蔡元培就任南京临时政府教育总长。作为教育总长,蔡元培的教育主张得以转化为教育政令,开始对教育进行紧锣密鼓的改革。上任后不久,他便颁布了《普通教育暂行办法》,并主持制定《大学令》和《中学令》,废止祀孔读经,实行男女同校。1912年2月10日,他发表《新教育意见》一文,提出"五育并举"的主张,即实行军国民教育、实利主义教育、道德教育、世界观教育、美育。1912年9月，在蔡元培的主持下，教育部颁布实行新的教育宗旨："注重道德教育，以实利主义教育、军国民教育辅之，更以美感教育完成其道德。"

1914—1918年发生的第一次世界大战造成的动乱让世界范围内的教育遭受重创，战争结束以后，各国纷纷思考教育改革的方式。1918年，英国颁布了"费舍法案"，这一教育法案把义务教育年限延长至十四岁，并提倡在初等学校贯彻"进步教育"。同一年，美国通过了《中等教育的基本原则》报告，将中等教育的宗旨和职能概括为培养身体健康、具备职业技能、道德高尚的人，并肯定了"六三三学制"。当时民国政府的教育也面临新旧交替的局面，经历了"一战"的洗礼，冠以"军国主义"之名的德国和日本的恶行让人厌恶，教育界对民国初年以来实行的教育宗旨中的"军国民教育"也开始厌弃，修订教育宗旨的呼声高涨。在民族危机严重的背景下，如何培养能生存、能竞争的公民成为教育界的一大课题。"爱国、尚武"是中国第一个西式学制下的教育宗旨，这一教育宗旨符合当时各政治力量的普遍要求，有利于振奋精神、唤醒民众，但是存在着过于强调尚武精神，忽视人文精神，过于强调国家意识，忽视个体发展等问题。1919年4月，由蔡元培、范源濂等十九人组成的教育调查会通过了应以"养成健全人格，发展共和精神"为教育宗旨的提案。

这一教育宗旨反映了资产阶级对于人才培养的要求，但是之后遭遇了来自内部和外部的诸多因素影响而失效。1915年，尊孔复古、倒行逆施的袁世凯政府在《颁定教育要旨》中提出了"爱国、尚武、崇实、法孔孟、重自治、戒贪争、戒躁进"的教育要旨。虽然袁世凯的这一教育宗旨在1916年就被撤销，但是"终不免使民元（1912年）所颁的宗旨一度失效"①。

2. 人格教育的发展与"健全人格"宗旨的提出

人格教育学说产生于19世纪中期的欧洲，是对赫尔巴特的"主知主义"教育思想缺陷的反思与批判。"主知主义"教育偏重知识传授、强调机械记忆，忽视情感培养，忽视个体的独立性，不尊重个体自主性。人格教育学说在新文化运动前经由日本传到我国。1903年，经亨颐到日本求学，接触到了西方的人格教育学说，并深受人格教育思想影响。1910年，经亨颐学成回国，辛亥革命后担任浙江第一师范学校校长，他曾发表大量教育论文阐述人格教育思想。对于什么是"人格"，经亨颐在《全国师范校长会议答复教育部咨询第一案》中解释说："人格不仅在一己，生活不仅言日用。多数之人格，即所以构成社会生

---

① 陈侠：《近代中国小学课程演变史》，福州：福建教育出版社2007年版，第24页。

活，广义之生活，即所以陶冶国民人格。是故，人格存在于社会生活之中，生活包含于国民人格之内。"① 对于什么是人格教育，他指出："人格教育以狭义言之，即德育、智育。"② 对于人格教育中的教师，他曾说："教师之任务，与其为冷的科学的法则施行者，无宁为以有血有泪，自己之人格移之于儿童，形造儿童之人格之艺术家。"③ 人格教育思想是近代教育理论中的重要组成部分，代表了教育发展的方向，也符合中国解放个性、人格的需求，但在20世纪20年代初期这一教育思潮在中国没有得到广泛传播。但是，"人格"一词此后成为当时教育界使用的高频词汇。"人格"与"个性"的含义大致相同，它们共同成为当时教育目标词汇中的主角。"养成健全人格"被写入新的教育宗旨，得益于新文化运动大力提倡个性独立的运动；同时，这一教育宗旨得以确立，对这一时期的文学教育"立人"目标的实现也起到了重要的促进作用。

（二）"健全人格"教育宗旨的引领作用

1. 从"尚君、尊孔"到"培养健全人格"

清末虽然废除了科举考试制度，制定了旨在学习西方教育体制的《钦定学堂章程》及《奏定学堂章程》，效法西方开始进行新式的学校教育，但其教育宗旨依然是封建专制教育宗旨的遗产。清末所定的教育宗旨是"尚君、尊孔、尚公、尚武、尚实"④。其中，"尚君""尊孔"不符合民主共和的政体要求或信教自由的要求，所以必须用新的教育宗旨取代它。中华民国临时政府成立，大力改革教育。1912年1月19日，先颁布了《普通教育暂行办法》，废止小学读经；紧接着2月又颁布《大学令》和《中学令》，中小学都废除读经科，在大学也取消经科，将经学内容分散到文科的哲学、史学和文学三个科目之中。废止读经令的颁布，掀起了激烈的论争。读经与否论争的核心问题是儒学、传统文化、人格修养等问题，面对强大的政治和舆论压力，作为废止读经的重要推动人物，蔡元培不断用新的观点和理论积极回应。2月10日，蔡元培在《新教育意见》一文中明确提出了要实行军国民教育、实利主义教育、道德教育、世界观教育、美育这"五育"主张。到了9月，民国政府教育部公布教育宗旨："注重道德教育，以实利教育、军国民教育附之，更以美感教育完成其德。"⑤ 这一教育宗旨

---

① 经亨颐：《经亨颐教育论著选》，北京：人民教育出版社1993年版，第101页。
② 经亨颐：《经亨颐教育论著选》，北京：人民教育出版社1993年版，第101页。
③ 经亨颐：《经亨颐教育论著选》，北京：人民教育出版社1993年版，第101页。
④ 《学部奏学部初立请将教育宗旨宣示天下折》，载《大公报》，1906年4月1日，第6版。
⑤ 《教育部部令二则》，载《政府公报》，1912年9月4日，第1~2页。

的颁布,将蔡元培"五育"主张推向教育实践。蔡元培的"五育"主张及他随后提出的培养健全人格的教育思想,成为抗击复古读经一派的重要武器。

　　复古派支持读经的一个重要理由就是经书乃"中国性命根本之书",关乎"国性"、人格。要废止读经,就要思考如何重新塑造国人人格。蔡元培给出的答案是,用体育、德育、智育、美育塑造国人健全的人格。从清末开始,蔡元培就关注人格的培育。早在1902年他就提出:"宗旨,使被教育者传布普通之知识,陶铸文明之人格。"① 到了1912年,他又提出更明确的教育目标"在普通教育,务顺应形势,养成共和国民健全之人格。在专门教育,务养成学问神圣之风习"②,将普通教育和专门教育进行了区分。对于这一教育目标,蔡元培一直坚持、反复申明,在之后的言论或文章中进一步明确如何实现健全人格的培养。在1915年召开的巴拿马万国教育会议上,蔡元培向大会提出了很多问题,在其手稿中我们可以看到他重申"教育者,养成人格之事业也",而且清晰地指出了养成人格的思路:"小学教育既以遵循天性,养成人格为本义,则身、心两方面,决不可有偏废,而且不可不使为一致之调和。"③ 1917年,蔡元培在《在爱国女学校之演说》中又提出,要实现完全人格,首在体育,次在智育,德育实为完全人格之本。④ 对于如何发展完全或健全的人格,他不断深入论述。1919年,蔡元培又提出了群性和个性协同发展的问题,指出"盖群性与个性的发展,相反而适以相成,是谓今日之完全人格,亦即新教育之标准也"⑤,要实现"内包的个性"与"外延的共同性"之间的协调。1919年4月,由蔡元培和范源濂等人组成的教育调查会通过了新教育宗旨的提案,将教育宗旨定为"养成健全人格,发展共和精神",这是一个有助于实现个性与群性相统一的宗旨。1920年,蔡元培又在教育与社会杂志社讲演时说"所谓健全人格,分德育、体育、知育、美育四项"⑥,这里又对以往的观点进行了补充,认识到人格培养中美育的价值和意义。

　　"健全人格"教育宗旨构建的是一个人身心统一发展的体系,具有德、智、

---

① 蔡元培:《师范学会章程》,见高平叔编:《蔡元培文集》(第1卷),北京:中华书局1984年版,第161页。
② 蔡元培:《向参议院发布政见之演说》,见高平叔编:《蔡元培教育论著选》,北京:人民教育出版社2011年版,第11页。
③ 蔡元培:《1900年以来教育之进步》,见高平叔编:《蔡元培教育论著选》,北京:人民教育出版社2011年版,第43~52页。
④ 《蔡子民先生在爱国女学校之演说》,载《东方杂志》,1917年第4期,第20~22页。
⑤ 蔡元培:《教育之对待的发展》,载《新教育》,1919年第1期,第9~10页。
⑥ 蔡元培:《在北京高等师范学校讲演词》,载《教育与社会》,1920年第1期,第1~4页。

体、美等多方面的教育内容。这一教育宗旨具有以下特点：培养健全的人格，体育、智育、德育、美育四者相互协调，不可偏废；养成人格要遵循天性，身、心两个方面调和一致；体育是身体方面的教育，智育、德育、美育都是心灵方面的教育。儒家教育重视仁义道德、纲纪伦常，但是不重视身心统一。新教育宗旨强调养成健全人格，要完全实现身体健全和精神健全的统一，这一点直击宋代以来"存天理，灭人欲"的教育弱点。要想推翻旧的教育思想对人们的控制，就要挖掘出它的弱点，并构建起能弥补其缺陷的新思想体系。

2. 从片面强调人的社会性到提倡个性与群性的统一

中国古代有不同的教育主张，不同时期的教育呈现不同的特点，既有重视个人发展的学说，又有重视人的社会性培养的理论。开始于周代的官学的学习内容是"六艺"：礼、乐、射、御、书、数。"礼"是道德方面的，"乐"是美育方面的，"射""御"是体育方面的，"书""数"是知识方面的。可以说，这是一种涵盖德、智、体、美等多个方面的教育内容体系。到了春秋时期，孔子开私学、授六艺，即《易》《书》《诗》《礼》《乐》《春秋》儒学六经。在随后科举考试制度的助推下，尤其是宋代"程朱理学"对"四书"的推崇，学子为了考取最热门的进士科，追求功名利禄，皓首穷经，甚至不惜学成"手不能提、肩不能扛"的文弱书生。再加上有"头悬梁、锥刺股"等典故的激励和"万般皆下品，唯有读书高"等口号的助推，就有了《儒林外史》所塑造的腐儒那般的可怜众生相。传统教育倾向"达则兼济天下，穷则独善其身"，虽然有"鸿儒""圣贤"之类的个人发展路径，但是总体上倾向于"学而优则仕"，是以实现个人的社会功能为目的的。传统教育偏重人的社会性，人的个性得不到应有的尊重，甚至对个性有偏颇的认识，认为个性与社会性是相对立的。在教育方式上，以被动地接受为主，尤其是在封建社会的晚期，科举考试中的八股文写作只能是代圣贤立言，不能有个人的主张。陈独秀就曾批评那些被动灌输的教育："教出来的人物，好像人做的模型，能言的鹦鹉一般。"[①] 在传统的压抑人性、强化伦理的教育中，埋没个性，造成了死气沉沉的社会景象，形成了顺从听话的国人性格。科举考试制度在清末被废除，但是读经、讲经等传统教育内容不会随着其制度的消失戛然而止。

以"四书""五经"为主要内容的旧教育崇尚仁义道德，重视教育的社会功能，忽视个人的发展。这也是民国初年废止读经的一个重要缘由。蔡元培就

---

① 陈独秀：《近代西洋教育：在天津南开学校演讲》，载《新青年》，1917年第5期，第6~9页。

曾指出"吾国旧教育以养成科名仕宦之材为目的"，而新教育与旧教育是不同的，如何才是新教育的做法呢？他说："知教者，与其守成法，毋宁尚自然；与其求划一，毋宁展个性。"①"尚自然"与"发展个性"虽是旧教育的盲点，却也是新教育的生长点，"培养健全人格"的教育宗旨为新教育的发展开辟了一片新天地。蔡元培提倡的人格教育并不追求科举功名等功利性的目标，其目的是要建立个性发展、身心愉悦的教育，这是对传统教育的根本性改变。他指出："君主时代之教育方针，不从受教者本体上着想"，"民国教育方针，应从受教育者本体上着想"，"从前瑞士教育家（裴斯泰洛齐）有言：昔之教育，使儿童受教于成人；今之教育，乃使成人受教于儿童"。②他的健全人格教育思想强调人的身心内外的健全发展，强调人格教育的统一性、和谐性和全面性。教育"不是把被教育的人造成一种特别的器具，给抱有他种目的的人去应用的"③。民国时期，尤其是五四运动以后的中国知识分子，力倡个性解放、独立自主。蔡元培的健全人格的教育主张与倡导解放个性的社会思潮相适应。

从清末到民国，西方的教育思想不断传入我国，个性教育的主张被我国教育界所认同。西方教育大家如卢梭、福禄培、裴斯泰洛齐、杜威等"莫不以发展个性为教育之原则"④。这些西方教育家不仅提出发展个性教育的理论主张，而且在教育的方法上有一定的指导。例如，杜威指出："注重个性的教育所养成的人才，是自动的，是独立的，是发自思想的，是活泼的，是有创造力的，是有判断力的。"⑤蔡元培在《新教育与旧教育之歧点》中也提到了托尔斯泰的自由学校、杜威的实用主义、蒙台梭利的儿童室等。与这些"新说"相比，中国的旧教育，乃至民国初期的教育依然是机械的、灌输式的，所以蔡元培说"吾国教育界，乃尚牢守几本教科书，以强迫全班之学生，其实与往日之《三字经》、四书、五经等，不过五十步与百步之相差"⑥。对于社会和国家而言，倡导个人主义是要实现自由平等；对于文化教育而言，倡导个人主义是要发展、养成个性，培养人格健全的人才。这是实现文化发达的基础，也是解决当时社会问题的基本思路。在西方教育思想的影响下，在新文化运动的推动下，教育界呈现出鼓励个性发展的新气象，提倡教育者不能因循守旧，而应遵循学生的

---

① 蔡元培：《新教育与旧教育之歧点》，载《新青年》，1918年第1期，第52~53页。
② 蔡元培：《全国临时教育会议开会词》，载《教育杂志》，1912年第6期，第12~15页。
③ 蔡元培：《教育独立议》，载《新教育》，1922年第3期，第14~16页。
④ 蒋梦麟：《个人主义与个性主义》，载《教育杂志》，1919年第2期，第27~29页。
⑤ [美]杜威：《民主主义与教育》，王承绪译，北京：人民教育出版社2001年版，第185页。
⑥ 蔡元培：《新教育与旧教育之歧点》，载《新青年》，1918年第1期，52~53页。

自然天性。

传统的教育偏重人的社会性，五四时期的教育提倡个性发展。新文化运动有两个重要的议题，一个是个性、自由，另一个是民主、科学。在文化领域，对于个性与自由的追求成为显性的时代课题。新文化运动对中国传统的文化教育价值进行了猛烈的抨击，其目的就是要与戕害人性、消磨个性的做法进行彻底的决裂。所以，许多有识之士都把对"个人的发现"作为五四运动最大的成功。新文化运动时期，第一次有了"人"的意识和"人"的教育，提倡民主与平等，开始关注人的个性的培养。

中国虽没有西方现代意义上的"个人主义"，但相较于中国传统社会，新文化运动时期个人地位得到凸显是一个事实。作为一个公民，首先要是一个"个人"，一个从其他社会团体中摆脱出来的、有自己人格的"个人"。在这一点上，无论是所谓的"国家主义者"还是"自由主义者"都是有共识的。无论"个人"是作为一个人格、权利还是义务的载体，都凸显了"个人"的地位。

"五四新文化运动倡导'个人主义'的言论当然以陈独秀最为著名。"[①] 陈独秀在《敬告青年》中，希望青年是自主的、进步的、进取的，而非奴隶的、保守的、退隐的；主张以新教育代替旧教育，以"新人"代替"旧人"。胡适也是个性主义的坚决支持者，他在《易卜生主义》一文中痛斥"社会"压抑"个人"的危害，他将当时的"社会"形容为一个大火炉，什么东西放进去都要熔化，指出"社会最大的罪恶，莫过于摧折个人的个性，不使他自由发展"[②]。在新文化时期的学者的论述中，既有"个人主义"，也有"个性主义"。蒋梦麟曾从教育观念出发，对"个性主义（individuality）"和"个人主义（individualism）"进行了区分，他指出："个性主义"是指发展个人自身固有之特性；"个人主义"是指个人不为政府家庭压制，每个人享有自由、平等的机会。[③] 在教育界"个人主义"成为发展人的"个性"的理论基础，"个性主义"成为实现"个人主义"的教育方法。当时的学者使用的词语会各有侧重，但总的来看，新文化运动中"个人主义""个性主义"都成为新的教育理论生长点。

在这一时期，学者在强调"个性"发展的同时，也没有忽视人的"群性"。蔡元培认为，健全的人格包括"个性"和"群性"两个方面。胡适也认为：

---

① 杨念群：《五四前后"个人主义"兴衰史——兼论其与"社会主义""团体主义"的关系》，载《近代史研究》，2019年第2期，第4~24页。
② 李桂林、戚名琇、钱曼倩编：《中国近代教育史资料汇编·普通教育》，上海：上海教育出版社1995年版，第503~504页。
③ 蒋梦麟：《个性主义与个人主义》，载《教育杂志》，1919年第2期，第27~28页。

"发展个人的个性,须得有两个条件。第一,须得使个人有自由意志。第二,须使个人担干系,负责任。"① 发展"群性"的诉求,与当时的"公民教育"思潮有密切联系。新文化运动时期,在1917年《中华教育界》等期刊上接连发表的"公民教育之目的"等相关文章通过论述公民和国家的关系,试图唤醒公民的国家观念,以期增强国家的竞争力。这时的教育主张,不仅强调公民的国家意识,还在探索个人发展得以实现的路径,即试图探索一种能在发展社会性的基础上发展个性的教育。1919年1月,傅斯年等创办的《新潮》月刊正式创刊。在创刊号上傅斯年发表了《新潮发刊旨趣书》,在文中他为《新潮》规定了几项任务:一是"唤起国人对本国学术之自尊心";二是为中国人"为不平之鸣兼谈所以因革之方";三是"鼓励学术上之兴趣";四是使全国学生"去遗传的科举思想,进于现世的科学思想","去主观的武断思想,进于客观的怀疑思想","为未来社会之人,不为现在社会之人","造成战胜社会之人格,不为社会所战胜之人格"。② 1919年10月,民国第五次全国教育联合会通过了"养成健全人格,发展共和精神"的教育宗旨。这一教育宗旨顺应世界教育发展趋势,着眼于中国教育需求,注重个性与社会性的结合,是教育宗旨探讨的一次里程碑式的成就。

1924年,朱自清发表《教育的信仰》一文,文中说"教育的价值是在培养健全的人格是老生常谈了",但是他不满于当时教育的现状,批判了两类教育者:一类是蝇营狗苟的校长和不学无术的教师,这些教师都没有良好的人格,更不够格去培养学生;另一类是号称"贤明"的校长和教师,他们"课功、任法、尚严",这样的管理下学生会取得很好的成绩,但是这样的教育功利地重视学业而不重"做人"。朱自清认为,"为学"与"做人"应当并重,如人的两足应当一样长一般,不能只强调某一方面而造成"跛的教育"。③

(三) 文学教育目的观与教育宗旨的一致性

1919年2月,蔡元培在《教育之对待的发展》一文中提出"盖群性与个性的发展,相反而适以相成,是谓今日之完全人格,亦即新教育之标准也";他对教育家还提出了一个挑战性的任务,即"发现一种方法,能使国民内包的个性发达同时使外延的社会与公家之共同性发达",只有做到了这点,才能成为国家

---

① 胡适:《易卜生主义》,载《新青年·易卜生专号》,1918年第6期,第503~504页。
② 傅斯年:《新潮发刊旨趣书》,载《新潮》,1919年第1期,第1~4页。
③ 朱自清:《教育的信仰》,见朱乔森编:《朱自清全集》(第4卷),南京:江苏省教育出版社1990年版,第137页。

需要的"完全国民"。文学教育的根本追求是"立人",立的是有"健全人格"的"人",而"健全人格"既包括自由独立的"个性",又包括负责任的"群性"。

文学能滋补心灵、涵养精神,鲁迅崇敬文学的力量。他在《摩罗诗力说》一文中指出:"意大利分崩矣,然实一统也,彼生但丁,彼有意语。"① 文学和语言的力量是无形的、强大的,即使一个国家的领土遭到分割,只要它有强大而统一的文学和语言,那么它的人民的精神也仍然是统一的。民族的文学、语言就像一种信仰,将人民紧密地联结在一起。所以,鲁迅强调:文学和美术的本质一样,都是要"使观听之人,为之兴感怡悦","涵养人之神思",这是"文章的不用之用","故文章之于人生,其为用决不次于衣食、宫室、宗教、道德"。② 文学的力量是无形且强大的,在民国初期国民精神萎靡不振的状态下,需要一种力量革新民众的精神。在苦苦的追寻中,鲁迅弃医从文,以文学作为他医治国民劣根性的良药。在鲁迅看来,文学能帮助民众找到"人类之尊严"和"个性之价值"。③

近代以来,国家处于内忧外患之中,文学就承担起救国的使命。一些文人志士坚信文学是救国家于危难的途径,他们自觉地把文学当作武器,将文学变成"匕首""投枪",承担起救国救民的重任。傅斯年曾说:"改革的作用是散布'人'的思想,改革的武器是优越的文学。"④ 新文化运动时期,"白话文运动"进行得如火如荼,"文学革命"也愈演愈烈,另外还有"人的文学""儿童文学"迅速发展,文学自身从形式到内容的种种变革,都促使文学教育所能发挥的作用和如何发挥作用产生了变化。

欧洲文艺复兴时期,绘画、音乐、雕塑等艺术形式突飞猛进,而在中国的新文化运动时期,运动的倡导者偏爱文学及教育。新文化运动也像欧洲文艺复兴一样,造就了一种较为普遍的、文艺的繁荣。在西方艺术思想广泛传播的影响下,虽然我国的绘画、音乐、雕塑等都取得了一定的新发展,但是尤为引人瞩目的还是这一时期的文学成就。五四运动前后,各种体裁的文学作品灿如繁

---

① 鲁迅:《摩罗诗力说》,见《鲁迅全集》(第1卷),北京:人民文学出版社1956年版,第195页。
② 鲁迅:《摩罗诗力说》,见《鲁迅全集》(第1卷),北京:人民文学出版社1956年版,第202~203页。
③ 鲁迅:《文化偏至论》,见《鲁迅全集》(第1卷),北京:人民文学出版社1956年版,第186页。
④ 傅斯年:《白话与文学心理的改革》,载《新潮》,1919年第5期,第23~26页。

星，涌现出大量的小说、诗歌、戏剧，而且这些作品不管是在语言形式还是在思想内容上，都与新文化运动前的文学作品有很大的不同。在此期间，各种文艺流派争相出现。1921年文学研究会、创造社等专门的文学社团成立，这既是新文化运动发展的实绩，又推动了新文化运动的进一步发展。新文化运动时期，出现了一大批新文学大师，如胡适、陈独秀、鲁迅、周作人、梁实秋、沈雁冰、叶圣陶等，他们灿若繁星。在整个现代文学的三十年间，仅在钱理群等著的《中国现代文学三十年》一书中重点介绍的就有一百六十多位作家，在这些作家中，有很多是从别的行业转战到文学领域的，与其说他们是为了文学而奋斗，不如说他们是用文学来抗争，就像鲁迅说的那样，是"揭出了病痛，引起疗救的注意"。

第二节　文学"立人"目的观中的功利与非功利倾向

杜威在《民主主义与教育》中说："有关教育的价值的许多割裂现象中，文化和实用之间的割裂也许是最基本的。虽然这种区分常常被认为是内在的和绝对的，但是事实上它是历史和社会的。"[1] 文学教育目的观中也存在价值的割裂现象。由于历史和社会的原因，文学教育一直寻求自身价值的独立，但是又一直被赋予一定的实用功能。在新文化运动时期，在新的文学体裁和题材的助力下，文学教育在审美意识和能力培养方面的追求得到了更大的认可，同时在思想革命等思潮的影响下依然具有很强的功利性。

（一）美育、纯文学观与文学教育的审美性

1."美育"理论的发展

从教育史的发展来看，传统教育中文化、艺术的内容都依附于儒家经学，整体内容偏重道德教育。民国时期，受西方教育哲学的影响，在蔡元培等学者的倡导下，知、情、意逐渐分立，德育、智育、美育也实现了各自独立，尤其是作为培养学生审美意识的重要载体的美育，逐渐凸显出自身的价值。

传统教育虽然有对意志、情感、知识的教育，但是这些教育内容都混杂在笼统的伦理道德的教育中，也就消解了其真实的教育价值。蔡元培的"五育"主张中包含知、情、意三个层面。他在提出"五育"主张的时候说道："以心理

---

[1] [美] 杜威：《民主主义与教育》，王承绪译，北京：人民教育出版社2001年版，第278页。

学各方面衡之,军国民主义毗于意志;实利主义毗于知识;德育兼意志情感二方面;美育毗于情感;而世界观则统三者而一之。"① 这与同一时期王国维在知、情、意关系方面的观点相近。1906年,王国维也在考虑教育的宗旨,他说:"教育之宗旨何在?在使人为完全之人物而已。何谓完全之人物?谓人之能力无不发达且调和是也。"② 这种"调和"能力包括"身体能力"和"精神能力"。精神能力又分知、情、意三个方面,在教育领域分别对应着"智育""美育""德育"。蔡元培和王国维的知、情、意分立的思想都受西方哲学思想的影响。知、情、意分立思想是西方哲学思想的重要领域,在经由日本传播西学的热潮中,知、情、意分立的思想作为现代哲学的基本观点被学者接受。1901年,蔡元培在节译日本井上圆了的《佛教活论》的基础上而著成的《哲学总论》一文中就提到"心象有情感、智力、意志之三种"③,对应审美、论理、伦理之三学,还认为知、情、意三者分别以真、善、美为目的。1902年,王国维翻译日本桑木严翼的《哲学概论》,将哲学问题分为"知识哲学""自然哲学"和"人生哲学",其中也能体现出知、情、意分立的思想。从知、情、意三个层面展开的智育、德育、美育,成为独立的教育领域,为其各自的发展打开了新天地。这些教育领域都是新教育对抗旧教育的阵地。

  1917年,蔡元培在北京神州学会发表演说,提出"以美育代宗教说"。中国自古不尚宗教,但不能不陶养感情。他认为,陶养感情的最好方法,"莫如舍宗教而易以纯粹之美育"④。早在1901年,蔡元培就在其《哲学总论》一文中提出了"美育"这一概念,他指出:"教育学中,智育者教智力之应用,德育者教意志之应用,美育者教情感之应用是也。"⑤ 他对美育的重视源自他对美的艺术的欣赏及热爱。但是,随着时局的发展,尤其是袁世凯一派尊孔复古的做法,蔡元培越来越意识到,要找到一种方式,代替孔教。以美育代宗教就成为蔡元培对抗尊孔复古的思想武器。他的人格教育和美育的思想得到了很多教育家的积极响应,和他一起探索人格教育和美育的实施路径。

  2. "纯文学"观的确立

  新文化运动时期,传统文学观念受到的冲击比以往任何时候都更猛烈,在

---

① 蔡元培:《新教育意见》,载《教育杂志》,1912年第11期,第18~27页。
② 王国维:《论教育之宗旨》,载《教育世界》,1906年第56期,第8~13页。
③ 蔡元培:《哲学总论》,载《普通学报》,1901年第1期,第1~9页。
④ 蔡元培:《以美育代宗教说——在北京神州学会演说》,载《新青年》,1917年第6期,第1~5页。
⑤ 蔡元培:《哲学总论》,载《普通学报》,1901年第1期,第1~9页。

王国维的《文学小言》《红楼梦评论》、鲁迅的《摩罗诗力说》、周作人的《论文章之意义暨其使命因及中国近时论文之失》等论述的基础上，"纯文学"观得以更加具体地阐释并且最终初步确立。

"纯文学"观强调情感与想象，注重文学的审美性，排斥文学的功利性。到了20世纪20年代，学界较为普遍地接受了"纯文学"观。1917年，担任北京大学文科学长的陈独秀在《答沈藻墀》中将文章分为"应用之文"与"文学之文"，特别强调只有诗词、小说、戏曲为"文学之文"①。在1917年，刘半农《我之文学改良观》称只有"诗歌戏曲、小说杂文、历史传记"才属于文学。②

1920年，胡适在《什么是文学（答钱玄同）》一文中论述了什么是文学。他说"语言文字都是人类达意表情的工具；达意达得好，表情表得妙，便是文学"，还进一步明确地指出，"文学有三个要件：第一要明白清楚，第二要有力能动人，第三要美"。③ 胡适在文中举了《曝书亭集》卷二十八中的一首词作《沁园春》作为例子，指出有的文章辞藻华美，但是别人看不明白写的什么，连"语言文字"的基本作用都够不上，这样的文章不能算文学；还举了"血府逐瘀汤"的歌诀，认为这一类文字只有"记账"价值而没有"动人"的力量，也不能算文学；同理，中国"旧文学"中的碑版文字、平铺直叙的史传，都不算文学。胡适的"明白清楚""有力能动人""美"这三个文学的要件成为新文化运动时期学界对文学的普遍理解方式。1921年，张静在《故事教育怎样可以养成儿童文学的兴趣》一文中写道："文学是什么？能引起我们的感想，活泼我们的情绪，发展我们的智识，增进我们兴趣的东西。"④ 1921年，郑振铎在《文学的定义》一文中指出"文学是人们的情绪与最高思想联合的，想象的表现"⑤，他将感情与想象列为"纯文学"的本质属性。1925年，朱自清也写了一篇文章《文学的一个界说》来界定什么是文学，他提出了包括"普遍的兴味与个人的风

---

① 陈独秀：《答沈藻墀》，见任建树、张统模、吴信忠编：《陈独秀著作选》（第1卷），上海：上海人民出版社1993年版，第220页。
② 刘半农：《我之文学改良观》，载《新青年》，1917年第3期，第18~30页。
③ 胡适：《什么是文学（答钱玄同）》，见《胡适文存》（卷1），北京：外文出版社2013年版，第297页。
④ 张静：《故事教育怎样可以养成儿童文学的兴趣》，载《江苏省立第二女子师范学校校友会江刊》，1921年第13期，第42~43页。
⑤ 郑振铎：《郑振铎全集》（第3卷），石家庄：花山文艺出版社1998年版，第390~394页。

格"① 等要素在内的文学的六大特征。在"纯文学"观的引导下,文学教育在这一时期更加明确了自己的"本职"任务,那就是陶冶情操、慰藉心灵,拓展人的精神空间。

"纯文学"观的确立还使以往不受重视的小说、戏曲等文学样式受到更多关注。例如,朱自清《诗言志辨·序》认为,是西方文学观念改造了中国人的文学观念,在有了"纯文学"观念后,小说、戏曲等才在文学史中有了自己的位置,并成为正宗的文学。② 不仅是小说和戏曲,历代歌谣、民歌等通俗文学也开始被学界重视。这也推动了平民文学的发展及文学教育的大众化发展。

(二)思想启蒙需求与文学教育的功利主义

文学教育的目的在历史上有功利主义的传统,注重文学"经世致用"的实用功能(尤其是其道德教化作用)的现象自古就存在。例如,自儒家统治地位的确立,文论家在对文学作用阐述时突出文学的政教功能,并成为文学价值评判的标准。"几乎各个朝代都把它们作为文学价值的一种基本原则而自觉地加以提倡,并用于指导文学创作和作为反对形式主义的一种理论武器。"③ 民国时期,要唤起民众的反帝反封建意识,进行思想启蒙,需要借助文学的力量进行精神改造和价值观的宣扬。这种"经世致用"的文学教育思想在国家面临生死存亡的危急时刻,就成为救亡图存的工具和武器。

早在1902年,梁启超就在《论小说与群治之关系》一文中大声疾呼"欲新一国之民,不可不先新一国之小说",这一"小说新民"的思想不仅影响到小说的创作与传播,也影响到教育领域中对于文学作品教育价值的重新认识。在梁启超的"文界革命"之后,胡适提出了"文学革命"的口号,接过了文学改革的接力棒。从梁启超到胡适,他们都重视文字问题,提倡新文体,尤其重视新小说,都是从形式到内容对文学进行有利于传播的新思想的改革,可以说,两人的改革思路基本是一致的。虽然在新文化运动中,在谈论"新文学"的时候,大家一般不再关注梁启超的论点,但是梁启超的文学观念不仅对胡适等"五四"学人,而且对近现代文学的转型产生了深远影响,就连思想激进的钱玄同都承

---

① 朱自清:《文学的一个界说》,见朱乔森编:《朱自清全集》(第4卷),南京:江苏省教育出版社1990年版,第166~176页。
② 朱乔森编:《朱自清全集》(第6卷),南京:江苏教育出版社1996年版,第127页。
③ 黄霖、吴建民、吴光路:《原人论》,上海:复旦大学出版社2000年版,第322页。

认，梁启超"实为近来创造新文学之一人"①。

对功利的需求是推动人类社会的实践活动向前发展的支点之一，是推动人类社会发展的重要因素，"到目前为止存在的一切生产方式，都只在于取得劳动的最近的、最直接的有益效果"②。但功利尺度并不是衡量人生命意义的唯一尺度。"把所有各式各样的人类的相互关系都归结于唯一的功利关系，看起来是很愚蠢。"③ 马克思提出，人的发展需要遵循美的规律，用美的尺度来衡量人的生命意义。当然，这个美的尺度和功利的尺度并不是矛盾的。即便是在简单的劳作和工具制作中，人类也能实现物质需要与快感的满足。在审美意识萌发后，人类有意识地制造快乐、享受生活，使人的审美能力和创造美的能力不断提高。

第三节 文学"立人"目的观的不同表现

早在1907年鲁迅就写了一篇言辞犀利的论文《文化偏至论》，驳斥了"言非同西方之理弗道，事非合西方之术弗行"这般对西方文明全盘接受、顶礼膜拜的做法，提出了"取今复古"的历史文化主张和"立人"的主张。那个时代，清朝依然在筹备立宪，维新阵营仍策划着他们的治国宏图。但是，这时的鲁迅对世界的发展和中国的困局已有了深刻的理解与思考。他虽然对国人"自尊大""抱残守缺"的情形"引以为愧"，但是没有被当时盲目效仿西方的潮流迷惑了眼睛。他认为，顽固派的"抱残守缺"和近世之士盲目崇拜西方之礼这两种做法都是极端的，都是"文化偏至"。学习西方是可以的，但是不能只学习片面的和物质的东西，而是要考察其实际情况，还要为将来考虑，不能将那些在西方已经过时的东西奉为今天的法宝。学习西方不能一概地否定固有的文化，中国自诩"宝自有而傲睨万物"也不是没有根基的。对于如何对待中西文化，用他的话来说，是要"外之既不后于世界之思潮，内之仍弗失固有之血脉，取今复古，别立新宗"④。在学习西方方面，要"循其本"，他指出："是故将生存

---

① 钱玄同：《寄陈独秀》，见赵家璧编：《中国新文学大系·建设理论集》，上海：上海文艺出版社1980年版，第52页。
② [德] 恩格斯：《自然辩证法》，于光远译，北京：人民出版社1984年版，第160页。
③ [德] 马克思、恩格斯：《德意志意识形态》，中共中央马克思恩格斯列宁斯大林著作编译局译，北京人民出版社1982年版，第469页。
④ 鲁迅：《文化偏至论》，见《鲁迅全集》（第1卷），北京：人民文学出版社1956年版，第179页。

两间,角逐列国是务,其首在立人,人立而后凡事举;若其道术,乃必尊个性而张精神。"① 因此,他明确地指出,中国要进步"首在立人",要想"立人"就要做到"尊个性而张精神"。至于如何能做到"立人",如何才能"尊个性而张精神",这就要看在新文化运动期间鲁迅及其他改革先锋的探索了。

(一)鲁迅:改变精神首推文艺

在1922年出版的小说集《呐喊》中,鲁迅自己写了一篇自序。在这篇自序中他提出了改变精神首推文艺的主张,这是在他"立人"主张和"尊个性而张精神"这一"道术"的基础上提出的实际可操作的改变精神的方法。他说:"所以我们的第一要著,是在改变他们的精神,而善于改变精神的是,我那时以为当然要推文艺。"②

鲁迅在《〈呐喊〉自序》中说明了他"弃医从文",开始创作小说的缘由。1906年,鲁迅还在日本学医,准备毕业后去救治那些像他父亲一样未能得到及时救治的病人。这期间,在一次微生物学课程的空暇时间,他看到了一部关于"日俄战争"的电影,让他深受刺激,认识到愚弱的国民,即使体格健壮"也只能做毫无意义的示众的材料和看客"③,于是他决定弃医从文,以疗救国民的精神。关于日俄战争电影这一"弃医从文"的导火索,在鲁迅创作的回忆性散文《藤野先生》和后来的《我怎么做起小说来》一文中都有提及,但对于这一电影是否真的存在,学界存有异议。无论电影是否真的存在,鲁迅在此表达的"改变精神""当然要推文艺"这一思想非常明确。鲁迅这一思想的发展和他个人的留学经历以及新文化运动时期的研究创作有密切联系。1906年7月,鲁迅从仙台回到东京,不再学习医学,而是专门从事文艺工作。"但也不是自己想创作,注重的倒是在介绍,在翻译,而尤其注重于短篇,特别是被压迫的民族中的作者的作品。"④ 之所以从事文艺工作,是因为看中了文艺能"改变精神"。对于选择翻译外国文学作品这一点,我们可以从他的其他论述中探知原因。1909年,他和周作人翻译的作品结集出版,这就是《域外小说集》(两册)。在1920年重印《域外小说集》时,鲁迅在"序言"中说道:"我们在日本留学的时候,有一种茫漠的希望:以为文艺是可以转移性情、改造社会的,因为这意

---

① 鲁迅:《文化偏至论》,见《鲁迅全集》(第1卷),北京:人民文学出版社1956年版,第193页。
② 鲁迅:《〈呐喊〉自序》,载《晨报副刊:文学旬刊》,1923年第9期,第1~2页。
③ 鲁迅:《〈呐喊〉自序》,载《晨报副刊:文学旬刊》,1923年第9期,第1~2页。
④ 鲁迅:《我怎么做起小说来》,载《日语月刊》,1935年第3期,第131~135页。

见，便自然而然地想到介绍外国文学这一件事。"①

1. 精神自立，首先要解放儿童

到了新文化运动时期，在朋友的劝说下，鲁迅开始自己创作小说，希望通过这样的作品发出"呐喊"声，以惊醒"清醒的人"。② 1918 年 1 月，鲁迅参加了《新青年》的改组，任编委；同年 5 月，以"鲁迅"为笔名发表了第一篇用现代体式创作的白话短篇小说《狂人日记》。此后，他发表了大量抨击家族制度，揭露封建礼教之弊害，揭示国民劣根性的新文学作品，成为新文学创作和文学革命的急先锋。

在 20 世纪 20 年代，鲁迅接连出版了多部作品集，包括《呐喊》（1923 年，短篇小说集）、《热风》（1925 年，杂文集）、《彷徨》（1926 年，短篇小说集）、《华盖集》（1926 年，杂文集）、《华盖集续编》（1927 年，杂文集）、《坟》（1927 年，论文、杂文集）、《野草》（1927 年，散文诗集）、《朝花夕拾》（1928 年，散文集）等，另外还出版了文学研究专著《中国小说史略》（1923—1924 年）。在鲁迅的一些作品中我们可以看到，当时的中国国民既缺乏自己的精神独立，又不能承担民族责任，鲁迅用锋利的笔触进行了追踪，通过塑造阿Q、闰土、华老栓、祥林嫂、孔乙己等形象，描绘了当时社会的众生相。文明的发展过程是物质的发展过程，更是重视人的个性发展的过程。在长期的封建统治之下，民众的个性被长期压制，形成了较强的奴性，习惯了"奴隶"生活，也习惯用"奴隶"的身份来思考一切问题。辛亥革命虽然推翻了封建帝制，但是盘踞在民众观念中的封建、落后的思想不能消除，鲁迅等爱国志士希望将民众从个性压抑、心灵扭曲的状态中解放出来，让民众"合理的做人"，成为"觉醒的人"。③

鲁迅将他的文字化作"匕首"和"投枪"掷向封建势力，但是他深深感到因民众的个性被长期压抑，要他们树立起独立自由的精神非常困难，于是他将希望寄托在年轻人和儿童身上。他对儿童的自由个性和独立精神的培养尤为重视，他认识到，要实现国人精神自立，要从儿童的精神教育抓起。鲁迅为民众的愚昧、麻木而奋力呼号，更深深忧虑儿童的精神。他的作品深刻地揭示、批判了国民的劣根性，同时表达出解放儿童、"救救孩子"的呐喊。

---

① 鲁迅：《域外小说集·序言》，见《鲁迅全集》（第 10 卷），北京：人民文学出版社 2005 年版，第 176 页。
② 鲁迅：《〈呐喊〉自序》，载《晨报副刊：文学旬刊》，1923 年第 9 期，第 1~2 页。
③ 鲁迅：《我们现在怎样做父亲》，载《新青年》，1919 年第 6 期，第 6~13 页。

他在1918年发表的《随感录二十五》中指出:"所以看十来岁的孩子,便可以预料二十年后中国的情形。"① 1919年10月,鲁迅又发表了一篇题为《我们现在怎样做父亲》的杂文,这是一篇关于改革家庭与解放子女的文章,文中写道:"此后觉醒的人,应该先洗净了东方古传的谬误思想,对于子女,义务思想须加多,而权利思想却大可切实核减,以准备改作幼者本位的道德。"②

鲁迅对儿童寄予了厚望,他既重视儿童的家庭教育,也重视用文学涵养孩子的精神。他把中国的希望寄托于少年儿童。他喜爱孩子,对孩子美好的将来满怀期望。鲁迅在1921年创作的短篇小说《故乡》中写到了一个十一二岁的少年闰土,"心里有无穷无尽的稀奇的事",有装弶捉小鸟雀、用胡叉捉猹的本领,让"我"对这个短工家的儿子心生佩服。1922年发表的《社戏》中的双喜、阿发和闰土一样在乡村田野中有自己的游戏、乐趣,他们放牛、捉虾、摇船摘豆,礼让客人,善良勇敢。鲁迅用满含深情的笔墨,描画出记忆中美丽的家乡景色和勇敢快乐的乡村儿童,他们活泼、健康的生活和美好的情感让人心生对儿童生活的向往。无论在田野中还是私塾中,无论是劳动还是学习,儿童都在寻找快乐,花鸟鱼虫是他们的玩伴,远亲近邻是他们的朋友,他们追寻单纯的快乐,自由、勇敢而且自信。这是儿童应有的精神面貌,也是鲁迅心目中独立、完整的"人"的精神面貌。1926年,在鲁迅创作的回忆性散文《从百草园到三味书屋》中的"我"在长满野草的后园中玩耍,捉斑蝥、拔何首乌、摘覆盆子、捕鸟,虽然有点害怕传说中的"美女蛇",但是不用怕因拔何首乌弄坏泥墙,也不怕被覆盆子的刺扎破手,还无须塑雪罗汉来引人欣赏,只需自由自在,享受"无限趣味";即便是进了私塾,也会寻找时机捉苍蝇、喂蚂蚁,趁老师读书入神偷描绣像。这些趣事都是作者记忆中的珍宝,这些都表现了儿童的活泼、顽皮,也让我们感受到儿童应有的好玩、好动和积极乐观。

2. 为什么偏重文学教育

在鲁迅看来,理想中的少年儿童应该"活泼、健康、顽皮、挺胸仰面"③,并于1933年在《上海的儿童》中说:"童年的情形,便是将来的命

---

① 鲁迅:《随感录二十五》,见《鲁迅全集》(第1卷),北京:人民文学出版社1956年版,第375页。
② 鲁迅:《我们现在怎样做父亲》,载《新青年》,1919年第6期,第6~13页。
③ 鲁迅:《从孩子的照相说起》,载《新林语》,1934年第4期,第1页。

运。"① 在鲁迅的心目中,"孩子是可以敬服的"②。如果要教育儿童,我们首先想到的是社会、学校、家庭的教育,而不是文学。但是,为何鲁迅将文学作为儿童精神的首选途径?

首先,污浊的社会风气毒害儿童的心灵。鲁迅在表现社会的冷漠和民众的麻木时,展现了在广阔的社会背景中儿童的面貌。这些描写看似漫不经心,却深刻地揭示了污浊的社会对儿童心灵的损害,"穷人的孩子蓬头垢面的在街上转,阔人的孩子妖形妖势娇声娇气的在家里转。转得大了,都昏天黑地的在社会上转,同他们的父亲一样,或者还不如"③。在小说《示众》中作者不吝笔墨地、细致地刻画了两个"小看客",买包子的十一二岁的胖孩子和一个小学生,这两个小看客,热衷于钻进挤得水泄不通的人群看热闹,把奶头上有几根毫毛都数得十分清楚,却不关心是什么人犯了什么事;还有一个被老妈子抱在怀里的小孩子,被抱着去看示众。"示众"被当成好看的把戏灌输进孩子的心灵,愚昧、麻木的社会心态也传染给了孩子。在《孤独者》一文中,鲁迅借魏连殳的嘴说"大人的坏脾气,在孩子们是没有的",后来的坏,都是"环境教坏"的。环境的力量是巨大的,连一个还不大会走路的小孩都会拿一片芦叶指着人说"杀"。鲁迅还在《我们怎样教育儿童的》《二十四孝图》《五猖会》《难行和不信》《登错的文章》等文章中谴责封建教育对孩子天性的扼杀,批评封建礼教对儿童心灵的毒害。

其次,落后的学校教育忽视儿童的个性发展。军阀混战时期,统治集团为了维护他们的利益,对青年学生实施奴化教育,采取各种方式禁止学生参加反帝爱国运动,对革命青年进行残酷的迫害。鲁迅对此无比愤慨:"施以狮虎式的教育,他们就能用爪牙,施以牛羊式的教育,他们在万分危急时还会用一对可怜的角。然而我们所施的是什么式的教育呢,连小小的角也不能有,则大难临头,惟有兔子似的逃跑而已。"④

最后,愚昧的家庭教育虐杀儿童的自由精神。受几千年封建家长制的影响,在民国时期的家庭教育中长幼尊卑秩序依然严苛,儿童处于任人摆布的地位,不敢去追求独立的空间,更奢谈独立的精神。鲁迅在作品中多次揭露

---

① 鲁迅:《上海的儿童》,载《申报月刊》,1933 年第 9 期,第 102~103 页。
② 鲁迅:《看图识字》,载《文学季刊(北平)》,1934 年第 3 期,第 29~30 页。
③ 鲁迅:《随感录二十五》,见《鲁迅全集》(第 1 卷),北京:人民文学出版社 1956 年版,第 375 页。
④ 鲁迅:《论"赴难"和"逃难"》,见王得后、钱理群编:《鲁迅杂文全编》(上),杭州:浙江文艺出版社 1993 年版,第 14 页。

当时家庭教育观念的落后、愚昧。例如,《风筝》中的弟弟最喜爱风筝,自己偷偷做了个蝴蝶风筝,可是,作为兄长的"我"却因为觉得"这是没出息的孩子所做的玩艺"而肆意地拆毁、踏扁;有的孩子是家人的出气筒,《风波》中小女孩六斤因为吃饭之前吃炒豆子被祖母骂是"败家相";有的孩子甚至成了大人取乐的玩具,《琐记》中的衍太太怂恿小孩旋转,到孩子跌倒时又假装说是"我叫你不要旋";有的家庭倒是希望孩子有出息,但是灌输给孩子的是温、良、恭、俭、让等礼节,培养出一些听话的孩子,这样的孩子虽然不惹是生非,但是没有骨气,鲁迅严厉地指出:"驯良之类并不是恶德。但是发展开去,对一切事无不驯良,却决不是美德,也许简直倒是没出息的。"① 对于父辈的蛮横,鲁迅在1919年写作的杂文《我们现在怎样做父亲》中表述得更为直接:"幼者的全部,便应为长者所有。"② 这样的家庭教育强调儿童要遵从成年人的意志,孩子的天性受到压制,对于这样的教育结果,鲁迅说:"孩子长大,不但失掉天真,还变得呆头呆脑。"③

社会、学校和家庭本该是"立人"的主要场所,但是严酷的社会环境、落后的学校教育和愚昧的家庭教育让鲁迅对此不抱希望,他将精神"立人"的重任委托给新时代的文学。文学,这一员临危受命的"猛将",不辱使命,在现代社会绽放异彩,成为宣扬民主、独立、自由思想的中坚力量。

3. 以什么样的文学涵养精神

文学具有"涵养人之神思""改良社会"的力量,但不是所有的文学都能起到这样的作用。古代的文学虽然丰富,但是"多芳菲凄恻之音,而反抗挑战,则终其篇未能见"④,鲁迅感慨:"试稽自有文字以致今日,凡诗宗词客,能宣彼妙音,传其灵觉,以美善吾人之性情,崇大吾人之思理者,果几人何?上下求索,几无有矣。"⑤ 在革旧立新的时代背景下,古代的文学不能适应新的时代精神,需要用新的文学涵养人的精神。在少年儿童阅读的文学作品的选择这一问题上,鲁迅表达了以下观点:

---

① 鲁迅:《从孩子的照相说起》,载《新林语》,1934年第4期,第1页。
② 鲁迅:《我们现在怎样做父亲》,见《鲁迅全集》(第1卷),北京:人民文学出版社1981年版,第132页。
③ 鲁迅:《新秋杂识》,见《鲁迅全集》(第6卷),北京:人民文学出版社1981年版,第270页。
④ 鲁迅:《摩罗诗力说》,见《鲁迅全集》(第1卷),北京:人民文学出版社1956年版,第200页。
⑤ 鲁迅:《摩罗诗力说》,见《鲁迅全集》(第1卷),北京:人民文学出版社1956年版,第200~201页。

第一，反对读古书。鲁迅反对儿童读古书，对于恢复读经这样的倒退行为，更是坚决反对。1916年8月，民国政府教育部参事室发文对废止《袁世凯特定教育纲要》中的"中小学学制问题""各校读经问题""经学问题"等条款是应"缓议"还是"速定"征求意见，主要是针对"纲要"中规定的"中小学均加读经一科""经学院宜于大学校外独立建设"① 等内容。虽然当时教育界已普遍认识到，这些条款"于政系学制颇多障碍"②，但是对于废止该纲要仍有人力主"缓议"。当时任教育部参事的鲁迅意见非常明确，虽然这些条款"在理论上言之，固已无形废弃"，但是应该"明文废止""根本取消"，以免这些条款在民间和旧式思想结合，让乡曲教师或一些团体"妨碍教育"。③ 虽然尊孔读经早已被否定，白话文的教学也取得了不少成绩，但是很多年过后，依然有人抱残守缺，对古文经学念念不忘。1933年，鲁迅的《我们怎样教育儿童的?》一文，批判了清末给孩子读的《神童诗》《幼学琼林》等"滥调"。民国时期学生的读物有了变化，有了各式各样的教科书，但是这些教科书"在近三十年里，真不知变化了多少。忽而这么说，忽而那么说"，"造成了许多矛盾冲突的人"，更何况"在村塾里也还有《三字经》和《百家姓》"，鲁迅对此大为失望。④

第二，主张阅读有反抗意识的书。1925年，鲁迅应刊物征文发表了《青年必读书》一文，虽然内容简短，但是观点明确："我以为要少——或者竟不——看中国书，多看外国书。"⑤ 因为看中国书容易让人沉静，而看外国书才能让人"想做点事"。所以鲁迅着力翻译外国的文学，尤其是短篇小说，也在他人的催促之下自己做起小说来。在《新青年》的编辑（尤其是陈独秀）的一再催促下，鲁迅开始自己创作小说，但他创作的小说不是"为艺术而艺术"的，而是"为人生"，为"改良这人生"，"所以我的取材，多采自病态

---

① 中国第二历史档案馆编:《中华民国史档案资料汇编》（第3辑），南京：凤凰出版社1991年版，第40页、44页。
② 中国第二历史档案馆编:《中华民国史档案资料汇编》（第3辑），南京：凤凰出版社1991年版，第46页。
③ 中国第二历史档案馆编:《中华民国史档案资料汇编》（第3辑），南京：凤凰出版社1991年版，第48页。
④ 鲁迅:《我们怎样教育儿童的?》，载《申报·自由谈》，1933年8月2日，第14版。
⑤ 鲁迅:《青年必读书》，见《鲁迅全集》（第3卷），北京：人民文学出版社2005年版，第12~14页。

社会的不幸的人们中,意思是在揭出病痛苦,引起疗救的注意"。①鲁迅揭露这病态社会的意愿是由来已久的。他之所以这样说,是因为就在1933年2月7—8日,他写下了《为了忘却的记念》,那是为了纪念1931年五位因为"谁也不明白"的"案情"而被捕、遇害的白莽、柔石等青年作家的。就在"左联"的五位青年作家遇害不久,1931年4月,鲁迅曾写下《中国无产阶级革命文学和前驱的血》一文控诉统治者:"统治者也知道走狗的文人不能抵挡无产阶级革命文学,于是一面禁止书报,封闭书店,颁布恶出版法,通缉著作家,一面用最末的手段,将左翼作家逮捕,拘禁,秘密处以死刑,至今并未宣布。"②所以,鲁迅主张阅读反抗意识强的文学。为了增强民众的反抗意识,鲁迅翻译了大量的外国文学作品,在翻译时"尤其注重于短篇,特别是被压迫的民族中的作者的作品"③。例如,他翻译的《死魂灵》《毁灭》《浊流》等俄国作家的作品,都富有反抗思想,他希望借助这些作品激励国人的奋斗精神,开发民智。鲁迅在中山大学的开学典礼上就曾经呼吁:"青年们要读书不忘革命……对于一切旧制度,宗法社会的旧习惯,封建社会的旧思想,还没有人向他们开火!中山大学的青年学生,应该以从读书得来的东西为武器,向他们进攻!"④

第三,主张读"有童心的美的梦"的书。鲁迅在《看图说话》一文中曾批评那些愚弄孩子的出版者"是忘却了自己曾为孩子时候的情形了",还在翻译的《爱罗先珂童话集》的序言中写道:"愿意作者不要出离了这童心的美的梦,而且还要招呼人们进向这梦中,看定了真实的虹。"⑤但是,当时可供儿童阅读的好书很少。鲁迅致力于为儿童翻译、搜集适合他们的儿童文学作品,还为孩子创作了大量尊重儿童性情的白话文学作品。鲁迅翻译外国的文学作品,自己创作小说、散文,以此来丰富儿童的阅读世界,进而"来改良社会"。鲁迅以其文学创作表达了他对儿童文学教育的最大热情。鲁迅的回忆性散文集《朝花夕拾》中的《狗·猫·鼠》《阿长和山海经》《二十四孝图》《五猖会》《无常》《从百草园到三味书屋》等作品,广受少年儿童喜爱。他

---

① 鲁迅:《我怎么做起小说来》,见《鲁迅全集》(第4卷),北京:人民文学出版社1957年版,第393页。
② 鲁迅:《中国无产阶级革命文学和前驱的血》,载《前哨》,1931年第1期,第4~5页。
③ 鲁迅:《我怎么做起小说来》,见《鲁迅全集》(第4卷),北京:人民文学出版社1957年版,第392页。
④ 阎晶明:《鲁迅演讲集》,桂林:漓江出版社2001年版,第116页。
⑤ 鲁迅:《爱罗先珂童话集》序,见《鲁迅全集》(第10卷),北京:人民文学出版社1981年版,第197页。

在《朝花夕拾》中写出了儿童时代的感觉，也有意识地引导其他作家、出版家用儿童的眼光创作或发表儿童文学。之后，他陆续发表了大量白话短篇小说，为少年儿童的文学教育奠定了基础。民国时期，还有很多知识分子既投身社会政治运动，又从事文学创作和文学教育的实践活动，他们在日常的经验中善于总结和观察，甚至将自己的剖析通过文学作品反映出来，这为青少年接受进步思想提供了便利。

第四，反对少年儿童读过于悲观的作品。20世纪20年代，各书局、各省教育厅开始在他们编写的"国文""国语"教材中选入鲁迅的作品。其中，选入次数较多的篇目有《鸭的喜剧》《秋夜》《风筝》《雪》《故乡》等，这些文章反映了新文学创作的新风尚，而且或抒情或记叙，贴近少年儿童的生活，成为教材选文中的经典。另外，鲁迅的《狂人日记》《孔乙己》《药》等文章也曾入选国文教材。鲁迅创作这些小说以期改良社会，他对民族劣根性的揭露最为冷峻，他用犀利的文笔试图揭露暗藏在民众心灵深处的封建观念和麻木落后的思想，以引起民众思想的震动，他的文学作品中透露出讨伐、冲击的力量。这些小说内容深刻、批判性强，可用于警醒世人。鲁迅在1925年发表的《再论雷峰塔的倒掉》一文中指出"悲剧将人生的有价值的东西毁灭给人看"[1]，悲剧有其独特的艺术价值和表达效果，但是并不一定适合少年儿童阅读。对于哪些文章适合少年儿童读，鲁迅有自己的看法。鲁迅曾坚决地反对自己的某些文章入选中小学教材。1926年，陈西滢攻击鲁迅"捏造事实""传布流言"，鲁迅为了回应此事，发表了《不是信》一文，鲁迅在该文中说自己并不想当什么"思想界的权威者"，他说："我也曾反对过将自己的小说采入教科书，怕的是教错了青年。"[2]

鲁迅文学的这种力量为文学教育的现代转型提供了支持。自19世纪末期开始，国外的教育理念在中国传播，但是无论儿童中心主义等国外的思想多么先进，如果认识不到自身的问题，就没有改变的动力。就像鲁迅打的比方，人们都在一个铁屋子里快要闷死了，如果没人告诉他们情况危急，那么他们是不会起来冲破它的。鲁迅以塑造人的精神为本位的文学教育思想，为民国时期的文学教育铺垫了精神底蕴。

---

[1] 鲁迅：《再论雷峰塔的倒掉》，见《鲁迅全集》（第1卷），北京：人民文学出版社1956年版，第297页。

[2] 鲁迅：《不是信》，载《语丝》（周刊），1926年第65期，第1~5页。

(二) 蔡元培:"以美育代宗教"

蔡元培从清末时期就开始关注人格的培育。早在 1902 年他就提出:"使被教育者传布普通之知识,陶铸文明之人格。"① 到了 1912 年,他又提出更明确的教育目标,即"在普通教育,务顺应形势,养成共和国民健全之人格。在专门教育,务养成学问神圣之风习"②,将普通教育和专门教育进行了区分。对于这一教育目标,蔡元培一直坚持、反复申明,在新文化运动期间的言论或文章中进一步明确如何实现健全人格的培养。在 1915 年召开的巴拿马万国教育会议上,他向大会提出了很多问题,在其手稿中我们可以看到他重申"教育者,养成人格之事业也",而且清晰地指出了养成人格的思路:"小学教育既以遵循天性,养成人格为本义,则身、心两方面,决不可有偏废,而且不可不使为一致之调和。"③ 1917 年,蔡元培在《在爱国女学校之演说》中又提出,要实现"完全人格",首在体育,次在智育,德育实为完全人格之本。④ 对于如何发展完全或健全的人格他不断深入论述,在 1919 年,他又提出了"群性"和"个性"协同发展的问题,指出"盖群性与个性的发展,相反而适以相成,是谓今日之完全人格,亦即新教育之标准也"⑤,要实现"内包的个性"与"外延的共同性"之间的协调。1919 年 4 月,由他和范源濂等人组成的教育调查会通过了新的教育宗旨的提案,将教育宗旨定为"养成健全人格,发展共和精神",这是一个有助于实现"个性"与"群性"相统一的宗旨。1920 年,他在《教育与社会》杂志社讲演时说"所谓健全人格,分德育、体育、知育、美育四项"⑥,这里又对以往的观点进行了补充,认识到人格培养中美育的价值和意义。

那么,如何构建起能弥补旧教育思想缺陷的思想体系呢?蔡元培在之前提出的"五育并举"思想的基础上,逐渐将西方的美育思想与中国的社会思想、教育状况相结合,在 1917 年提出了"美育代宗教"的主张。

---

① 蔡元培:《师范学会章程》,见高平叔编:《蔡元培文集》(第 1 卷),北京:中华书局 1984 年版,第 161 页。
② 蔡元培:《向参议院发布政见之演说》,见高平叔编:《蔡元培教育论著选》,北京:人民教育出版社 2011 年版,第 11 页。
③ 蔡元培:《1900 年以来教育之进步》,见高平叔编:《蔡元培教育论著选》,北京:人民教育出版社 2011 年版,第 43~52 页。
④ 《蔡子民先生在爱国女学校之演说》,载《东方杂志》,1917 年第 4 期,第 20~22 页。
⑤ 蔡元培:《教育之对待的发展》,载《新教育》,1919 年第 1 期,第 9~10 页。
⑥ 蔡元培:《在北京高等师范学校讲演词》,载《教育与社会》,1920 年第 1 期,第 1~4 页。

他在《以美育代宗教说》中指出，陶养感情的最好方法"莫如舍宗教而易以纯粹之美育"。美是普遍的，没有人我之关系，也没有利害之关系，它超脱于实际，又能"顿觉吾身"。对美育的作用，他进而指出："纯粹之美育，所以陶养吾人之感情，使有高尚纯洁之习惯，而使人我之见、利己损人之思念，以渐消沮者也。盖以美为普遍性，决无人我差别之见能参入其中。"① 美是普遍的，美育在日常生活中就能进行，我们既可以领略绘画中的马牛之美，也可以赏鉴雕塑中的狮虎之美，还可以品味生活中的花鸟之美。对美的追求是蔡元培的一贯理想。蔡元培在赴德国留学前就开始关注美学，他在《假如我的年纪回到二十岁》一文中提道："我若能回到二十岁……然后专治我所爱的美学和世界美术史。"②

如果只谈美育，而落实不到教育中去，那么"美育"只能停留在理论层面而对现实的教育起不到多大的作用。对于如何进行教育改革，蔡元培有很多深刻的思考。1918年，他发表了《新教育与旧教育之歧点》一文，关注儿童的教育，尤其关注儿童的个性发展，他指出"夫新教育所以异于旧教育者，有一要点焉，即教育者非以吾人教育儿童，而吾人受教于儿童之谓也"③。旧教育以养成科名仕宦之材为目的，而新教育，以实验教育学为根底，关注儿童心理，"因而知教育者，与其守成法，毋宁尚自然；与其求划一，毋宁展个性"④；并且，列举了一些合于新教育的主义，如托尔斯泰的自由学校、杜威的实用主义、蒙台梭利的儿童室等。1922年，他又发表了《教育独立议》，呼吁教育家保持独立的思想，不要受党派的影响。政党是抹杀"个性"而强调"群性"的，但是教育需要"个性"与"群性"平均发展，"教育是帮助被教育的人，给他能发展自己的能力，完成他的人格，于人类文化上能尽一分子的责任"⑤；教育中的人是独立的、自由的，不是把被教育者当成一种特别的器具。他的教育独立的思想，也是在为教育中进行独立的美育而不是为政治思想或意识形态的教育奠定理论基础。1923年，他发表了《在春晖中学演说词》，专门就中学生的精神培育提出了自己的主张，他说"中学时代，是人生中最重要的一段"，在这一阶段，学生在身体上、精神上、知识上都要打

---

① 蔡元培：《以美育代宗教说——在北京神州学会演说》，载《新青年》，1917年第6期，第1~5页。
② 蔡元培著，文国明编：《蔡元培自述》，北京：人民日报出版社2011年版，第209页。
③ 蔡元培：《新教育与旧教育之歧点》，载《新青年》，1918年第1期，第52~53页。
④ 蔡元培：《新教育与旧教育之歧点》，载《新青年》，1918年第1期，第52~53页。
⑤ 蔡元培：《教育独立议》，载《新教育》，1922年第3期，第14~16页。

下良好的基础,在这些基础上,精神上的追求不能放松,"人生在世,所要的不但是知识,还要求情的满足",并且认为"求美和求知识一样,同是要事"。①

"美育"在蔡元培的倡导下得以在教育系统中贯彻落实。1922年,蔡元培在《美育实施的方法》② 一文中进一步明确美育的范围和实施的路径。他在文中指出,教育有三个不同的范围,即家庭教育、学校教育、社会教育,美育要在所有的范围内进行。美育从时间上来说,可以贯穿人的一生,甚至要从胎教开始。家庭教育要从最早的一步开始,从胎教开始。美育也可以在广阔的天地中实施,在学校、社会上,都有实施美育的理想场所。学校教育中的美育也不仅限于几个科目,凡是学校所设有的课程,都与美育有关。社会美育,则从美术馆、音乐会、剧院、影戏馆等专设的机构开始;另外,还有道路、建筑、公园等地方的美化,名胜的布置,古迹的保存等,都是美育的方式。

从发表"五育"教育方针到提出"以美育代宗教说",再到《美育实施的方法》一文的发表,蔡元培一直在探索并逐步推动实施新的人格养成方略。他的"培养健全人格""以美育代宗教"的教育思想,对中国现代以来的人格教育、美育、文学教育的发展都具有深远意义。

美育的途径有很多,文学教育作为美育的一部分,蔡元培也给予了很大关注。1919年,蔡元培在北京女子高等师范学校进行演说。在题为"国文的教育"的演说中,蔡元培提倡阅读"美术文",他的"美术文"相当于一个"纯文学"的概念。他说"美术文,大约可分为诗歌、小说、剧本三类",他希望学生广泛地阅读美术文,但是"中学校的学生虽然也许读几篇美术文,但练习的文不外记载和说明两种"。③ 从美育的角度出发,美术文的阅读和写作都是美育的重要途径,国文教育中应该有意识地通过美术文的学习来进行美的教育,以实现他在《美育》中强调的"陶养感情"④ 的目的。1937年,他在《我在教育界的经验》一文中又专门强调美育在教育中的重要作用,呼

---

① 蔡元培:《在春晖中学演说词》,见高平叔编:《蔡元培教育论著选》,北京:人民教育出版社2011年版,第483~488页。
② 蔡元培:《美育的实施方法》,载《教育杂志》,1922年第6期,第1~7页。
③ 蔡元培:《国文之将来》,见高平叔编:《蔡元培教育论著选》,北京:人民教育出版社2011年版,第252页。
④ 蔡元培:《美育》,见高平叔编:《蔡元培教育论著选》,北京:人民教育出版社2011年版,第604页。

吁加强美育，他说："美育，因为美感是普遍性，可以破人我彼此的偏见；美感是超越性，可以破生死利害的顾及，在教育上应特别注重。"① 对于文学的美感教育功能，蔡元培深有体会。蔡元培喜欢文学作品中富含的情感之美，还特别喜欢悲剧之美，认为它"能破除吾人贪恋幸福之思想"。他举例说，"其《小雅》之怨悱，屈子之离忧，均能特别感人"；《西厢记》《石头记》都是悲剧结尾，发人深省，如果改成团圆结局则平淡无奇。这种悲剧之美，还有滑稽之美，"皆足以破人我之见，去利害得失之计较，则其所以陶养性灵，使之日进于高尚者，固已足矣"。② 对于阅读文言还是白话的美术文，蔡元培支持白话文学，他说"国文的问题，最重要的就是白话与文言的竞争。我想将来白话派一定占优胜的"③，"高等师范学校的国文，应该把白话文作为主要。至于文言的美术文，应作为随意科，就不必人人都学了"④。但是，学文言文的价值也不能抹杀，他认为小说、诗歌、剧本都可以用白话文创作，但有的注重形式的美术文，如五言律诗、七言律诗与骈文，这一部分应该还用文言文。⑤

蔡元培的"美育代宗教"是一个响亮的口号，有助于更坚定地抵制将儒家学说立为"孔教"的做法。值得注意的是，在如何对待古今文化方面，蔡元培的做法符合鲁迅的"复古"主张。蔡元培虽然反对尊孔、反对借尊孔之名行复辟之实，但是他并不一味地否定孔子的价值。他在1936年发表的《孔子的精神生活》一文中指出，孔子的精神生活有两大特点，即"一是毫无宗教的迷信，二是利用美术的陶养"⑥，并且明确地指出孔子的精神生活，即"以智、仁、勇为范围，无宗教的迷信而有音乐的陶养，这是完全可以为师法的"⑦。

---

① 蔡元培：《我在教育界的经验》，见高平叔编：《蔡元培教育论著选》，北京：人民教育出版社2011年版，第740页。
② 蔡元培：《以美育代宗教说——在北京神州学会演说》，载《新青年》，1917年第6期，第1~5页。
③ 蔡元培：《国文之将来》，见高平叔编：《蔡元培教育论著选》，北京：人民教育出版社2011年版，第251页。
④ 蔡元培：《国文之将来》，见高平叔编：《蔡元培教育论著选》，北京：人民教育出版社2011年版，第252页。
⑤ 蔡元培：《国文之将来》，见高平叔编：《蔡元培教育论著选》，北京：人民教育出版社2011年版，第251页。
⑥ 蔡元培：《孔子之精神生活》，见高平叔编：《蔡元培教育论著选》，北京：人民教育出版社2011年版，第731页。
⑦ 蔡元培：《孔子之精神生活》，见高平叔编：《蔡元培教育论著选》，北京：人民教育出版社2011年版，第732页。

(三) 陈独秀:"完其自主自由之人格"

陈独秀是新文化运动的发起者、倡导者,是激进的民主主义者,后来成为先进的马克思主义者。1901—1915 年,他曾先后五次东渡日本避难或求学,接受西方民主主义思想。陈独秀曾参加反清宣传活动,也参加过 1913 年的反对袁世凯的"二次革命"活动,他是民主革命的领军人物,但是辛亥革命后,摇摇欲坠的民主共和政治体制和尊孔复古思潮的兴起,让他认识到政治革命要"从思想革命开始""要革中国人思想的命"。他致力于启发中国人的"自由独立人格",从而带动社会的转型;倡导"文学革命",以反对旧文学、传播新思想;提倡以写实主义的文学进行现实主义的文学教育,以认清现实,革新思想。

在二次革命失败后,陈独秀苦苦求索,之后得出结论:"欲使共和名副其实,必须改变人的思想,要改变思想,须办杂志。"1915 年 9 月,陈独秀在上海创刊了《青年杂志》。一般认为,《青年杂志》创刊,标志着新文化运动的兴起。但是,这一之后影响甚大的刊物,在创办之初的影响甚为贫弱。陈独秀起初想让他的同学汪孟邹资助他办一本《青年杂志》,但是被汪孟邹婉拒了。后来汪孟邹将陈独秀介绍给"益群书社",在这家小出版社的资助下,《青年杂志》(1916 年 9 月 1 日改名《新青年》)才得以问世。① 早期虽有胡适等撰稿,但是影响依然较小。直到 1917 年在蔡元培的鼓励下,陈独秀到北大任教,并把《新青年》的办刊地址从上海迁到北京。有了陈独秀、李大钊、鲁迅、胡适等北大学人作为编辑或主要撰稿人,《新青年》杂志才迅速发展为当时最有影响力的刊物,并成为新文化运动的主要阵地。1917 年后《新青年》主要宣传民主和科学,传播新文化。"十月革命"爆发后,《新青年》杂志开始介绍马克思主义,宣传"十月革命"。

陈独秀在《青年杂志》的创刊号上发表了两篇文章,一篇是《敬告青年》,另一篇是《法兰西人与近世文明》。这两篇文章能被陈独秀选中发表在自己创办的刊物的创刊号上,可以想见它们在陈独秀心中的分量。《敬告青年》对新时代的青年提出了六项标准,其中,第一项就是"自主的而非奴隶的"。他借鉴欧洲的人权平等的学说,提出要从"君权""教权""男权"中解放出来,"解放云者,脱离夫奴隶之羁绊,以完其自主自由之人格之谓

---

① 汪原放:《亚东图书馆与陈独秀》,上海:学林出版社 2006 年版,第 33 页。

也"①。《法兰西人与近世文明》一文指出了西方近代文明的特征有三点：人权说、生物进化论和社会主义。对于人权说，他以法兰西革命前后做对比，革命前重视的是君权与贵族特权，革命后重视的是"自由独立人格"。② 在陈独秀眼中，具有"自由独立人格"的个人是近世文明社会的基本组成单位，如果没有自由、自尊的人格则会成为他人的附属品。古代的"君为臣纲""父为子纲""夫为妻纲"等"三纲五常"的伦理道德是束缚人的枷锁，让人成为奴隶。

紧接着在《青年杂志》的第2期上，陈独秀又发表了《今日之教育方针》一文，较为系统地阐述了他的教育方针。在该文中，陈独秀一方面哀叹当时的教育"无贤不肖将共非之"，另一方面对教育寄予厚望。他认为，教育家要改变令人痛心的教育状况，要从教育对象、教育方针、教育方法三个方面入手，其中"以教育之方针为最要"。对于教育方针，他列举了法国卢梭教育学、德国赫尔巴特教育学等各自的优势和缺点，然后指出"窃以理无绝对之是非，事以适时为兴废"，要寻求适合自身的教育之道。他提出教育之道："乃以发展人间身心之所长而去其短。"针对当时民众"昏惰积弱"的情况，秉承前述谋求"自由之人格"的目标导向，适应当时列强觊觎、国事颓废的形势，他将自己的教育方针具体化为四个目标："第一当了解人生之真相，第二当了解国家之意义，第三当了解个人与社会经济之关系，第四当了解未来责任之艰巨。"③

在向西方学习的汹涌大潮下，新文化运动的先锋固然可以高举"西学"大旗，但是必须清楚地认识到中西文化的差异和冲突，并探索如何在冲突中谋求自身文化的发展。在《青年杂志》1915年第4期上，陈独秀发表了一篇名为《东西民族根本思想之差异》的文章，对东西民族思想进行了对比分析。他深刻地论述了西方文化，犀利地批评了东洋民族以"安息""家族""感情""虚文"等为本位的思想。④ 言辞激烈、鞭辟入里。相比于鲁迅1907年作的《文化偏至论》，其从对中西文化的态度出发，引出西方文化中最值得我们学习的是"首在立人"，要"尊个性而张精神"；而陈独秀则从东西方文化的根基对比出发，主张要建立"个人本位"的文化，"谋个性之发展"。我们

---

① 陈独秀：《敬告青年》，载《青年杂志》，1915年第1期，第13~18页。
② 陈独秀：《法兰西人与近世文明》，载《青年杂志》，1915年第1期，第19~22页。
③ 陈独秀：《今日之教育方针》，载《青年杂志》，1915年第2期，第10~15页。
④ 陈独秀：《东西民族根本思想之差异》，载《青年杂志》，1915年第4期，第10~13页。

可以看出，陈独秀的观点延承了鲁迅"立人"以谋求中国文化发展的方向，并对中西文化差异的原因进行了更加深入的本质性的分析。在鲁迅的《文化偏至论》中对待东西方文化依然提倡"取今复古"，而在陈独秀这里，就是要彻底与以家族本位、宗法制度为基础的东洋民族文化决裂了。这虽然有鲁迅说的"文化偏至"的倾向，但是在当时的历史背景下，要想树立起"个人本位"的观念，非要彻底地推翻家族本位的思想束缚不可，有用力过猛之嫌，但是不得已之举。

在1916年2月出版的《青年杂志》上，陈独秀发表了《吾人最后之觉悟》一文。曾自恃文明大国的中国在近代陷入泥潭，欧洲文化输入中国，伴随着一次又一次的中西文化冲突，中国人一次又一次地觉悟。他将中国人的觉悟分为七个时期，前六次分别是明中叶、清初、清中叶、清末、民国初年还有当时"二次革命"之后的新旧思想激战，"犹待吾人最后之觉悟"。陈独秀在看到"立宪""共和""二次革命"等种种政治革命失败之后，深刻认识到只靠政治上的革命无法摆脱专制的控制，也无法改变中国人因循守旧的思想，于是他将希望寄托于伦理思想的觉悟，"吾敢断言曰：伦理的觉悟，为吾人最后觉悟之最后觉悟"①。伦理思想影响政治，儒家的三纲之说维护的是封建的阶级制度，是封建伦理政治的本源，这些思想将人分成尊卑贵贱不同的等级，不能平等相待，更谈不上独立自由。这些伦理思想禁锢了国人的思想，虽然在政治上已经进行了诸多改革，但是民众在思想上抱残守缺，没有彻底觉悟，让已取得的革命成果一次次被复辟势力窃取。如果社会思想依然依附于宗法纲常，那么民众就难以形成独立的人格，所谓的"伦理觉悟"，就是要深刻认识到封建伦理道德的危害，与封建思想做坚决的斗争，让国人从封建礼教的束缚中挣脱出来，形成自由独立的人格。

因为与《上海青年》这一报纸有重名之嫌，《青年杂志》从1916年9月1日发行的第2卷第1期开始改名为"新青年"。在易名后的《新青年》第1期上，陈独秀发表《新青年》一文，在文中他解释了什么叫"新青年"。新、旧青年虽然在年龄上没有差异，但是在生理和心理上有很大的差别。在生理上，旧青年"美其貌，弱其质"，新青年应该"壮健活泼"；在心理上，旧青年梦寐以求的是"做官发财"，新青年要有"新鲜的信仰"。至于怎样才能在精神上除旧布新，他提倡"内图个性之发展，外图贡献于其群"②。这也是

---

① 陈独秀：《吾人最后之觉悟》，载《青年杂志》，1916年第6期，第6~9页。
② 陈独秀：《新青年》，载《新青年》，1916年第1期，第9~12页。

"个性"与"群性"共同发展的观点,即在培养个性人格的同时,强调为社会做贡献。在《一九一六年》一文中他也曾指出,个人无人格,则整个国家没有尊严,反之,"集人成国,个人之人格高,斯国家之人格亦高"①。

陈独秀在《法兰西人与近世文明》开篇指出,世界各国的古代文明大致相同,都是"宗教以止残杀,法禁以制黔首,文学以扬神武","旧文学、旧政治、旧伦理,本是一家眷属,固不得去此而取彼"。② 所以不仅要推翻封建政治统治,还要激烈地反对封建伦理道德、反对旧文学,他将文学革命作为反对封建思想的突破口,提出了中国文学革命的"三大主义":"推倒雕琢的、阿谀的贵族文学,建设平易的、抒情的国民文学;推倒陈腐的、铺张的古典文学,建设新鲜的、立诚的写实文学;推倒迂晦的、艰涩的山林文学,建设明了的、通俗的社会文学。"③他从内容到形式对封建旧文学进行了批判,批判旧文学是阿谀、陈腐、迂晦的,并且正是这样落后的旧文学造就了愚弱的国民。于是,他举起文学革命的大旗,成为文学革命当之无愧的急先锋。胡适的《文学改良刍议》比较侧重文学形式方面的改革,陈独秀的《文学革命论》更侧重文学内容上的改革。《文学革命论》的核心思想不在于语言与形式的变革,而在于创作内容上的新生,因此,比较起来,胡适的主张更像是文学的"改良",陈独秀的文学主张才是文学的"革命"。

另外,陈独秀还积极进行现实主义的文学教育以了解人生和社会真相,在《今日之教育方针》一文中,他将教育进行了广义和狭义的区分:"盖教育有广狭二义,自狭义言之,乃学校师弟之所授受;自广义言之,凡伟人大哲之所遗传,书籍报章之所论列,家庭之所教导,交游娱乐之所观感,皆教育也。"所以"遗撰""书籍""教导""观感"等皆是教育的途径。他还对"了解人生之真相"等四大教育方针从"现实主义、惟民主义、职业主义、兽性主义"四个方面进行了进一步的阐释。"现实主义"对应的教育方针是"了解人生之真相"。他认为"一切思想行为,莫不植基于现实生活之上",近世欧洲的时代精神就是尊重现实,尊重现实则"人治兴焉,迷信斩焉"。④尊重现实的精神在道德、政治、宗教、文学、美术等各个领域都有具体的表现,而在文学、美术方面,则称为"写实主义"。所以,陈独秀提倡发展写实主义的文学。基于对文学地位重要性的认识,他在倡导文学革命的同时,要

---

① 陈独秀:《一九一六年》,载《青年杂志》,1916年第5期,第10-13页。
② 陈独秀:《法兰西人与近世文明》,载《青年杂志》,1915年第1期,第19~22页。
③ 陈独秀:《文学革命论》,载《新青年》,1917年第6期,第6~9页。
④ 陈独秀:《今日之教育方针》,载《新青年》,1915年第2期,第10~15页。

在教育中倡导现实主义的文学教育,对文学教育寄予"改造社会、革新思想"① 的主观愿望。

在《今日之教育方针》一文中,陈独秀提出文学的"现实主义"主张,并且将其作为"今世贫弱国民教育之第一方针"。1915 年 12 月,陈独秀在《答张永言》中表达出对写实主义的青睐,他说:"吾国文艺犹在古典主义理想主义时代,今后当趋向写实主义。"② 写实主义的文学能"暴露人生之真相",然而其教育意义怎样发挥呢?陈独秀在 1917 年的《答陈丹崖》中说道,文字的作用"可以改造社会,革新思想",至于如何才能做到,那就要求小说等文学实写社会,并称"实写社会,即近代文学家之大理想大本领"③。在主张文学革命的同时,陈独秀也强调教育的改革,他说:"教育虽然没有万能的作用,但总算是改造社会底重要工具之一,而且为改造社会最后的唯一工具,这是我们应该承认的。"④ 文学的作用还是需要通过文学教育来实现。

---

① 陈独秀:《答陈丹崖》,见任建树主编:《陈独秀著作选编》(第 1 卷),上海:上海人民出版社 2010 年版,第 247 页。
② 陈独秀:《答张永言》,载《青年杂志》,1915 年第 4 期,第 22 页。
③ 陈独秀:《答陈丹崖》,见戚谢美、邵祖德编:《陈独秀教育论著选》,北京:人民教育出版社 1995 年版,第 101 页。
④ 陈独秀:《平民教育》,见戚谢美、邵祖德编:《陈独秀教育论著选》,北京:人民教育出版社 1995 年版,第 308 页。

第三章

"儿童"是"人":文学教育对象论

1915年,在《青年杂志》的创刊号上,发表了署名为"中国——青年"的作者翻译的美国马克威博士和斯密士学士所著的《青年论》(*The Youth*)一文。这是"五四"《青年杂志》创刊号中的第一篇文章,它拉开了中国新文化运动时期教育界、文学界重新思考年轻一代的地位、价值的序幕。与中国传统文化对年轻人的认识不同,《青年论》认同的是"儿童者成人之根基也","少时之思想,足以卜人之将来"。① 这些思想对于当时处于急切地渴望以新的生命力量来创造一个新时代的新文化运动的先驱来说,无疑是振聋发聩的。由此开始,中国文学中的年轻一代成为被书写的重点对象,中国的教育也重新思考着年轻一代的教育问题。在新文化运动时期的文学教育中,年轻一代既是文学的讲述对象主体,又是施教对象主体,文学教育的对象有了新的身份,也被寄予了新的希望。

值得注意的是,在《青年论》中同时出现了"童子""少年""青年"这三个表示年龄阶段的词语。在当今看来,这三个词对应着三个不同的年龄阶段,一般认为三至十二岁是儿童期,十二至十七岁是少年期,十八岁及以上至中年是青年期。但是,在《青年论》中,这三个词之间的界限比较模糊,比如,文中说"方童子渐长而为青年也",这句话看起来像是"童子"之后便是"青年",其间跳过了"少年",但是文中又多次提到"少年",说"人之一生,少年时代,最关重要"。从该文来看,对应"the youth"一词,译者翻译为童子、少年、青年这三个词汇,表达的都是从儿童到青年这段时期,可见三个词之间的界限并不分明。另外,周作人在1920年发表的《儿童文学》一文中说"儿童期的二十几年的生活,一面固然是成人生活的预备,但一面也自有独立的意义

---

① [美] 马克威、斯密士著,"中国—青年"译:《青年论》,载《青年杂志》,1915年第1期,第74~75页。

与价值"①，在周作人眼里，处于成人之前的阶段都是"儿童"。

因此，在概括该时期文学教育对象观时，用"'儿童'是'人'"这样一种表述，主要想表达两方面的意思：一方面，用"儿童"这个词概括从儿童到青年这样一个比较大的年龄范围，与该词相对的是"成人"，这里的"儿童"不同于当今的"儿童"概念；另一方面，用"人"这个词来表达人道主义思想下的与"人的文学"中的"人"相同的内涵，这个"人"也不同于当今的"人"的概念。

第一节　"儿童"作为文学教育的对象

文学从本质上讲是一种意识形态，这种意识形态是由一定的社会基础决定的，而意识形态就是上层建筑的一种表现，它们之间是相辅相成的。读者在文学阅读中，不仅可以了解文字符号代表的意义，还可以了解社会，并与社会中的成员互动，将社会语言与行为内化为自己的一部分。通过文学阅读，读者可以了解本身经验以外的人和事，这成为他们与社会互动的基础，而慢慢地发展出自己的内在思维方式。政治体制的变革和经济制度的改革都是外在的变化，在民国初期，民众的思想变革跟不上政治体制和经济制度变革的脚步，因此急需一种能让普通民众喜闻乐见又能重新塑造民众精神的媒介。文学在这种特殊的历史背景下，担负着引起思想变革的重任。然而，想要改变民众思想并不容易，尤其是对于那些已经被封建思想占据的灵魂来说，更是不易。所以，很多改革者都将希望寄托于年轻一代，青少年、儿童成为文学阅读的主要群体和受益者。新式教育发展起来后，随着学生的数量和社会影响力上升，"儿童""少年""青年"等成为文学的讲述对象，也成为文学教育的施教对象。

（一）"儿童"作为文学的讲述对象

作为文学的讲述对象主体，新文化运动时期的儿童、少年、青年初绽光芒。五四时期的文学，有思想启蒙和政治救亡的现实任务，在题材选择和讲述对象上都与五四运动爆发之前有很大的差别。五四运动爆发之前，"鸳鸯蝴蝶派"的小说以才子佳人为讲述对象，"黑幕小说"以官场秘闻、丑闻等为主要内容。五四运动爆发后，无论是1921年成立于北京的文学研究会，还是同年成立于东京

---

① 周作人：《儿童的文学》，载《新青年》，1920年第4期，第1~7页。

的创造社，无论是现实主义还是浪漫主义，无论是主张写实主义还是主张个人主义，都注重反映新人新事，家庭中的儿童生活、学校生活成为开拓创作题材的重要突破口。

五四运动爆发后，在北京协和女子大学读书的谢婉莹积极参与反帝反封建的运动。1919年，她第一次以"冰心"为笔名发表了小说《两个家庭》，展现了两个家庭不同的生活场景和不同的际遇，关注了家庭中女主人的受教育情况、治家的本领与儿女的教育问题。1920年初，她又发表了小说《庄鸿的姊姊》，再次关注少年儿童的受教育问题，尤其是女孩的受教育问题。在小说中，庄鸿的姊姊曾在一个高等小学念书，她懂事、聪慧、善良，学校里的老师没一个不夸她，说她前途不可限量。她有才学、有志向，她曾对庄鸿说："我们两个人将来必定做点事业，为社会谋幸福，替祖国争光荣。你不要认为我是个女子，我想我将来的成就未必在你之下。"① 但是很遗憾，后来其祖母一意孤行让她辍学，进而引发了其郁郁而终的悲剧人生。这些小说关注家庭和学校生活，关注人们身边随处可见的社会问题，虽然没有直白的控诉，但是能直触人的心灵。

1921年在《小说月报》上，沈雁冰发表了一篇评论，题为"评四五六月的创作"。这篇评论统计了《小说月报》4—6月发表的作品（小说一百二十多篇，剧本八篇），试图分析这些作品反映的社会生活。他相信"有什么样的社会背景便会产出什么样的文学"②，他将这些作品分为描写男女爱情的、描写农民生活的、描写城市劳动者生活的、描写家庭生活的、描写学校生活的和描写一般社会生活的六大类；其中，描写男女爱情的依然占大多数。茅盾对此也颇为不满，认为知识分子还是对农民和城市劳动者了解不足，并分析说还是"恋爱问题能刺激"人，但是他也指出这也反映了从传统束缚中解放出来的个人主义的发展。作品中描写学校生活的五篇，虽数量少，但是学校生活题材的一大发展。评论文章提道："过去的三个月的创作，我最佩服的是鲁迅的《故乡》"。在《故乡》中，"我"印象中的"那西瓜地上的银项圈的小英雄"后来过着麻木的生活，十分令人失望，但对于将来"却不曾绝望"，希望以后的孩子"有新的生活，为我们所未曾生活过的"。③

（二）"儿童"作为文学教育的施教对象

作为文学教育的施教对象主体，在"儿童的发现""少年崇拜""新青年"

---

① 冰心：《庄鸿的姊姊》，载《晨报》，1920年1月6日、7日，第6~7版。
② 沈雁冰：《评四五六月的创作》，载《小说月报》，1921年第8期，第1~4页。
③ 鲁迅：《故乡》，载《新青年》，1921年第1期，第116~123页。

等时代氛围中，儿童、少年、青年被赋予了更多的自由，也被寄予了更高的期望。儿童，具有更强的可塑性和时代性，代表未来。儿童、少年、青年，他们在新时代社会中扮演着越来越重要的角色。对这些群体的关注，充分表现在教育、文化等各个领域。儿童、少年、青年也成为被反复言说的对象。

新文化运动时期，无论是家庭教育，还是学校教育，我们都可以看到一些变革的信号和实践努力。新文化运动的"民主""科学"等口号，在教育领域中起到了引领作用。文学教育中的"儿童的发现"，首先表现在对儿童独立地位的认可上，也就是承认"儿童是人"，不再把儿童作为成人的附属品；其次表现在尊重儿童的心理特点、学习规律上，认同"儿童是儿童"，用科学的方法来教育儿童，把儿童文学作品作为教育内容，使用自动主义的学习方法尊重儿童的独立性；最后表现在对儿童发展目标的谋划上，不仅有总的教育宗旨，而且教育纲要中有专门针对儿童阶段的教育纲领。

民国时期的文学教育，对象从"书生"变为"儿童""学生"和"平民"，从经典文到普通文，文学教育走下神坛。

民国时期，儿童在教育中的重新定位，得益于西方教育思想的引入。西方教育思想影响较大的有两个：一个是卢梭的自然主义教育观念。在西方，卢梭是真正"发现儿童"的第一人。早在1903年中国已出现节译本的卢梭的《爱弥儿》，到了民国时期，该著作被当作教育小说而得到广泛传播。另一个是杜威的儿童中心主义。杜威强调儿童在教育中的中心地位，其儿童中心主义教育思想在新文化运动中影响甚大，尤其是在1919年杜威访华的推动下，杜威的教育思想在中国教育界得到广泛传播。

在新文化运动时期的文学教育中，将"儿童"作为教育的主体，不仅体现在对儿童个性的尊重上，也体现在对不同年龄段的儿童的不同认识和把握上。下面以朱自清对中学生文学教育特点的理解为例，论述这一时期教育家对文学教育对象的认识。

从1917年开始在北大哲学系读书的朱自清，积极参加五四爱国运动；1919年开始发表新诗；1920年毕业后先在杭州第一师范任职，然后到江苏省立八中教国文；1921年参加文学研究会。他的中学教学经历和文学创作经历促使他对中学生的文学教育有独特的理解。在他的文学教育思想中，他对中学生特点的理解主要包括以下几点：

第一，对中学生"学情"的把握。朱自清曾说"只因五四以来，政治的、社会的环境底刺激，各校里一些有办事的天才的学生便应运而兴，所以看去觉得有些生气"①。他建议中学生多建立一些"小组织",这样学生可以有自由练习思想力的机会,有培养感情的机会,有练习组织能力的机会。②他认为,只有学生和教师之间无隔阂,才能进行人格的感化。在春晖中学的一个月的教书生活让他感觉非常快乐,他也看到了这里的师生关系的融洽、学生的快乐,"学生因无须矫情饰伪,故甚活泼有意思"③。

第二,对学生年龄特点的理解。朱自清主张分年龄段实施教育,对于中等学校的学生教育,朱自清既有教学实践又有理论主张。在《白马读书录》中,朱自清对于孙俍工在《文艺在中等教育中的位置与道尔顿制》中所说的"所以这时的国文科唯有纯文学有永久独立存在的价值"有不同的看法:朱自清支持用文艺培养学生的欣赏力,"因为这是丰富的人生的源泉之一",但是他不主张以文艺为国文教材的主体,他认为,实用文应该还是国文科学习的重点,"所以我主张初级中学国文教授,当以练习各体实用文,即练习从各方面发表情思的方法为主,而以涵养文学的兴趣为辅"。④虽然朱自清一向爱好文艺,但是对于国文教学,他这一主张更为客观。毕竟极端喜欢文艺的学生是少数,中学国文教育的目标还是应该以自由了解普通文章和一般文艺并能自由发表自己的思想为主。到了1925年,对于国文教学的目的,他有了更明确的主张。他认为中学国文教学的目的有两个:养成读书思考习惯和情感表达的能力,"发展思想,涵育情感"⑤。这两个目的中,前者是国文科特有的,也是主要的,后者是和其他学科共通的;实施时,两个目的不应分离。在发展思想、涵育情感方面,"我以为初中宜侧重(不是专重)文学趣味、人生、国性、现代思潮数方面;高中则可再加世界文学思潮、本国古代学术思想两方面"⑥。

纵观国文教学的相关论文,他指出相关论述存在理论与实际相差较远这一问题。并且总结了三方面原因:论者所定标准太高、教师的精力不及、学生不用功。他指出在当时的一般中学生的心里,国文科存在一个矛盾,"被看重,同时又被忽略"⑦。为了解决学生不用功这一问题,他提出要注重"训育"。教师不能"教而不育",对上课不注意听讲、爱讲话、偷看别的书的学生,要进行训

---

① 朱自清:《中等学校的学生生活》,载《学生》,1922年第7期,第90~95页。
② 朱自清:《中等学校的学生生活》,载《学生》,1922年第7期,第90~95页。
③ 朱自清:《春晖的一月》,载《春晖》,1924年第30期。
④ 朱自清:《白马读书录》,见朱乔森编:《朱自清全集》(第4卷),南京:江苏省教育出版社1990年版,第131~134页。
⑤ 朱自清:《中等学校国文教学的几个问题》,载《教育杂志》,1925年第7期,第1~11页。
⑥ 朱自清:《中等学校国文教学的几个问题》,载《教育杂志》,1925年第7期,第1~11页。
⑦ 朱自清:《中等学校国文教学的几个问题》,载《教育杂志》,1925年第7期,第1~11页。

育；对学生的预习、复习等也要进行训育，让学生养成好的习惯。从训育开始，让学生用功，"新的教学法是以学生为本位，教师只加以协助"①。

第三，倡导中学生多读文艺作品。对文学教育，朱自清一直情有独钟。他不仅喜欢文学创作，而且撰写了许多与文学教育相关的文章。例如，1922年的《匆匆》，1924年的《桨声灯影里的秦淮河》，1923年的小说《笑的历史》，1923年的长诗《毁灭》，等等。1922年，他还与叶圣陶等一起创办了我国新文学史上的第一个诗刊——《诗》月刊。1920年，他曾说"我们该用艺术家的手段来过我们的生活"②，过灵与肉一致的生活，那才是真正的生活。在1921年的《民众文学谈》中谈到中国当时的民众文学，或文字幼稚，或内容腐败，"但在现在要企图民众的觉醒，要培养他们的情感，灌输他们的知识，话得从这里下手才是正办"③。他认为，文学不是少数人的特权，文学是大众的；建设民众文学和建设国语文学、儿童文学一样重要，要企图让民众觉醒、培养他们的情感；并且引用了周作人《儿童的文学》中的要求来作为民众文学的建设标准，即"文章要简单、明了、匀整，思想要真实、普遍"④。朱自清重视发挥文艺的力量，他认为，虽然文艺的力量不是无限的，但是文艺有影响人的行为的力量，"文艺的内容与形式都能移入情"⑤。他在1922年的《民众文学的讨论》中再次呼吁要建设"全人类"的文学，民众的鉴赏权不应该被少数人所谓的"优美"的文学剥夺。在建设思路上，除了前面强调的"创作"外，这次更注重"搜集"，"论到建设民众文学的途径，自然不外搜集和创作两种；而搜集更为重要"⑥。在《文学的美》一文中，他说文学"有'一切的思想，一切的热情，一切的欣喜'作材料，以融成它的迷人的力"⑦。之后，他对文学作用的重视程度越来越高。1929年，他在《论现代中国的小品散文》一文中指出，散文比纯文学的小说、诗歌、戏剧更自由些，纯文学的作品语言或构思等更严谨，"真正的

---

① 朱自清：《中等学校国文教学的几个问题》，载《教育杂志》，1925年第7期，第1~11页。
② 朱自清：《自治底意义》，见朱乔森编：《朱自清全集》（第4卷），南京：江苏省教育出版社1990年版，第2页。
③ 朱自清：《民众文学谈》，见朱乔森编：《朱自清全集》（第4卷），南京：江苏省教育出版社1990年版，第28页。
④ 朱自清：《民众文学谈》，见朱乔森编：《朱自清全集》（第4卷），南京：江苏省教育出版社1990年版，第28页。
⑤ 朱自清：《文艺之力》，见朱乔森编：《朱自清全集》（第4卷），南京：江苏省教育出版社1990年版，第102~112页。
⑥ 朱自清：《民众文学的讨论》，载《文学旬刊》，1922年第27期，第1~3页。
⑦ 朱自清：《文学的美——读Puffer的〈美之心理学〉》，见朱乔森编：《朱自清全集》（第4卷），南京：江苏省教育出版社1990年版，第159页。

文学的发展，还当从纯文学下手"①。到后来，他更加明确地指出："中学生往往特别爱好文艺"，"文艺增进对于人生的理解，指示人生的道路，教读者渐渐悟得做人的道理"。② 他还倡导中学生要多读文艺作品，主要包括文学作品和文艺理论著作。

第二节　"儿童的发现"：文学教育对象的特点论

"五四运动的最大成功，第一要算'个人'的发现。"③ 在这"人的发现"中，"儿童的发现"成为不可或缺的重要环节。"儿童的发现"，即儿童的个性解放和文化重建。在封建社会，儿童被"父权""族权"等重重大山包围，既要尊老、孝亲，又要"顺承""无怨"，无所谓个性和尊严。在新文化运动中，主张健全儿童的独立人格、尊重儿童的个性特点，儿童的教育成为关注的热点。在此借用卢梭"儿童是人"和"儿童是儿童"的观点来论述新文化运动时期的中国儿童文学教育思想的变化。

（一）"儿童"是"人"

中国自西周奴隶主贵族时代就提出了一些反映宗法等级关系的"孝""慈""友""恭"等道德规范，到了春秋战国时期，诸子百家提出了不同的伦理思想。其中，儒家的以"仁"为核心的宗法道德体系最为全面。自宋代开始，封建统治者为了巩固专制统治，继承孔孟传统，发展理学伦理，并进一步把道德观、思想观、认识观融为一体，形成了统治民众思想的无形而强大的力量。从人的成长阶段来看，中国古代对人的身份、地位的认识有这样两个特点：一是"父权"特征明显，成长阶段模糊。中国古代社会"父为子纲、夫为妻纲"，没有什么儿童、少年、青年的明显区分，比较明显的人生成长的分界线是结婚。无论年龄如何，结婚了就意味着成年了，而且，封建时代是男权社会，男子如果结婚了，就可以成为管控妻子的"夫"；而对女子来说，无论年龄如何，无论是否结婚，都始终没能独立。女子结婚了只不过是从受"父"的管辖变为受

---

① 朱自清：《论现代中国的小品散文》，载《文学周报》，1929年第326～350期，第656～662页。
② 朱自清：《中学生与文艺》，载《中学生》，1947年第187期，第73～75页。
③ 郁达夫：《中国新文学大系·散文二集导言》，见蒋风、韩进编：《中国儿童文学史》，合肥：安徽教育出版社1998年版，第55页。

"夫"的支配。二是长者为先,年轻人备受压制。在传统社会中,老年人往往代表经验和智慧,是家长制的权威,也拥有家族中的至高地位。年轻一代则要在"孝亲""敬老""尊长"等道德伦理中敛声屏气、小心翼翼。

明中叶以后,中国资本主义萌芽产生,市民阶层开始形成,理学伦理思想的弊端也逐渐暴露。明末清初的李贽、黄宗羲等思想家开始认识到人的私欲的合理性,向"存天理,灭人欲"的儒家伦理、封建礼教发起挑战。鸦片战争后,中国沦为半殖民地半封建社会,龚自珍、魏源等早期启蒙主义者开始揭露和批判封建伦理道德,反对宋明理学的禁欲主义。到了清末,康有为、梁启超等改良主义者更是转向学习西方资产阶级的伦理思想,提倡"自由""平等"。

民国初期,虽然废除科举制度破除了科举制对教育的垄断,推翻清政府建立民国政府结束了封建专制统治,但是旧礼教、旧道德等封建思想依然束缚着民众的头脑,因此,旨在打破封建礼教、道德、伦理等枷锁的新文化运动以改造国民性为主要任务。五四期间,出于对民族劣根性的鞭挞和对封建伦理秩序的排斥,人们开始重新思考哪个年龄群体才是社会发展的核心力量。经历了丧权辱国的晚清,社会改革派努力从政治、经济、文化等多方面改造社会,在对成年人进行鞭策的同时,期待一种新的历史主体的发展。"儿童"史无前例地成为一个学术话题,并赋予"儿童"基本的特征。儿童这个概念在这一时期得到重视,人们试图抵制儒家文化对人性的抑制,拯救儿童。与此同时,在家庭教育和学校教育这两个儿童教育的主阵地,反封建的教育思想迅速发展。

首先,"儿童的发现"要冲破以"父权""族权"等为代表的家庭伦理,建立现代家庭关系。

家庭是社会的一个基本组织单位,对家庭关系的改造有助于促进整个社会的移风易俗。儿童附属于父母,没有独立的人格、地位,这一点让有识之士痛心疾首。戒希在《在儿童文学的教育价值》中说到一个事例:在一个书香家庭,一个孩子正津津有味地读一本小说,但看到父亲走过来时,孩子慌忙收起书尴尬地看着父亲,父亲严厉地教训他,说看这些东西真没出息,而且恨恨地问孩子"你晓得'看了《西游记》,到老不成器'一句成语吗?"作者说,像这样的滑稽剧,大概在每个读书的人家里都演过。① 这种"看了《西游记》,到老不成器"的观念,深深印在"冬烘先生"的脑子里,不知多少活泼的儿童被这些观念桎梏了。有的父母将儿童当作缩小的成年人,在开蒙的时候就以"圣经贤传"为教材,希望将成年人的丰功伟绩灌输给儿童;有的父母将儿童称作"无足道

---

① 戒希:《儿童文学的教育价值》,载《民众教育周报》,1933年第46期,第5~7页。

的小人"，常说小孩子懂什么。这两种态度，都是不了解儿童的表现。

对于儿童在家庭中的位置这一问题，周氏兄弟率先发出了振聋发聩的呼告。1913年，周作人在《童话研究》中指出："以前的人对于儿童多不能正当理解，不是将他当作缩小的成人，拿'圣经贤传'尽量地灌下去，便将他看作不完全的小人，说小孩懂得甚么，一笔抹杀，不去理他。"① 1918年，鲁迅发表《狂人日记》，发出"救救孩子"的呼告。② 1947年，朱自清在《五四时代的文艺》中概括了五四时代文艺的三大变化，第一个是从新文体到白话文，第二个是文学改良与文学革命，第三个是鲁迅的创作，在《狂人日记》中高呼"救救孩子"③。他的这一概括充分肯定了鲁迅"救救孩子"这一呼告的深远影响。1919年，鲁迅写的《我们现在怎样做父亲》揭开了几千年来封建家长制下父辈的面纱，露出他们狰狞的面容；他说在旧家族观念中"幼者的全部，便应为长者所有"④，这是强盗逻辑，也是中国家族中的现实。1920年，周作人在北京孔德学校发表了题为《儿童的文学》的演讲，提出不能把儿童当作"缩小的成人"的主张，强调尊重儿童的个性和独立，承认"儿童的独立生活"⑤。这是我国比较早的儿童观，对后来儿童文学教育有着积极的影响。周氏兄弟还言辞激烈地批评了将儿童的教育单纯理解为"教训"的行为。鲁迅批评"家长"给孩子阅读《二十四孝图》《龙文鞭影》《幼学琼林》里的"模范故事"是"诈"⑥，用这样虚伪的故事愚弄孩子，造成的恶果会是"孩子长大，不但失掉天真，还变得呆头呆脑"⑦。在《难答的问题》一文中鲁迅将矛头指向了当时盛行的"教训主义"，他指出"这几年来，向儿童们说话的刊物多得很，教训呀，指导呀，鼓励呀，劝谕呀，七嘴八舌，如果精力的旺盛不及儿童的人，是看了要头昏的"⑧。周作人也曾批评教育界存在"太教育的，即偏于教训"⑨这一问题。

其次，"儿童的发现"要打破教育领域中的教师权威、千人一面的局面，树

---

① 周作人：《童话研究》，载《教育部编纂处月刊》，1913年第7期，第1~13页。
② 鲁迅：《狂人日记》，载《新青年》，1918年第5期，第52~62页。
③ 朱自清：《五四时代的文艺》，见朱乔森编：《朱自清全集》（第4卷），南京：江苏省教育出版社1990年版，第467~471页。
④ 鲁迅：《我们现在怎样做父亲》，载《新青年》，1919年第6卷第6期，第555~562页。
⑤ 周作人：《儿童的文学——一九二〇年十月二十六日在北京孔德学校所讲》，载《新青年》，1920年第4期，第54~60页。
⑥ 鲁迅：《二十四孝图》，载《莽原》，1926年第10期，第412~421页。
⑦ 鲁迅：《新秋杂识》，载《申报·自由谈》，1933年9月，第2版。
⑧ 鲁迅：《难答的问题》，载《海燕》，1936年第2期，第10页。
⑨ 周作人：《关于儿童的书》，载《晨报副刊》，1923年8月，第17版。

立健全儿童个性与人格的教育宗旨,建立儿童本位的师生关系。

"儿童的发现""儿童中心"等思想的传播在教育界激起强烈的回响,相应的教育理论构建和教育实践也逐步推展开来。作为中华民国首任教育总长,蔡元培为建立以儿童为本位的教育宗旨和教育方法奔走呼告。他在天津中华书局"直隶全省小学会议欢迎会"演说中指出"教育者非以成人教育儿童,而吾人受教于儿童之谓也"①,并将对待儿童的态度作为新旧教育的本质区别之一。1919年10月,由沈恩孚、黄炎培、经亨颐等发起的民间教育社团"全国教育会联合会"在山西太原召开第五届年会,讨论修改学制等问题。时值美国实用主义教育家杜威访华,杜威出席大会并发表了题为"教育上的实验态度"的演讲。根据杜威教育的学说,这次会议做出了"请废教育宗旨,宣布教育本义"的决议,并明确指出:"从前教育只知研究应如何教人,不知研究人应如何教。今后之教育应觉悟人应如何教,所谓儿童本位教育是也。"② 在杜威儿童中心主义教育观念的影响下,"全国教育会联合会"1921年10月在广州召开的第七届年会上制定了《学制系统草案》,一年后这一草案由北洋政府略加变动后颁布,即"壬戌学制"。1922年,该联合会的第八届年会又成立了"新学制课程标准起草委员会",起草与"壬戌学制"相配套的课程标准,历时八个月完成,即1923年颁布的《新学制课程标准纲要》。1922年新学制和相关课程标准的颁布,不仅推动了20世纪20年代在中国兴起的课程改革,而且对文学教育产生了深远的影响。

(二)"儿童"是"儿童"

新文化运动中的科学精神扩展到教育领域,在教育实践中,教育者纷纷开始关注学生的主体地位,并开展实践探索。在教学法方面,在对儿童本位认可的同时,又对原有的做法进行审视,反思教师本位和教科书本位的教授方法,"务审察各儿童之学习力,据为教授标准,而教师在教授上之地位须自为儿童学习之周旋人"③。

1. 本着"儿童是儿童"的教育观念,文学教育朝着科学化方向发展

首先,提出基于儿童身心发展规律的教育主张。新文化运动的倡导者剖析了旧教育中违反儿童身心发展规律、束缚个性的各种弊病,在教育实践中遵循

---

① 蔡元培:《新教育与旧教育之歧点》,载《新青年》,1918年第1期,第52~53页。
② 李桂林、戚名琇、钱曼倩编:《中国近代教育史资料汇编·普通教育》。上海:上海教育出版社1995年版,第503页。
③ 耕莘:《学习法之刷新》,载《中华教育界》,1916年第1期,第1~17页。

蔡元培提出的"与其守成法，毋宁尚自然；与其求划一，毋宁展个性"①的原则。蒋梦麟等教育家也提出了类似的主张，如"个人各秉特殊之天性，教育即当因个人之特性而发展之，且进而至其极"②。这些主张，着眼于儿童的个性化差异，要求打破"划一教育"，推行因材施教的教育。

其次，研究儿童的心理。基于"儿童是儿童"，不同于成人这一事实，教育界认识到必须以科学的方法深入地研究儿童的心理。他们借鉴西方儿童心理学的理论和研究方法，将教育统计、测量、调查、实验等方法引入儿童心理的研究中，使儿童心理的研究走上科学化轨道。例如，王克仁提倡用测验的方法检测儿童的智力，然后按照儿童的智力程度分班，以便于因材施教。③ 在当时的儿童心理研究中影响最大的要数陈鹤琴的研究。1921年，陈鹤琴和廖世承合著的《智力测验法》出版，该著作详细介绍了智力测验法，并且先后在南京、上海等地实验。1925年，陈鹤琴又出版了《儿童心理之研究》和《家庭教育》这两部研究儿童教育规律的著作，以大量第一手实证研究为基础，对儿童的年龄、心理特点进行了深入的阐述；他在《儿童心理及教育儿童之方法》中总结了儿童的心理特点，包括好动心、模仿心、好奇心、游戏心等，主张教育要根据儿童的心理因势利导。④ 程秉在《儿童本能与教育目的》一文中也指出"盖吾人受教育之始则在儿童期，而将来能成事业与否，端赖斯时为转移也"，文中将人的本能分为"非社会性本能"和"社会性本能"，非社会性本能包括求食、收集、攻猎、好动、好奇、恐惧等，社会性本能包括群居、游戏、竞争、同情、模仿等；教育的普通目的，在于"增进人类之生活力、生产力"。⑤

最后，在教育实践中贯彻"尚自然，展个性"的教育理念。在课程标准和教材改革中，主张编写适合儿童年龄、能力特点的教材。受杜威儿童中心主义影响，1923年，由吴研因起草的《新学制课程标准纲要小学国语课程纲要》在"读文"方面要求"注重欣赏、表演，取材以儿童文学（包含文学化的实用教材）为主"⑥；一直到1932年，《小学课程标准国语》依然规定"依据儿童心

---

① 蔡元培：《新教育与旧教育之歧点》，载《新青年》，1918年第1期，第52~53页。
② 蒋梦麟：《个人之价值与教育之关系》，载《教育杂志》，1918年第4期，第59~62页。
③ 王克仁：《测量儿童智力之必要和方法》，载《中华教育界》，1920年第2期，第9~20页。
④ 陈鹤琴：《儿童心理及教育儿童之方法》，载《新教育》，1922年第2期，第6~17页。
⑤ 程秉：《儿童本能与教育目的》，载《晨钟》，1923年第4期，第1~2页。
⑥ 课程教材研究所编：《20世纪中国中小学课程标准·教学大纲汇编》（语文卷），北京：人民教育出版社2001年版，第14页。

理，尽量使教材切于儿童生活"①。商务印书馆出版的《新学制初等小学国语教科书》等教材选用童话、民谣、儿歌、寓言等儿童喜闻乐见的文学样式，采用图文并茂的方式，高度迎合了儿童的学习心理和需求。在教学方法的改革中，为了更好地鼓励儿童自主地学习，教育界纷纷引进和推广设计教学法、道尔顿制等。1919年，在俞子夷等人的主持下，南京高等师范学校附属小学开始试行道尔顿制。1920年，在沈百英等人的倡导下，江苏省立第一师范学校附属小学也开始进行设计教学法的实验。到了1921年，全国教育会联合会通过了《推行小学校设计教学法案》，希望能借助该方法，发展儿童"固有的本能"。

2. "儿童是儿童"与"儿童是公民"的思想相对

在内忧外患的局势下，清末的资产阶级启蒙思想家呼吁救亡图存，其中有一个重要的口号是"强国保种"。1897年，林纾在他自制的乐府诗歌《闽中新乐府》（作者署名"畏庐子"）中的《村先生》一首中，明确提出了"强国之基在养蒙，儿童智慧须开爽，方能凌驾于人上"，这首诗不仅讽刺了封建传统的私塾教育，而且语重心长地指出强国之基在于儿童，在于儿童的教育。1902年，黄海锋郎在《论今日最要的两种教育》一文中说"民智、民德、民力是改造社会、强国保种的要素"②。随后，黄海锋郎又在《儿童教育》一文中专门论述了儿童文学的作用，他指出："儿童幼时智识，至老不忘，教师最好把些爱国的故事，为人的箴言，替儿童演说，就可以养成儿童爱国心，陶铸儿童天良性。"③林纾对传统私塾教育弊端的批判、对儿童教育的重视和黄海锋郎"改造社会、强国保种"的教育主张，为清末的救亡图存找到了新的突破口，客观上为儿童教育的萌发开辟了窗口，但同时隐含了对儿童文学教育的社会功利作用的追求。在清末的儿童文学教育中，政治小说扮演着重要角色。早在1989年，梁启超就在《译印政治小说序》中极力陈述了政治小说对于欧美变革的作用，他说："英名士某君曰：小说为国民之魂。岂不然哉！"④他呼吁让政治小说成为儿童的读物，以改造国民精神。梁启超这篇文章对儿童文学作用的论述可以说是我国最早的儿童文学教育作用的论述，他的论述具有开创性，同时在他的论述中可以看到儿童文学教育社会性和功利性也成为儿童文学教育作用中不可或缺的一部

---

① 课程教材研究所编：《20世纪中国中小学课程标准·教学大纲汇编》（语文卷），北京：人民教育出版社2001年版，第27页。
② 黄海锋郎：《论今日最要的两种教育》，载《杭州白话报》，1902年第13期，第1~3页。
③ 黄海锋郎：《儿童教育》，载《杭州白话报》，1902年第9期，第10~11页。
④ 梁启超：《译印政治小说序》，载《清议报》，1898年第1期，第53~54页。

分。当时学界大量引进国外的政治题材小说，例如，林纾曾译过《爱国二童子传》《鹰梯小豪杰》等多部表现少年英雄的政治小说；黄遵宪曾写下宣扬尚武精神的军歌《小学校学生相和歌十九章》，号召儿童"雪汝国耻鼓汝勇"；"轩辕正裔"曾有长篇小说《瓜分惨祸预言记》，预言中国被瓜分之惨祸，以矢志救国的少年英雄主人公的事迹激发儿童的爱国热情。

民国初期，虽然宣告了帝制的结束，但是社会依然笼罩在旧社会秩序中，而改革者通过引入西方的文化、政治思想和科学知识革新中国的社会文化与民众思想，追求社会的民主和个人的自由，试图培养新的公民。虽然新文化运动的"儿童的发现"为儿童发展的个性化、自由化开辟了道路，但是随后社会动荡的局面和统治阶层的教育功利化主张，使儿童文学教育的发展出现了一些倒退现象。因蒋介石的背叛和汪精卫的反动，1925 年至 1927 年的大革命遭到惨重失败，中国社会形势发生急剧变化。当时，由"儿童是公民"思想引发的儿童读物、儿童文学政治化倾向遭到很多有识之士的反感和抵制。例如，因为自己孩子看的《儿童世界》和《小朋友》杂志在 1923 年左右出现了"提倡国货号"等偏于政治的内容，周作人感到非常气愤，他激烈地批判了这种致力于将儿童培养为"忠顺的国民"的教育，他说："我很反对学校把政治上的偏见注入于小学儿童，我更反对儿童文学的书报也来提倡这些事。"①

到了 20 世纪 30 年代，有人依然支持儿童文学保持艺术个性，有人寄予儿童文学"革命化"的追求，以致出现了中国儿童文学史上有名的"鸟言兽语之争"。

第三节　儿童本位：文学教育对象的地位论

早在 1900 年，梁启超就提出了著名的《少年中国说》，称"我心目中有一少年中国在"，满怀热情和期待地盼望"红日初升，其道大光"的少年中国横空出世。在《少年中国说》一文中他将这种期望表达得淋漓尽致："少年智则国智，少年富则国富，少年强则国强，少年独立则国独立，少年自由则国自由，少年进步则国进步，少年胜于欧洲，则国胜于欧洲，少年雄于地球，则国雄于地球。"② 这一"少年中国说"一经形成便成为经典，到"五四"时期，"少

---

① 周作人：《关于儿童的书》，载《晨报副刊》，1923 年 8 月 17 日，第 3 版。
② 梁启超：《少年中国说》，载《清议报》，1900 年第 10 期，第 2249~2256 页。

年""青年""学生"成为代表新知和未来的主体力量。梁启超的"少年中国"学说得到国人广泛认同,到"五四"时期继续发扬光大。

(一)坚持"以儿童为本位"

传统的儒家思想遵奉"君君臣臣""父父子子"的道德规范,广大的儿童、少年、青年受困于"父为子纲"的伦理困境中。新文化运动时期,进步人士把"人的解放""人的发现"作为重要的历史课题,反对儿童是"缩小的成人""成人生活的预备"等观点,将儿童作为独立的个体,关注其生命和人生的权力,重视其心理特点和发展需求。在文学教育中,开启了"以儿童为本位"的教育。

新文化运动时期,文学教育家对儿童、少年、青年的地位的认识,体现出以下特点:

第一,寄予青年殷切的希望。陈独秀满怀深情地写道:"青年如初春,如朝日,如百卉之萌动,如利刃之新发于硎,人生最可宝贵之时期也。青年之于社会,犹新鲜活泼细胞之在人身。"① 他还对青年提出了六点要求:"自由的而非奴隶的;进步的而非保守的;进取的而非退隐的;世界的而非锁国的;实利的而非虚文的;科学的而非想象的。"② 李大钊在《〈晨钟〉之使命》中说:"青年者,人生之王,人生之春,人生之华也。"③

第二,重视唤醒青年的自觉意识。1918 年,陈独秀发表了一篇《人生真义》的文章,其中这样写道:"人生在世,究竟为的什么?究竟应该怎样?这两句话实在难得回答得很。我们若是不能回答这两句话,糊糊涂涂过了一生,岂不是太无意识吗?"④ 启蒙思想者认为,人类的行为是由思想引导的,要想实现发展进步,青年首先要树立正确的思想;要革新中国,需要鼓励青年担当责任,积极作为。蔡元培还重视青年的自我教育。在《对于学生的希望》一文中,蔡元培总结了五四运动以来学生界的四个主要变化:自己尊重自己、化孤独为共同、了解自己的学问能力、懂得有计划地开展运动。他也注意到学生的行为还需要进一步引导,于是他提出了五四运动后对学生的五点希望:自动地求学、

---

① 陈独秀:《敬告青年》,载《青年杂志》,1915 年第 1 期,第 13~18 页。
② 陈独秀:《敬告青年》,载《青年杂志》,1915 年第 1 期,第 13~18 页。
③ 李大钊:《〈晨钟〉之使命——青春中华之创造》,载《晨钟报》,1916 年 8 月 15 日,第 3 版。
④ 陈独秀:《人生真义》,载《新青年》,1918 年第 2 期,第 6~9 页。

自己管理自己的行为、有平等及劳动观念、注意美的享乐、进行社会服务。①

第三，充分信任青年。他们平等地看待青年，尊重青年的思想，认为青年有自己的思考力、判断力和行为能力，并且善于激发青年人的进取积极性。陈独秀在《今日之教育方针》中说："外览列强之大势，内鉴国势之要求，今日教学相期者，第一当了解人生之真相，第二当了解国家之意义，第三当了解个人与社会经济之关系，第四当了解未来责任之艰巨。"② 同时，他们重视身先士卒地引领青年。鲁迅在《随感录四十一》中表达了自己对于中国青年的殷切期望："愿中国青年都摆脱冷气，只是向上走，不必听自暴自弃者流的话。能做事的做事，能发声的发声。有一分热，发一分光，就令萤火一般，也可以在黑暗里发一点光，不必等候炬火。"③

（二）推动"少年中国之创造"

在革新民众思想、重塑文化的过程中，具有年龄和知识优势的学生被推上历史前沿，无论是小学生、中学生还是大学生，都与社会进步、思想革新的愿望和实践紧密地联系在一起。胡适在《学生与社会》一文中说："惟有在文明程度很低的国家，如像现在的中国，学生与社会的关系特深，所负的改良的责任也特重。这是因为学生是受过教育的人，中国现在受过完全教育的人，真不足千分之一，这千分之一受过完全教育的学生，在社会上所负的改良责任，岂不是比全数受过教育的国家的学生，特别重大吗？"④ 此外，学校教育中的少年儿童，他们有淳朴的感情和强烈的学习欲望，更容易接受新文化、新思想，反观外部消极社会环境，他们更容易奋起反抗，这恰是青少年奋起承担责任的起点，"在社会上，学生遭受了种种问题的围困和压迫，更无异在客观方面说明了他自身的革命的必要性"⑤。

"五四"以后，学界创办了不少以"少年""青年"命名的社团或期刊，还有很多中学生或大学生创立的刊物，例如，北京高师附中学生成立的"少年学会"、河南省立二中学生成立的"青年学会"、北京大学成立的"少年中国学会"等。其中，影响最大的是1919年7月在北京成立的"少年中国学会"。少年中国学会这个新文化团体的队伍非常庞大，创始人是王光祈、李大钊等，成

---

① 蔡元培：《对于学生的希望》，载《北京大学日刊》，1921年第25期，第3~4页。
② 陈独秀：《今日之教育方针》，载《青年杂志》，1915年第2期，第10~15页。
③ 鲁迅：《随感录四十一》，载《新青年》，1919年第1期，第76~83页。
④ 胡适：《学生与社会》，载《共进》，1922年第3期，第3~4页。
⑤ 陈以德：《现代学生的责任》，载《现代学生》，1930年第3期，第4~5页。

员包括毛泽东、李大钊、邓中夏、恽代英、阮真、舒新城、杨贤江、穆济波、宗白华等二百余人。《少年中国》月刊是该学会的会刊,是一个大型的综合性期刊,由李大钊任主编。该刊物的发文内容涉及自然科学、文学、哲学、社会学等不同领域,思想观念多样,对当时的很多问题都有专刊进行讨论。1924年5月,该刊物停刊,共出4卷。这一精英荟萃的学会宗旨是:本科学的精神,为社会的活动,以创造"少年中国"。① 那么,"少年中国"的少年应该是怎样的少年?如何创造少年中国?少年中国学会的创始人发表了多篇文章,做出了较为明确的阐释。

1919年7—9月,在《少年中国》月刊的第1、2、3期上,分别发表了胡适、王光祈、李大钊等人的文章,发表了他们各自的"少年中国"理想。胡适在少年中国学会上发表的演讲《少年中国的精神》刊登在《少年中国》第1期上,演讲中对少年中国的逻辑、人生观、精神进行了概述。胡适在演讲的开始,对章太炎所说的当时的青少年存在的虚慕文明、好高骛远等弱点进行了概括,他希望能用科学的方法、冒险的精神来塑造少年中国的精神。

少年中国的逻辑,包括注重事实、注重假设、注重证实;少年中国的人生观,包括须有批评的精神、冒险进取的精神和社会协调的观念;少年中国的精神,就是前面说的逻辑和人生观。② 1919年,王光祈在其《少年中国之创造》一文中指出"我们要改造中国,便应该先从中国少年下手,有了新少年,然后'少年中国'的运动才能成功",同时还指出,少年中国的少年要有三种新生活:"创造的生活""社会的生活"和"科学的生活";为此,要推行两种事业:革新思想和改造生活;具体途径包括教育事业、出版事业、媒体事业和改造个人生活。③ 李大钊在《"少年中国"的"少年运动"》一文中写道:"我所理想的'少年中国',是由物质和精神两面改造而成的'少年中国',是灵肉一致的'少年中国'。"④ 呼吁大家把自己的少年精神拿出来,努力参与"少年运动",包括精神改造的运动和物质改造的运动;精神改造的运动,就是本着人道主义精神,宣传"互助"和"博爱";物质改造的运动,就是本着勤工主义精神,创造一种"劳工神圣"的组织。文中号召少年好友将这两种运动作为向"少年中国"进发的两个车轮,从都市到乡村、从世界到家庭,进行劳工团体的精神和物质运动,创造一种新生活,这种新生活"小到完成我的个性,大到企图世

---

① 王光祈:《少年中国之创造》,载《少年中国》,1919年第2期,第1~7页。
② 胡适:《少年中国的精神》,载《少年中国》,1919年第1期,第6~10页。
③ 王光祈:《少年中国之创造》,载《少年中国》,1919年第2期,第1~7页。
④ 李大钊:《"少年中国"的"少年运动"》,载《少年中国》,1919年第3期,第1~3页。

界的幸福"。少年的舞台不限于中国地域,而是将视野扩展到世界范围,有大视界,做大运动,就像李大钊所说:"少年中国的少年,都应该是世界的少年。"①

李大钊在马克思主义理论的指引下,对青年学生寄予了更高的期望。李大钊 1916 年任《晨钟报》主编,1917 年任《甲寅》编辑,1917 年底参与编辑《新青年》,1918 年和陈独秀一起创办《每周评论》。李大钊在《晨报》《每周评论》《新青年》等报纸、杂志上发表了许多鼓励和教育青年的文章。1915 年,李大钊在《国民之薪胆》一文中呼吁广大青年牢记甲午、甲辰、甲寅之役的深仇大恨,号召"吾辈学生,于国民中尤当负重大之责任"②;1916 年,李大钊在《新青年》上发表的第一篇文章《青春》中,鼓励青年为国家、民族奋斗,"汲汲孕育青春中国之再生"③。1916 年 8 月,李大钊在《〈晨钟〉之使命》一文中写道:"顺知吾青年之生,为自我而生,非为彼老辈而生,青春中华之创造,为青年而造,非为彼老辈而造"④,"很盼望我们新青年打起精神,于政治、社会、文学、思想种种方面开辟一条新径路,创造一种新生活"⑤。另外,他的《奋斗之青年》《青年与农村》《现代青年活动的方向》《青年与老人》等文章都与青年的教育有关。李大钊用胜利的希望和美好的将来鼓舞青年人,鼓励现代的青年努力、猛进,迎接新世纪的曙光。⑥ 1919 年,他在《新青年》上发表《我的马克思主义观》一文,向读者介绍马克思主义,"使这为世界改造原动的学说"⑦ 在那个各种思潮涌动的时代,为青年人点燃了一盏明灯。此后,宣扬马克思主义思想的青年组织陆续成立,如 1919 年 12 月社会主义研究会成立,1920 年上海共产主义小组成立,1921 年马克思学说研究会和政治科学社成立,1922 年中国社会主义青年团召开第一次全国代表大会;还创办了多种具有不同程度宣传社会主义思想倾向的刊物,例如,1919 年,创刊的刊物就有《湘江评论》(毛泽东主编)、《学生联合会报》(周恩来主办)、《少年中国》(王光祈、李大钊主办)等,这些刊物成为青年学习马克思主义的重要读物。

---

① 李大钊:《"少年中国"的"少年运动"》,载《少年中国》,1919 年第 3 期,第 1~3 页。
② 李大钊:《国民之薪胆》,见中国李大钊研究会编注:《李大钊全集》(第 1 卷),北京:人民出版社 2006 年版,第 134 页。
③ 李大钊:《青春》,载《新青年》,1916 年第 1 期,第 13~24 页。
④ 李大钊:《〈晨钟〉之使命——青春中华之创造》,载《晨钟报》,1916 年 8 月 15 日,第 3 版。
⑤ 李大钊:《新的!旧的!》,载《新青年》,1918 年第 4 期,第 5 页。
⑥ 李大钊:《现代青年活动的方向》,载《晨报》,1919 年 3 月 14 日,第 6 版。
⑦ 李大钊:《我的马克思主义观》,载《新青年》,1919 年第 5 期,第 78~94 页。

第四章

"语""文"双新：文学教育内容观

作为新文化运动最有实绩的运动，文学革命促成了新文学的诞生和迅速发展。在文学革命的推动下，白话文运动也在一定程度上实现了让白话文成为书面语言的目标。文学革命和白话文运动共同孕育了白话新文学。

1917年4月陈独秀在《新青年》第3卷第2号与方孝岳的通信中说道：

> 愚意白话文学之推行，有三要件：首有比较的统一之国语；其次则须创造国语文典；再其次国之闻人多以国语著书立说。兹事匪易，本未可一蹴而几者。①

为了达到这三个要件，新文化运动的先锋踊跃投入文学革命、白话文运动，并且积极探索和尝试新文学的创作。这三个要件在五四运动前已初见端倪，到20世纪20年代基本就已实现。

第一，"有比较的统一之国语"，这一要件随着国语标准、注音字母的制定和《国音字典》的公布已基本具备。1917年3月，全国各教育界人士召开国语研究会讨论如何解决各地语言不一的问题，会议决定制定国语标准，推广白话文教学。② 1918年11月，民国教育部公布注音字母。1919年3月，在国语研究会的基础上成立了"国语统一筹备会"。1920年，公布《国音字典》。

第二，"须创造国语文典"，这一点在1920年也已实现。1920年，吴庚鑫出版了著作《国语文典》。这部著作分章节介绍了白话文的词、语、句等语文规则，是关于白话文语法和标点的比较早的专著。

第三，"国之闻人多以国语著书立说"，这一要件并不是制定某个标准或者

---

① 陈独秀：《答方孝岳》，见任建树主编：《陈独秀著作选编》（第1卷），上海：上海人民出版社2009年版，第330页。
② 《国语研究会讨论进行》，载《新青年》，1917年第6期，第75~76页。

规范就能实现的，要有大量的文人投入创作并有一定规模的新文学作品产生。要改变过去的文言作为书面语的习惯，是非常困难的。但是，这一困难没有难倒锐意改革的文学革命健将。在五四运动前后，有大量新文学作品发表。1917年，陈衡哲在《留美学生季报》上发表了白话小说《一日》，这是发表最早的新文学作品。新文化运动的重要刊物《新青年》杂志也是新文学作品发表的重要阵地。《新青年》1917年2月1日发表了胡适的八首白话诗，之后又发表了胡适的白话词《沁园春·新俄万岁》和白话诗《一念》《鸽子》《人力车夫》等；从1918年2月15日（第4卷第2号）开始，《新青年》设"新诗"栏，发表沈伊默、刘半农、胡适等的新诗；1918年4月15日（第4卷第4号）又设"随感录"栏，发表陈独秀、陶履恭、刘半农等的白话杂感；1918年5月15日（第4卷第5期）发表了鲁迅的《狂人日记》，10月15日（第5卷第15期）发表陈衡哲的《老夫妻》；之后到1921年间，鲁迅在《新青年》上先后发表了《孔乙己》《药》《风波》《故乡》等小说。从1918年开始，《每周评论》《新潮》《少年中国》《晨报副刊》《学灯》等杂志也陆续开始发表新文学作品，仅1919年这一年在这些杂志上就发表了大量新文学作品，包括汪敬熙的《雪夜》《一个勤学的学生》、欧阳予倩的《断手》、杨振声的《渔家》《一个兵的家》、罗家伦的《是爱情还是苦痛》、叶绍钧的《这也是一个人？》、冰心的《两个家庭》《斯人独憔悴》《去国》等小说，刘大白的《风云》《盼月》、玄庐的《入狱》、季陶的《可怜的我》、郭沫若的《鹭鸶》《抱和儿浴博多湾中》等新诗。

新文化运动中梦寐以求的白话文学、新文学在发展起来的同时，还有一个重要问题，就是如何让这些新文学发挥"思想革命"的作用。教育一直是改革先锋关切的领域，在这一时期，文学教育，尤其是新文学的教育被推上风口浪尖。白话文学的发展，对于文学教育来说，有了"文学的国语"的基本条件，但是依然存在两个难题：文学教育语言载体的选择和文学教育选文内容的取舍。

第一节　文学教育的语言载体观

白话文运动是新文化运动时期在思想、文化上吐故纳新的典型体现。新文化运动时期，文学教育的语体，从书面语言中的"文言一统"到"文白兼修"。文言文作为一种定型化的书面语言沿用了两千多年，从先秦诸子的散文、两汉的辞赋、唐宋古文诗词，到明清八股文，再到清代以后仿古的文章都属于文言文。在现代社会，白话文是通用的语体，无论是书面语言还是口头语言都是用白话文。但是，在新文化运动以前，文章基本都是用文言文写成的（晚清时出现了一些白话文小说）。在新文化运动中，追求"言文一致"，指的是书面语言和口头语言的一致，也就是不仅口头语言用白话，书面语言也要用白话。语体分为口头语体和书面语体两类。但是在文学教育中，到底是教文言文学还是白话文学，在语文教材中文言和白话各占多大的比例，到今天依然是热门的讨论话题。

（一）白话文学合法化和教材化的立场

在新文化运动时期新旧思想激烈交锋。如何对待"国学"或"经学"，如何对待传统文化，这些问题都曾引发激烈的论争。最终，白话文运动取得了重大胜利，白话文逐渐成为报纸、杂志的首选语言。但是在教育领域，是否要在教材和教学中选用白话文学、选用哪些等依然困扰着教育者。

胡适是白话文运动和文学革命的先锋，当时，他的"国语的文学，文学的国语"口号响彻中国大地，引领了一场轰轰烈烈的白话文运动。在文学革命的推动下，新文学像新鲜血液一样流入教育领域，引起国语、国文教育的重要变革，也引起家庭教育、社会教育中的文学和文化教育的显著变化。

1. 促进白话文学在教育领域取得合法地位

传统的私塾、书院，研读的都是文言文，这种状况一直到民国初期都没有改变。面对言文不一的矛盾，民众有强烈的国语统一、言文一致的需求。吴研因对儿童读文言文的弊端分析得很具体，他说"一定要花上了七八年的工夫，读得烂熟了，再由老师开讲，然后才渐渐地明白一点字词章句，至于圣贤的大道理，往往读了一辈子读到老死，也读不出甚么来"[①]。同样心系儿童又深深忧虑于儿童的叶圣陶，针对当时枯燥的教科书与成人化的"儿童读物"，发出这样的抱怨："我所见的，充满于我眼前的，只是些古典主义的，传道统的，或是山林隐逸、叹老嗟贫的文艺品"，"欲选没有缺憾而也可以使他们欣赏的文艺品，竟不可得"。[②]

上述儿童教育中的问题，在新文化运动提倡个性独立的背景下被凸显出来，各界都在探索解决之道。这一时期，在1912年颁布的《中学校令施行细则》中规定的"使略解高深文字"的国文要旨已经不合时宜了。到了20世纪20年代，

---

① 吴研因：《清末以来我国小学教科书概观》，载《中华教育界》，1935年第11期，第11页。
② 叶圣陶：《文艺谈》，载《晨报副刊》，1921年3月12日，第3版。

对这一要求提出的质疑更多了，虽然1912年的《中学校令施行细则》已经实施了多年，但是对其实施的效果和合理性，很多学者提出了异议。再就是随着白话文运动和文学革命的发展，对于白话文学在中小学教学中的地位和目标，学界也有了新的认识。

白话文运动改变了白话文一直受轻视的局面，并将它推到了一个备受重视的位置。在此期间，胡适、孙本文、傅斯年等都热情地推动白话文学应用于学校教育。

胡适的《四十自述》强调了白话文这个"活的工具"对于文学的意义，他指出"文学的生命全靠能用一个时代的活的工具来表现一个时代的情感与思想"①。他还曾在其著作《白话文学史》中断言，凡有价值的文学必是白话文学，有意抬高白话文学的历史地位。1920年，胡适发表的《中学国文的教授》一文阐述了他对中学国文目的的新认识。胡适认为，民国元年（1912年）制定的《中学校令施行细则》按八年来的成绩看，可以说算是失败的。当时的国文要旨中的"普通语言文字"可以对应后来发展起来的白话文，其中的"高深文字"可以用来对应"文言文"，于是1912年的《中学校令施行细则》在1920年的胡适的眼里就有了新的意义，因为其中的理想标准已失败了，所以他又暂定了一个新的理想的标准，包括"人人都用国语（白话）自由发表思想"②等。

1918年，孙本文于北大毕业，9月受聘于南京高等师范附属中学，主教国文。他满怀对国文教育的一腔热情投入教学和研究，在1919年发表的《中学校之读文教授》一文中他表述了对中学国文教育宗旨的独到理解，他这样概括国文要旨："用意浑括，未见切实。"他自己确定了一个新的国文的教育方针，即"中学国文在授以写实主义、理想主义之普通文、文学文，养成其实际上搜集知识发表思想之能力，并以启发智德"，并且明确了国文教授的作用"按国文教授之作用，不外形式实质二端。形式以涵养能力；实质以陶冶心性"。③与《中学校令施行细则》相比较，他的国文要旨更加强调文学文的学习，并强调以文学陶冶心性。

傅斯年1919年在《新潮》第1卷第2号发表的《怎样做白话文？》一文中提出："我们所以不满意于旧文学，只为他是不合人性，不近人情的伪文学，缺少'人化'的文学。我们用理想上的新文学代替他，全凭这'容受人化'一条

---

① 胡适：《四十自述》，见陈金淦编：《胡适研究资料文集》，北京：十月文艺出版社1989年版，第66页。
② 胡适：《中学国文的教授》，载《新青年》，1920年第1期，第20~31页。
③ 孙本文：《中学校之读文教授》，载《教育杂志》，1919年第7期，第1~18页。

简单道理","我们对于将来的白话文,只希望他是'人的'文学",即能引人感情,启人理性,使人发生感想的文学"。① 至于怎么做白话文,傅斯年的观点是:第一,要"留心说话",他完全同意胡适"国语的文学"观,认为白话文是新文学的语言材料;第二,要"直用西洋词法",他还提倡创作"欧化的文学",以外国的文学做榜样。在1919年5月1日发表的《白话文学与心理的改革》一文中,傅斯年进一步强调,"真白话文学"必须包含的三种素质中的第一种就是"用白话做材料"②。

2. 推动白话文学作品进入中小学教材

1920年,"国语统一筹备会"在北京召开,通过了《国语统一进行方法》,从小学入手,统一使用国语。在相关制度的支持下,这一时期的小学教材朝着口语化、儿童化的方向又迈进了一大步。在初中教材中也开始选用白话文,例如,我国最早的中学白话文教材《白话文范》。这套教材最先从当时的报纸、杂志中选取文章,并试行新式标点,共收录了一百二十九篇白话文章,其中有古白话小说《儒林外史》《西游记》《镜花缘》的节录等,也有现代白话小说,如胡适翻译的《最后一课》等。1920年商务印书馆出版《新法国语教科书》,这套教材所选的白话文有胡适、蔡元培、钱玄同、陈独秀等人的作品,不但语言上是白话文,而且内容上反映新道德、新知识、新思想,因此,这套教材也被称为"中学白话语文教科书产生的标志"③。另外,由沈星一编选,黎锦熙等审定的《初级国语读本》也较有代表性,其编辑大意指出:第一册都是今人浅显的作品,第二册兼采旧说部,第三册兼采译作。④ 从该教材中,既可以领略国语文演进的历程,又可以从中学到新文、新语。

1922年,"新学制课程标准起草委员会"组织吴研因、叶圣陶、胡适等起草小学、初中和高中的国语课程纲要。这一时期,杜威的"儿童中心"思想已被教育家接受,并体现在课程标准的编制中。例如,在1929年颁布的《小学课程暂行标准·小学国语》中要求,教材的选择要"合于儿童学习心理,并便于

---

① 傅斯年:《怎样做白话文?》,见欧阳哲生编:《傅斯年全集》(第1卷),长沙:湖南教育出版社2003年版,第125~136页。
② 傅斯年:《白话文学与心理的改革》,见欧阳哲生编:《傅斯年全集》(第1卷),长沙:湖南教育出版社2003年版,第248页。
③ 郑国民:《从文言文教学到白话文教学》,北京:北京师范大学出版社2000年版,第120页。
④ 沈星一:《初级国语读本·前言》,上海:中华书局1924年版。

教学"。① 1927年之后,进入中学国文教材的文选种类及作家在数量上开始丰富。到了1929年、1932年的"课程标准",其明确规定"养成阅读书报的习惯和欣赏文艺的兴趣"②是国语、国文教学的目标。这一时期的国语、国文教材收录了很多新文学作品,例如,朱文叔编的《国语与国文》(六册)中收录的小说作品有杨振声的《济南城上》、丰子恺的《从孩子得到的启示》、鲁迅的《鸭的喜剧》《风波》、叶绍钧的《倪焕之》等,另外还有大量的散文、诗歌等。小说等新文学成为中学课堂教学内容,得益于胡适等新文学倡导者的推动。1920年,胡适在《中学国文的教授》一文中指出"中学国语文的教材应该带文学的性质。他的内容分三种: (一)看小说,至少二十部以上五十部以下……"③,并且列举了《儒林外史》《红楼梦》等白话小说作为阅读篇目。胡适试图在白话文学尚不发达的当时,通过读小说,尤其是白话小说来实现教育普及,继而"养成一种信仰新文学的国民心理"④。当时教材选文,注意给学生留出思考空间。以《故乡》为例,1923年到1928年间,由商务印书馆、中华书局、世界书局各大书店刊印的国语教科书都只收录《故乡》文本,并没有对该文本的注释、解说、习问等。这种对文本不下结论、不做过多论述的做法,体现了对学生自我阅读感受的尊重,让学生有更多的思考空间。又如,对于《社戏》这类的文章,教材没有论说其主旨,因为这时的教学并不以文章主旨为主要学习内容,所以仅是一笔带过;而从教材对《故乡》和《孔乙己》主旨的概括来看,其所侧重的是在当时的时代背景下紧扣文本的分析,没有阶级论,也没有强调所谓对"国民性"的批判。但其后,为了指导学生阅读,教材编者为所选篇目则添加"注释""习问"等。

1930年2月,国民党中央执行委员会令教育部通饬全国中小学校在最短时间厉行国语教育,并且列举了文言难学、言文不一等问题造成的危害:语言不统一造成国人人心不齐,因为语言的隔膜,全国人数虽多,但如一盘散沙,所以强调"提倡语体文,禁止小学采用文言文教科书。这是厉行国语教育的第一

---

① 课程教材研究所:《20世纪中国中小学课程标准·教学大纲汇编:语文卷》,北京:人民教育出版社2001年版,第19页。
② 课程教材研究所:《20世纪中国中小学课程标准·教学大纲汇编:语文卷》,北京:人民教育出版社2001年版,第286~290页。
③ 胡适:《中学国文的教授》,载《新青年》,1920年第1期,第20~31页。
④ 胡适:《论文学改革的进行程序》,见赵家璧编:《新文学大系建设理论集》,上海:良友图书印刷公司1935年版,第43页。

步"①。国语在小学教学中的地位进一步巩固。

白话新文学对于文学教育来说意义重大,不仅意味着文学教育语言形式的转变,更意味着文学教育内容的转变。新文化运动时期,文学教育在语体方面的显著变化是白话文开始向书面语言阵地进攻并成功晋级,这一晋级的表现是小学国语教材采用白话文,出现了大量白话文学作品,这一转变直接影响了文学教育的发展方向。

(二)读经的存废、国学价值的论争

清末虽然废除了科举考试制度,制定了旨在学习西方教育体制的《钦定学堂章程》及《奏定学堂章程》,效法西方开始进行新式的学校教育,但其教育宗旨依然是封建专制教育宗旨的遗产。清末所定的教育宗旨是"尚君、尊孔、尚公、尚武、尚实"②。其中的"尚君""尊孔",不符合民主共和的政体要求或信教自由的要求,所以必须用新的教育宗旨取替它。1912年1月1日,中华民国临时政府成立之初,民国教育部就开始对教育进行紧锣密鼓的改革。1月19日,先颁布了《普通教育暂行办法》,废止小学读经。紧接着,2月又颁布《大学令》和《中学令》,中小学都废除读经科,在大学也取消经科,将经学内容分散到文科的哲学、史学和文学三个科目中。废止读经令的颁布,掀起了激烈的是否应该废止读经的论争。读经与否的论争核心涉及儒学、传统文化、人格修养等问题,面对强人的政治和舆论压力,作为废止读经的重要推动人物,蔡元培不断用新的观点和理论积极回应。2月10日,蔡元培在《新教育意见》一文中明确提出了要实行军国民教育、实利主义教育、道德教育、世界观教育、美育教育,即"五育"主张。到了9月,民国教育部公布教育宗旨:"注重道德教育,以实利教育、军国民教育附之,更以美感教育完成其德。"③ 这一教育宗旨的颁布,将蔡元培的"五育"主张推向教育实践。蔡元培的"五育"主张及他随后提出的培养健全人格的教育思想,成为抗击复古读经一派的重要武器。但是,改革不是一蹴而就的,旧的教育思想的遗留势力依然强大,袁世凯等势力主张复古尊孔。1913年,在复古复辟的氛围下,孔教会代表陈焕章、严复等请

---

① 《教部通令中小学校厉行国语教育——禁止采用文言教科书,实行部颁国语标准》,载《民国日报》,1930年2月3日,第1版。
② 《学部奏学部初立请将教育宗旨宣示天下折》,载《大公报》(天津),1906年4月1日,第6版。
③ 民国教育部:《教育部部令二则》,载《政府公报》,1912年第127期,第1~2页。

定孔教为国教。① 1915年，袁世凯又以大总统名义重新颁定"教育要旨"，即爱国、尚武、崇实、法孔孟、重自治、戒贪争、戒躁进②，并规定"各学校均应崇奉古圣贤以为师法，宜尊孔尚孟以端其基而致其用"③。

新文化运动时期，不仅有"文学革命"推动下的新文学的迅速发展，也有对旧文学、旧文化的坚守。如何对待传统文化、传统文学，是一个绕不开的问题。文化具有延续性，不能猝然破旧立新，而且中国传统的文化积淀深厚，不会因为"反孔教"等主张就一棒子打死所有的传统文化，于是，在对待文化、文学的态度上，有革新派，也有复古派。对这一时期的文学教育来说，有两方面的论争影响较大：一个是读经的存废之争，另一个是国故之争。恢复读经等思想，在20世纪二三十年代依然表现明显。支持读经的一个重要理由就是经书乃"中国性命根本之书"，关乎"国性"、人格。虽然白话文进入了国文、国语课堂，但是文言文依然是教学的主体，古文的教学在中学及以上的学校教育中的地位依然稳固。即便是在主张使用白话文的小学国语教学阶段，白话文学迅速进入国文教学也引发了一些问题。有些白话文作家过分追求欧化语言，导致作品佶屈聱牙，甚至比文言文还难懂。除读经之外，1919年还爆发了一场"国故"与"新潮"的论争。新文化运动催生了传统与反传统之间的对立。1919年1月，北京大学俞士镇、薛祥绥等感到"国学沦丧"，发起创立《国故》月刊，3月《国故》创刊，刘师培、黄侃任总编辑。刊物以"昌明中国固有之学术"为宗旨，批评文化界对孔子传统的激进态度。面对这一形势，由陈独秀、胡适、李大钊等支持的北大进步学生组成了"新潮社"，针对"国故社"的言论，提出了"整理国故"的口号。1919年5月，毛子水在《新潮》中发表了《国故和科学的精神》一文，认为"国故就是中国古代的学术思想和中国民族过去的历史"，过去的就好比是死了的"尸体"，研究它也不过是为了揭发"国丑"。④ 傅斯年在该文的文末做了"附志"以示支持，这是第一次提到"整理国故"一词。傅斯年还对毛子水过分贬低传统文化的观点做了修正，认为中国拥有悠久的历史文化，承认国故的历史地位。毛子水文中将"古代"与"现代"置于二元对立状态之下的观点，立即引起了张煊等人的反击。

此后，对于文学教育来说，还有一场很有价值的论争，即胡适和梁启超的

---

① 《孔教会代表陈焕章严复夏曾佑梁启超王式通等请定孔教为国教呈文》，载《教育周报》（杭州），1913年第16期，第36~37页。
② 《大总统颁定教育要旨》，载《教育月报》，1915年第10期，第82~89页。
③ 《纲要乙教育要旨》，载《吴县教育杂志》，1915年第4期，第36页。
④ 毛子水：《国故和科学的精神》，载《新潮》，1919年第5期，第10~24页。

"国学书目之争"。1923年，胡适应清华留美学生的请求，为中学生和大学生开列了一个基本的国学书目，于是胡适列了"一个最低限度的国学书目"。他所拟书目"并不为国学很有根柢的人设想，只为普通青年人想得一点系统的国学知识的人设想"①，虽然已是"最低限度"的精简的书目，但是依然包括"四书"及《红楼梦》《西游记》等一百八十余种书籍。该书目分工具之部、思想史之部、文学史之部三部分：工具之部，包括《书目举要》（周贞亮、李之鼎）等；思想史之部，如《中国哲学史大纲》（胡适）和《老子》等"二十二子"；文学史之部，包括《诗经集传》（朱熹）等。对于胡适开列的国学书目，梁启超很不赞同，他写了《评胡适之的〈一个最低限度的国学书目〉》一文，批评胡适的书目"文不对题"，说他失误的第一个原因是"不顾客观的事实，专凭自己主观为立脚点"；第二个原因是"把应读书和应备书混为一谈"，他批评胡适不列《史记》《汉书》，反而列了《三侠五义》《九命奇冤》，不列《史记》等基本的历史书籍，却列了《史记探源》等清代对《史记》的校阅与辩证之类的书。针对胡适书目中的上述问题，梁启超还写了《国学入门书要目及其读法》一文，又专门列了一个"最低限度必读书目"，其开列了"四书"及《易经》《书经》《诗经》等二十五种书，他认为，如果不读这些书"真不能认为中国学人矣"，如果能依法读这些书，则"国学根柢略立"。

第二节 文学教育的体裁选择观

民国政府的成立、政治制度的改变，并没有真正带来民众思想的进步，一场旨在改革民众思想的新文化运动随之到来；清末民初的中学教育的科目设置和课程标准制定也没有真正带来中学国文教育内容的实质性变革，在"五四"文学革命推动下，文学教育才在语体、文体等方面发生了真正的变革。

民国初年至"五四"之前这段时期的小说阅读多以消遣为目的，其间的畅销小说是"鸳鸯蝴蝶派"的爱情小说，另外还流行侠义小说、谴责小说及侦探小说。"五四"文学革命是一场波澜壮阔的文学与文学教育的改革运动。要改变民众的精神，需要引导国人阅读能激励进取的新文学。1917年1月，胡适在《新青年》上发表了论文《文学改良刍议》，提出八项主张："一曰须言之有物，二曰不摹仿古人，三曰须讲求文法，四曰不作无病呻吟，五曰务去烂调套语，

---

① 胡适：《一个最低限度的国学书目》，载《读书杂志》，1923年第7期，第1~3页。

六曰不用典，七曰不讲对仗，八曰不避俗字俗语。"① 紧接着，陈独秀发表《文学革命论》，提出他的"三大主张"②。这两篇文章是文学革命的纲领性文件。1918 年，胡适又发表《建设的文学革命论》，进一步阐释文学革命的要求，将此前的八项主张归纳为四项原则：一曰要有话说，方才说话；二曰有什么话，说什么话，话怎样说，就怎样说；三曰要说我自己的话，别说别人的话；四曰是什么时代的人，说什么时代的话。③ 周作人呼吁"放胆供给儿童需要的歌谣故事"④。这些主张不仅影响了文学建设、文学论争、文学创作，还对文学教育的体裁和内容选择产生了重大影响。

（一）学校教育中的新文学引入

在《文学改良刍议》和《文学革命论》等文章的影响下，新文学逐渐成为文学创作的主流。这些新文学，反映了时人对新教育观念的理解，以及对理想教育的向往。傅斯年曾说："改革的作用是散布'人'的思想，改革的武器是优越的文学。"⑤ 但是优越的文学如何成为学生的"精神食粮"，也是教育者面临的一大挑战。

在新文化运动推动下展开的"文学革命"，倡导"白话文学为文学正宗"，申明"言文一致"的方针，具有明显的实用性追求，也推动了中学国文教育向着工具理性和实用主义方向发展，在国文教育中也运用了文学教育对思想启迪的功能。有学者指出："五四文学革命本身是有两条思想路线互相制约的。一是以胡适为代表的工具理性路线，二是以鲁迅、周作人等为代表的人文精神路线。"⑥ 精神追求一直是国文教育，尤其是文学教育中的重要方面。在国文教育中，语言的教育尚可突出实用，但文学的教育如果过于强调实用，那将是枯燥无味的文学教育，在国文教育中不可舍弃其精神追求。反对封建旧道德，倡导民主的新道德，反对封建旧思想，建设科学新思想，也是新文化运动的重要内容之一。在运动开始的时候，《新青年》杂志上提出的口号就是反对贵族的文学，建设平民的文学。梁启超"乃至欲新人心，欲新人格，必新小说"的观念，

---

① 胡适：《文学改良刍议》，载《新青年》，1917 年第 5 期，第 26~36 页。
② 陈独秀：《文学革命论》，载《新青年》，1917 年第 6 期，第 6~9 页。
③ 胡适：《建设的文学革命论》，载《新青年》，1918 年第 4 期，第 6~23 页。
④ 周作人：《儿童的文学——一九二〇年十月二十六日在北京孔德学校所讲》，载《新青年》，1920 年第 4 期，第 54~60 页。
⑤ 傅斯年：《白话与文学心理的改革》，载《新潮》，1919 年第 5 期，第 192~198 页。
⑥ 谭桂林：《五四文学革命中工具理性与人文精神之博弈》，载《中国社会科学》，2016 年第 12 期，第 159 页。

周作人的"人的文学"倡导和鲁迅"立人"的主张,都十分注重人的性格塑造和民族精神的振兴。周作人在文学革命发端不久后就写了《思想革命》一文,他承认文学革命的第一步是形式革命,但他指出必须有第二步,这就是思想革命;之后,他接连写了《人的文学》《平民文学》等文章,阐述他的新文学主张。鲁迅主张以文学"立人",通过文学教育重新塑造人的精神世界,其《摩罗诗力说》《文化偏至论》《破恶声论》等文章是他用文艺发起思想启蒙的最早尝试。

民国初期,国文课程虽然已经进行了多次改革,但是新式教育普及面较窄,传统的私塾、书院中研读的都是文言文,广大的中学课堂也依然是文言文的天下。1921年,作为小学教师的叶圣陶,曾对当时的教科书与成人化的"儿童读物"发出过这样的抱怨:"我所见的,充满于我眼前的,只是些古典主义的,传道统的,或是山林隐逸、叹老嗟贫的文艺品","欲选没有缺憾而也可以使他们欣赏的文艺品,竟不可得"。① 面对言文不一的矛盾,民众有强烈的国语统一、言文一致的需求。胡适在《建设的文学革命论》中将文学革命的目标归结为"国语的文学,文学的国语"十个字,意味着这是一次反传统、反文言的文学革新运动,它批判旧文学、提倡新文学,它反对文言文、提倡白话文,它有力地促进了白话文教学进入中小学课堂。在文学革命的推动下,在"言文一致"、白话读写等强烈的呼声下,小学阶段白话文教材迅速占据了主导地位,中学的国文教育也发生了巨大变化。1920年,"国语统一筹备会"在北京召开大会,通过了《国语统一进行方法》,其中第三项为"统一国语既然要从小学校入手,就应该把小学校所用的各种课本看作传布国语的大本营,其中国文一项尤为重要"。1920年,民国教育部将国民学校一、二年级的国文改为语体文,随后又将国民学校的"国文"科目名称改为"国语";1920年4月又发表通告,规定截至1922年,凡用文言文的教材一律废止;1923年颁布《新学制课程标准纲要》,推动在中学国文课中进行白话文教学。

白话文运动是文学革命的重要成果,白话文进入中小学课堂,又是这一成果的突出表现。在文学革命的推动下,白话文在中小学课堂中取得了合法地位,这为新文学、新思想的传播拓宽了门径。1924年,胡适在上海申报馆出版《五十年来中国之文学》一书,其中写道:虽然自1916年以来就有意主张白话文学,但白话文真以"一日千里"之势传播,是1919年以后。② 胡愈之在其文章

---

① 叶圣陶:《文艺谈》,载《晨报副刊》,1921年3月12日,第3版。
② 胡适:《五十年来中国之文学》,上海:上海书店1987年影印版,第12页。

《关于大众语文》中甚至称:"要是五四运动,在别的方面,没有多大的贡献,至少在语言革命上,却已把支配阶层的营垒,打了一个落花流水。"① 但是,白话文在教育中的推广经历了较长的一段时期,在中学国文教学中,文言文的比重依然较大。1927 年,成仿吾在其文章《从文学革命到革命文学》一文中指出:"各大书店现在还在出文言教科书","许多国语教科书尚多不通的语句","新式标点还在流行,依旧在乱点"。② 文学革命的成果在教育领域的推广尚待继续深入。

在清末民初的教育改革中,虽然中学国文教育也进行了相应的改革,但是民国初期中学国文教学从内容上看依然以文言文为主导,教学篇目选择较为传统。"文学革命"的发展直接影响了 1922 年 11 月北洋政府"壬戌学制"的制定和随后的中学国文教学改革,使中学国文教育产生了较大变化。这些变化突出表现在教学国语化、教材白话文化、教学目标实用化及教学方法改革等方面。这些变化从 20 世纪 20 年代开始显现,到 30 年代得到落实和巩固。

(二) 报纸期刊中的新文学推介

这一部分主要关注"五四"文学革命对中学国文教育的影响,从受欢迎的《学生杂志》入手,研究中学生阅读的内容,并从学生的习作看学生的写作内容和能力,以便能具体地探讨新文化运动对新文学教育的推动作用。当时,《学生杂志》广受中学师生好评,给商务印书馆带来了巨大声誉和效益。叶圣陶曾称赞说:"在《中国青年》创刊以前,联系知识青年这样密切的刊物,就只有《学生杂志》一种。"③ 通过分析广受中学生欢迎的《学生杂志》中的作品,来探讨文学革命对中学国文教育的影响,这是一个更为贴近学生和教学实际的研究视角。

《学生杂志》可以说是"五四"前后面向中学生发行的最受学生欢迎的杂志,我们可以从此杂志上发表的学生作品中看到这期间学生喜欢的文学样式的变化。商务印书馆于 1914 年开始发行的《学生杂志》(原名"学生月刊",1920 年改名为"学生杂志") 是近代中国发行时间最长、影响最大的一份学生刊物,其读者定位是"一般学生——尤其是中等学生——看的读物"④。《学生杂志》

---

① 胡愈之:《关于大众语文》,载《申报·自由谈》1934 年 6 月 23 日,第 2 版。
② 成仿吾:《从文学革命到革命文学》,载《创造月刊》,1927 年第 9 期,第 4~10 页。
③ 叶圣陶:《杨贤江同志逝世五十周年纪念》,见杨贤江教育思想研究会编:《杨贤江纪念集》,北京:光明日报出版社 2005 年版,第 50 页。
④ 杨贤江:《本号发刊的旨趣》,载《学生杂志》,1922 年第 7 期,第 12 页。

的创办者有张元济、杨贤江、茅盾,作者有叶圣陶、郑振铎等。由于战争等原因,该杂志的出版曾两次中断。1914年8月创刊,1931年12月出版第18卷第12号后停刊,1938年12月在香港复刊,1941年12月第二次停刊,1944年12月在重庆复刊,1947年8月终刊,《学生杂志》每月一册,主要内容分两大部分:一部分是社评、论坛;另一部分是青年文艺,即发表学生的习作,主要是学生的文学作品。成仿吾在《新文学之使命》一文中说:"我们的作家大多数是学生,有些尚不出中等学堂的程度。"①

1921年,杨贤江成为上海商务印书馆《学生杂志》的编辑,"他编辑《学生杂志》的思想主要体现为办刊强调内容广博,着眼于实用"②。随后,杨贤江说:"我们以后所载的文字,务期对于学生生活全体有一种实际的参考、帮助。"③ 因为是面向中学生的刊物,杨贤江强调:"所以登载的文字,务求其说理浅显,趣味盎然,可以为研究学艺的补助,为修养身心的资料,而为最适合于学生用的读物。"④ 在杨贤江的带领下,《学生杂志》致力于让中学国文的学习切近实用。1929年,李君侠发表的《研究国文的目的和方法》一文,面对许多学生"我们的将来,既不升学,又不研究文学,我们到了初中毕业后,就要去做事,现在对于国文何必要这样的苦苦注意呢"的疑问,给出了回答:学习国文,一是"为的日常生活的便利",二是"为明了社会的情形",三是"为将来研究学术的准备";他认为,中等教育是必经的一个阶段;他还提出了中学生研究国文要达到的标准:自由地发表思想,明了他人的思想,艺术的欣赏。⑤

文学革命影响下的《学生杂志》,不再以传统的文学作品为主要学习材料,而是以时文新语为主要学习材料,引导学生阅读新文学,接受新思想。1920年10月,《学生杂志》发表的文章《欢迎罗素》提道:"去年四五月的时候,美国名哲杜威博士到中国演讲,现在杜威博士还不曾回国,又请到英国名哲罗素来了",他们会对青年学子的思想和社会风习有很大的影响,所以我们要表示"极端的欢迎"。该文希望中国的社会改造从罗素的社会改造理论中"大得益处"。⑥杜威是实验主义哲学家,罗素是新唯实主义哲学家,他们都反对唯心主义。在

---

① 成仿吾:《新文学之使命》,载《创造周报》,1923年第2期,第5页。
② 王学哲、方鹏程:《勇往向前:商务印书馆百年经营史1897—2007》,台北:台湾商务印书馆2007年版,第49页。
③ 杨贤江:《卷头语》,载《学生杂志》,1922年第5期,第1页。
④ 杨贤江:《致盛仲平》,载《学生杂志》,1922年第5期,第27页。
⑤ 李君侠:《研究国文的目的和方法》,载《学生杂志》,1929年第4期,第1~9页。
⑥ 韦君:《欢迎罗素》,载《学生杂志》,1920年第10期,第1页。

国文教育的价值界定方面，1924年，《学生杂志》发表了《初级中学国语文读本》主编之一孙俍工的《从文艺的特质上解释国语文的价值》一文，文中强调了国语文在文艺方面的价值，并将文学教育提升到新旧文学决战这样的高度去认识。① 1931年，《学生杂志》又发表朱介民的《艺术的生活论》一文，文中将艺术的生活定义为"凡人类在自然界和社会里为求存在，去用感性的直观的观察人生自然，而富有创造、深切、勇敢、思索、赏味、感性等意味的生活，称为艺术的生活"，并号召青年养成艺术的生活。② 在引导学生通过文学阅读涵养思想方面，1927年，《学生杂志》发表了褐夫的《青年应该读豪放壮烈的诗》，文中指出现代青年读书的目的"是为一己或全社会的生活而奋斗，为奋斗胜利而求智识，为求智识而向学"③，号召青年读豪放壮烈的诗，"读豪壮的诗能养成光明磊落的心""可以养成慷慨深挚之情谊""可以激发发扬蹈厉的志气""能增进作诗作文的技术"。④

《学生杂志》在这场白话文与文言文的角逐中，在支持经典文言篇目教学的基础上，也提倡白话文的教与学。杨贤江在编辑《学生杂志》时注重"有趣、活泼的文字"，提倡用"白话或浅近的文言"来撰写文章，而"所有刻板式的古文诗词一类的投稿，概不收录"。⑤ 1920年，《学生杂志》发表戴隆《白话文符号用法底研究》⑥ 一文，推动白话文标点符号的规范化。在教育界热议白话文的教与学方法之际，《学生杂志》也发表了相关文章。1925年，许君远在发表的《我对于中学国文教学之讨论》（学习法）中回顾了自己的国文学习经历，对于自己在中学期间学习的绝大多数文章都是古文这一情况表达了不满，认为自己课外看《聊斋》《红楼梦》等小说对自己的写作能力有很大的帮助，他支持胡适开列的中学生应达到的国文标准，但是同时指出："我以为国语文较易，不必定在课堂内兼授那么多，但是作文必须用国语文，而自修功课也宜以它为主。"⑦ 1930年，《学生杂志》又发表张世禄的《中国语的演化和文言白话的分

---

① 孙俍工:《从文艺的特质上解释国语文的价值》，载《学生杂志》，1924年第7期，第35~41页。
② 朱介民:《艺术的生活论》，载《学生杂志》，1931年第11期，第6页。
③ 褐夫:《青年应该读豪放壮烈的诗》，载《学生杂志》，1927年第11期，第13页。
④ 褐夫:《青年应该读豪放壮烈的诗》，载《学生杂志》，1927年第11期，第15~20页。
⑤ 叶圣陶:《杨贤江同志逝世五十周年纪念》，见杨贤江教育思想研究会编:《杨贤江纪念集》，北京：光明日报出版社2005年版，第49页。
⑥ 戴隆:《白话文符号用法底研究》，载《学生杂志》，1920年第10期，第84~88页。
⑦ 许君远:《我对于中学国文教学之讨论》（学习法），载《学生杂志》，1925年第3期，第27~31页。

叉点》一文，该文指出，要研究中国语的演化，先要清楚中国语的特性；中国语是"孤立的"，而且是"单音缀的"；就中国的语言和文字的关系而言，中国的文字大多是表意的，"中国语的特性正和这种文字有相切合的地方"。① 中国的文字形态相对固定，未随着语言的变化而变化，中国的文字具有很强的保守性。之后随着口头语言的变化，就出现了口头语言中已广泛使用的白话与书面语言中使用的文言之间的差别。通过阅读这篇文章，中学生能更加明确文言文和白话文的差别，以及其存在差别的原因，以便于更好地学习文言文和白话文。

提倡新文学的学习与教授，并不等于抛弃传统文学的学习。《学生杂志》在引导学生学习新文学的同时，也进行国学的讲解与学习指导。传统的封建思想和教育体制虽然在新文学革命后遭到坚决抵制，但传统文学的教育依然存在。新文化运动以后，虽然白话文学在中学教育中崭露头角，但文言文学的学习依然是重要内容。1927年，《学生杂志》发表的《国学释义》（作者署名为"种音"）一文，不仅解释了国学的概念，还明确了其重要地位，文中指出："国学这个名词，简单说，它的意义就是国性的自觉。国于天地，必有兴立，国学的内容，无论它是哲学、伦理学、历史学、地理学、语言文字学、文学，……以及无所归宿的学，或者东鳞西爪不成系统的学，总归与它的环境发生密切的关系，有历史的背景，有空间的影响，有人物的创造力，有伟大的特殊的东方异点，有独树一帜的价值，甚至可以在世界学林里高视阔步而睥睨一切。"② 另外，在1927年第11期中，还列出了商务印书馆出版的"国学小丛书"和"学生国学丛书"的具体书目，引导中学生进行国学的学习。

（三）自发的新文学阅读和创作

民国时期的少年儿童处于特殊的社会环境中，有特殊的阅读诉求。他们处于社会动荡、观念变革的历史背景中，对于社会、家庭他们有各种不满。他们有的与封建专制的家庭观念对抗，无法赞同传统的礼教观念；有的试图寻找独立生活、表达自我的新方式。但是中学生的社会经验不足，他们把对于矛盾和困惑的探索诉诸书籍，试图在书籍的阅读中获得解决问题的方法。借助书籍的阅读，尤其是一些反映社会和历史变革发展的书籍，他们能了解到以前所不了解的，感受到以前从未感受过的，他们的文化、家庭观念悄然发生改变，并激

---

① 张世禄：《中国语的演化和文言白话的分叉点》，载《学生杂志》，1930年第11期，第25页。

② 种音：《国学释义》，载《学生杂志》，1927年第11期，第2页。

发了他们参与其中的热情。1935 年，斋速发表的《我的读书生活的经过》就详细梳理了自己的读书经过。作者自述曾经的自己生活在富裕的家庭环境里，读书只不过是一种点缀；十六岁那年，家庭的突然变故让作者从乐园跌回人间，这时才意识到书本的重要；面对一排排的书架，作者一开始感觉读书无从下手，就胡乱翻了一些；后来感觉数学太难，科学很少注意，实业又感到俗气，终于渐渐地为小说吸引；文中说："我从胡适、冰心、鲁迅、叶绍均、夏丏尊、郭沫若、张资平等作家的小说中滚过去了。我从《读书入门》《文章作法》《文艺论ABC》《文学入门》《文学概论》这一系列滚过去了。"① 后来，作者又从鲁迅的伤感小说《呐喊》与《彷徨》中走出来，开始爱上了鲁迅的杂文，喜欢鲁迅深刻的、幽默的写法，辛辣的、大胆的讽刺；也沉醉于丁玲的《夜会》《水》、华汉的《地泉》、冰莹的《前路》、茅盾的"三部曲"；他尤其喜欢茅盾的《子夜》，惊奇于茅盾对上层生活的熟悉，对上海深刻的观察和对时代动向的了解。

在文学作品阅读和接受方面，小说在这一时期取得了长足发展，迅速成为学生最喜爱的文学样式。民国时期是小说创作的高峰期，也是小说成为中小学生热衷读物的重要历史时期。梁启超称"欲新一国之民，不可不先新一国之小说"②；胡适在国语文的教授中尤其推崇小说的阅读和教学③；鲁迅专爱翻译或自己创作小说，"尤其注重于短篇"④。下面以小说的阅读和接受为例审视新文化运动时期青少年自发的阅读和写作情况。

自清末至民国时期，小说的发展经历了不同的历史时期，不同历史时期有不同的小说类型，不同类型的小说对学生来说则有不同的教育价值。在清末民初（1902—1912 年），翻译小说流行，例如，意大利作家亚米契斯的小说《爱的教育》在民国初期曾被不同译者多次翻译，最初在 1910 年由包天笑翻译为《馨儿就学记》，发行后半年即重印；后来，由夏丏尊翻译为《爱的教育》，先在《东方杂志》1924 年第 21 卷第 2 号至第 23 号上连载，到 1926 年 3 月由开明书店出版单行本后十个月即重印，两年半之内重印了五次，至 1935 年 11 月已印行达二十次。民国初年至"五四"期间（1913—1919 年），畅销小说有"鸳鸯蝴蝶派"的爱情小说、侠义小说、谴责小说及侦探小说。这一时期的小说阅读多以消遣为目的，但在教育领域还是有一些能激励青年进取的小说成为中小学生热爱的作品，例如，包天笑根据日译本转译的《苦儿流浪记》，于 1915 年 3

---

① 斋速：《我的读书生活的经过》，载《小职员》，1935 年第 5 期，第 129~132 页。
② 梁启超：《论小说与群治之关系》，载《新小说》，1902 年第 1 期，第 1~8 页。
③ 胡适：《中学国文的教授》，载《新青年》，1920 年第 1 期，第 20~31 页。
④ 鲁迅：《我怎么做起小说来》，载《日语月刊》，1935 年第 3 期，第 131~135 页。

月由商务印书馆初版印刷后,同年10月就重印。五四运动后(1919—1937年),从1917年胡适在《新青年》杂志上刊发《文学改良刍议》开始,新文学逐渐成为文学创作的主流。这些小说,既包含了对时代思潮的投射,也反映了时人对新教育观念的理解及对理想教育的向往。例如,郭沫若的新诗《天狗》借用"天狗吞日"的民间传说,采用夸张和拟人的手法塑造了一个狂放不羁的"天狗"形象,是一个具有大胆创造精神的新人形象的自我写照,反映了强烈的追求自由人格的心声,体现了新文化运动时期个性解放的时代潮流。又如,茅盾的《子夜》影响甚大,1933年被称为"子夜年",据夏丏尊和叶圣陶共同创作的读写故事《文心》记载,乐华所在学校学生一共买到三本茅盾的《子夜》,学生争相阅读,"这三本书在几十个学生手头旅行"[①]。

这些新文学作品既反映了中学生关心的社会问题,也为读者提供了历史经验,还为读者提供了将过去的自我和现在的自我重新联系的途径,有助于增强读者的社会理解力,对于帮助读者将历史教训应用于现实的生活具有重要意义。《爱的教育》《苦儿努力记》等小说讲述儿童历经苦难而最终成长的故事,它们往往鼓励儿童个人奋斗,进行的是一种励志教育,这些小说塑造了一个个努力奋斗、不轻易向命运低头的少年形象。这些形象不仅成为鼓舞、振奋青少年成长的理想楷模,而且激励青少年发愤图强。鲁迅《阿Q正传》等小说揭露了旧社会的问题和弊病,反映了深广的社会历史内容。茅盾《蚀》《子夜》等小说,或塑造经历曲折走上革命道路的知识分子形象,或反映上层的政治斗争,这些小说负载了强大的和动态的社会信息与历史经验,而中学生普遍缺乏这些信息和经验,他们虽暂时不能参与到这些社会或历史中,却有了解社会和历史的强烈愿望。现实主义的小说成为民国时期中学生广泛阅读的重要内容。现实主义的小说创造了一个在其上下文中是"真实的"叙事世界,同时,也创造了一个把读者吸引到故事中的机会,能让读者仿佛置身于现实中,这样读者就会受到小说叙述的影响;尽管小说中的"真实"是不可靠的、虚拟的,但读者常常将小说中呈现的信息视为在现实世界中是真实的,读者很容易从小说的虚构情境中获得对真实的人和社会情境的印象。民国时期的中国现实主义新小说,既包含了对时代思潮的投射,也反映了人们对新观念的理解及对理想生活的向往。小说阅读为少年儿童开启了"新教育"和"少年成长"的想象空间,对于传播新教育思想、发展学校教育、转变人们的观念、启发人性和智慧等方面都有着重要意义。

---

① 夏丏尊、叶圣陶:《文心》,北京:生活·读书·新知三联书店2008年版,第185页。

在学生的新文学创作指导方面,1920年《学生杂志》发表了《文学之要素》①、《文学上的古典主义浪漫主义和写实主义》②、《予之国文研究观》③ 等。1927年,《学生杂志》发表了褐夫的《青年应该读豪放壮烈的诗》,文中指出现代青年读书的目的"是为一己或全社会的生活而奋斗,为奋斗胜利而求智识,为求智识而向学"④;青年应该读豪放壮烈的诗,"读豪壮的诗能养成光明磊落的心""可以养成慷慨深挚之情谊""可以激发发扬蹈厉的志气""能增进作诗作文的技术"。⑤ 1927年,《学生杂志》发表的邵子风的《文章底风格》指出:"风格就是你自己,风格就是你自己的人格,藉着你所写的表现出来的。"⑥ 1931年,柳丝的《小说作法浅说——为学做小说的学生而作》这篇文章分上、下两篇,一共讲了十一个方面,上篇主要讲:小说的材料问题、小说的理想主义与现实主义、小说的用文问题、小说的结构、小说的人物⑦;下篇主要讲:小说的环境,小说的述法,小说述法着重的地方,长篇小说、中篇小说、短篇小说的分别,练习创作的步骤,创作时候的步骤。⑧ 这些新文学的阅读和写作指导,有力地促进了新文学在中学生中的传播,也为新文学的创作积蓄了新生力量。

通过观察《学生杂志》所发表的大量的学生习作,可以看到,从1920年到1931年,学生发表的习作的语体、体裁和内容都发生了较大变化。而1920年第7号《学生文坛》中发表的文章如《文》《欧行日记》《帽山旅行记》《游灯霞洞记》《夏日登太子矶记》《抱拙轩藏书录序》,1920年第8号中发表的文章如《游莲花洞记》《匡庐小游记》《游王寿山记》《奉天名胜记》《游朝阳岩记》《傅冬青墓志铭》《纺绩夜课图记》,这些文章都已使用新式标点,但语言文言、白话兼有,文体单一,几乎都是游记。另外,1931年第18卷第11号《青年文艺》中的文章如火星的《家书》(书信)、严梦的《送行》(散文)、胡祚恩的

---

① 佚名:《文学之要素》,载《学生杂志》,1920年第11期,第99~103页。
② 雁冰:《文学上的古典主义浪漫主义和写实主义》,载《学生杂志》,1920年第9期,第5~24页。
③ 刘绍桢:《予之国文研究观》,载《学生杂志》,1920年第11期,第1~6页。
④ 褐夫:《青年应该读豪放壮烈的诗》,载《学生杂志》,1927年第11期,第13页。
⑤ 褐夫:《青年应该读豪放壮烈的诗》,载《学生杂志》,1927年第11期,第15~20页。
⑥ 邵子风:《文章底风格》,载《学生杂志》,1927年第11期,第5页。
⑦ 柳丝:《小说作法浅说——为学做小说的学生而作》(上),载《学生杂志》,1931年第1期,第14~22页。
⑧ 柳丝:《小说作法浅说——为学做小说的学生而作》(下),载《学生杂志》,1931年第2期,第14~25页。

《湖上》(诗歌)、刘昌年的《月下》(诗歌)、王仙谷的《区生活的一段》(小说)，1931年第18卷第12号《青年文艺》中的文章如张宗植的《王德》(小说)、左祝里著、余能译的《母亲》(小说)，冯思贤的《暑假牯岭日记》(散文)，何德明的《童心的追寻》(诗歌)，汤匡瀛的《王妈》(小说)，可以看到，到1931年，学生的白话文习作已经较为成熟，涉及小说、散文、诗歌等多种文体，这反映出新文学的学习和创作已成为中学生学习生活的重要内容，并且那时的中学生已经具备较强的新文学写作能力。

第三节 文学教育内容观的个案分析

(一) 胡适的"国语的文学"教育论

如果我们要概括胡适的思想，可以直接借用胡适自己的总结，他已做过较全面的陈述。他在《介绍我自己的思想》中说："我的思想受两个人的影响最大：一个是赫胥黎，一个是杜威先生"，"我的文学革命论也只是进化论和实验主义的一种实际应用"。① 对于胡适的文学教育思想，也可以用他自己的一句话概括："先造成一些有价值的国语文学，养成一种信仰新文学的国民心理，然后可望改革的普及。"②

通过胡适的《中学国文的教授》《再论中学国文的教授》《文学改良刍议》《文学革命论》《建设的文学革命论》《我之文学改良观》《易卜生主义》等文章和他起草的新学制高中国文课程标准，我们可以了解到胡适的文学教育思想。胡适文学改革的主张，并非以文学教育为目标，但是他对白话文学的提倡和对白话文学进入中小学文学教育的倡导，为近代文学教育的现代转型提供了推动力。

1. 以国语为文学之"利器"

胡适是国语运动和新文学运动的冲锋大将，他对国语的提倡是其教育思想的重要内容。胡适为什么这么坚决地倡导用白话"代替文言"呢？胡适曾说："古人说：'工欲善其事，必先利其器。'文字者，文学之器也。我私心以为文言

---

① 胡适：《介绍我自己的思想》，载《新月》，1930年第4期，第134~151页。
② 胡适：《建设的文学革命论：国语的文学——文学的国语》，载《新青年》，1918年第4期，第289~306页。

决不足为吾国将来文学之利器。"①他这样强调将白话作为文学的利器，与当时的背景有很大关系。

《逼上梁山：文学革命的开始》一文中，胡适回顾了文学革命的缘起，指出"可知受病之源在于教法"②。其实，他之前就表达过类似的观点。胡适在美国留学期间，有人发小传单"废除汉字，取用字母"等，他感觉很气愤。于是在筹备东美中国学生会的"文学科学研究部"的年会时他写了一篇文章，题为《如何可使吾国文言易于教授》，还在自己1915年8月16日的日记里简要介绍了这篇文章的内容，认为汉文不易普及的主要原因在于教法。（这里的这篇文章，指的是《如何可使吾国文言易于教授》）

到1916年，讨论更加激烈，胡适自述思想上有了一个新觉悟："一部中国文学史只是一部文学形式（工具）新陈代谢的历史。"③他从进化论的角度出发，指出文学的形式也是要新陈代谢的，他将文言称作"死文学"，白话文称为"活文学"，主张用活的白话文代替将死的文言文。这种用白话文代替文言文的革命就是他主张的"文学革命"。胡适在1916年与友人谈论"白话文言之优劣比较"时，列出了九条支持白话的理由，其中三条尤为瞩目：一是文言文是"半死的文字"，二是白话文"优美适用"，三是"非活的言语""决不能产生第一流的文学"。④在这一时期，他对于文言文与白话文的优劣分析得更为透彻。到了1917年，胡适发表《文学改良刍议》提出"文学八事"（"须言之有物，不模仿古人，须讲求文法，不做无病之呻吟，务去滥调套语，不用典，不讲对仗，不避俗字俗语"⑤），这时，他对需要什么样的文学主张已经明确：用新文学来代替旧文学，用新文学传播新思想。

1918年，在《建设的文学革命论：国语的文学——文学的国语》中，胡适将《文学改良刍议》中提出的"八不主义"（即"文学八事"）换成了肯定的语句，总括为以下四条："一、要有话说，方才说话"，"二、有什么话，说什么话；话怎么说，就怎么说"，"三、要说我自己的话，别说别人的话"，"四、是什么时代的人，说什么时代的话"。⑥他坚持先创造一批充满生命力的白话文

---

① 胡适：《胡适自传》，南京：江苏文艺出版社1995年版，第156~157页。
② 胡适：《逼上梁山：文学革命的开始》，见《东方杂志》，1934年第1期，第15~31页。
③ 胡适：《逼上梁山：文学革命的开始》，见《东方杂志》，1934年第1期，第15~31页。
④ 胡适：《白话文言之优劣比较》，见《藏晖室札记：卷13》，上海：亚东图书馆1939年版，第80页。
⑤ 胡适：《文学改良刍议》，载《新青年》，1917年第5期，第26页。
⑥ 胡适：《建设的文学革命论：国语的文学——文学的国语》，载《新青年》，1918年第4期，第289~306页。

学，再借助中小学教材这一途径广泛推广，让白话文学在国民心中生根发芽，这样就可以普及改革。这当然不仅是为了造就出中国的国语，更是为了传播白话文学负载的新思想。到了1919年，他的这些倡导已取得了一定的成果，"现在全国教育联合会已全体一致通过小学教科书改用国语的议案，况且用国语做文章的人也渐渐的多了，这个问题又渐渐的不成问题了"①。

2. 以国语文学为文学革命的主要"程序"

胡适为什么将白话文学的推广作为文学改革的主要程序？

《建设的文学革命论》中讨论到有些人说的"总须先有国语才有国语的文学"这一个问题，胡适还是坚持先要有国语的文学才能有国语。他的理由是，天下的人都不肯通过国语教科书或字典去学习国语，"最有功效有势力的国语教科书便是国语的文学：便是国语的小说、诗文、剧本"②；他还指出，现在之所以大家能写出像样的白话小说，是因为大家读了《水浒传》《西游记》《儒林外史》《红楼梦》等白话小说，而不是通过教科书或词典学来的。这显示了文学教育的优势，也揭示了在民国时期文学教育兴盛、发展的内在原因。诸多作家，甚至革命家、思想家都自觉地参与到白话文学的创作中来。

紧接着，《新青年》以"论文学改革的进行程序"为题刊载了盛兆言的一封来信和胡适的回信。盛兆言向胡适、陈独秀、陈玄同、刘半农等请教提倡白话文字最应先从小学开始还是从大学开始，而他认为要从最高级的学校开始一律使用白话文。胡适在回信中再次重申了"文学的国语"这一观点，他并不赞成用强制的手段实行文学改革，"进行的次序在于极力倡导白话文学。要先造成一些有价值的国语文学，养成一种信仰新文学的国民心理，然后可望改革的普及"③。如何才能养成信仰新文学的心理？他想到了从学校的教育入手，而且要从小学开始，从年龄低的孩子开始，用国语编撰中小学校的教科书。但是，当时没有足够的白话文学，连国语教科书都不容易编纂，所以，他提出"提倡白话文学，究竟是根本的进行方法"，白话文学的创作就成为文学革命的第一步，第二步是用白话文学编纂教材，第三步是形成信仰白话文学的国民心理。这是胡适设想的文学革命的实施路径。

在文学革命中，胡适偏重白话文这一形式的改革，不是他没有认识到文学内容的重要性，而是他认为树立白话文学的正宗地位对于文学革命来说尤为重

---

① 胡适：《新思潮的意义》，载《新青年》，1919年第1期，第12~19页。
② 胡适：《建设的文学革命论：国语的文学——文学的国语》，载《新青年》，1918年第4期，第289~306页。
③ 胡适、盛兆言：《论文学改革的进行程序》，载《新青年》，1918年第5期，第484~488页。

要。他曾说:"我们看文学,要看它的内容,有一种作品,它的形式上改换了,内容还是没有改,这种文学,还是算不得新文学,所以看文学,不能仅仅从它的形式上外表上看。"① 但是,语言作为传达思想的工具,要传达新思想,需要有实用的工具。文言这一工具太不实用了,所以他主张使用白话,建立白话的文学,再借助白话的文学来表达新的思想。胡适的白话文学观与实用主义哲学有密切的联系。胡适认为真理、学术、教育都是变化的,"天地间一切真理、一切学术、一切教育,以及什么圣人贤人的话,天经地义的金科玉律,都不过是工具"②。

胡适虽在思想方面有鲜明的反传统色彩,但在中学生的文学教育方面,他没有彻底否定传统文学,而是有选择地推荐学习传统文学作品。他推荐阅读唐宋八大家的文章,注重文学名著的选择,舍弃了传统的"四书""五经",代以古白话文。一方面,他主张在中小学文学教育中抵制承载封建道德的旧文学,例如,他说:"孔圣人是无法帮忙的;开倒车也决不能引起你们回到那个本来不存在的'美德造成的黄金世界'!养孩子还免不了肚痛,何况改造一个国家,何况改造一个文化?别灰心了,向前走吧!"③ 另一方面,他重视古代的白话文学以及唐诗、宋词等的现代教育意义。1920年,胡适在《中学国文的教授》中给中学国文教学设定目标时,依然支持古文的学习,他的目标中包括"人人有懂得一点古文文学的机会"④。

3. 主张以白话小说为国文教材的主要"材料"

胡适在其文学革命早期论述中认为文学革命应该靠民众阅读白话文学,而不是通过学校教育。但是在五四运动之后,胡适对学校教育中的白话文学教育给予了高度关注。

1919年,在国语统一筹备委员会上,胡适、钱玄同、周作人等制定了《国语统一进行方法的议案》,提出国民学校全用国语,"不得掺杂文言"等推行国语的建议。1920年,北洋政府教育部于1月训令全国"从本年秋季始业起,国民学校的一二年级都改用国语",2月发布第53号训令《通令采用新式标点符号文》,4月又令:"凡照旧制编辑之国民学校国文教科书,其供第一、第二两

---

① 胡适、孟侯:《新文学运动之意义》,载《晨报副刊》,1925年第10期,第18~20页。
② 胡适:《杜威的教育哲学》,载《新教育》,1919年第3期,第81~91页。
③ 胡适:《写在孔子诞辰纪念之后》,见欧阳哲生编:《胡适文集》(卷5),北京:北京大学出版社1998年版,第412~413页。
④ 胡适:《中学国文的教授》,见欧阳哲生编:《胡适文集》(卷2),北京:北京大学出版社1998年版,第154页。

学年用者，一律作废。第三学年用书，准用至民国十年（1921年）为止。第四学年用书，准用至民国十一年（1922年）为止。"① 这些训令的发布，让文学革命的主张落实到了中小学学校教育中。胡适曾激动地说"这一道命令把中国教育的革新至少提早了二十年"，然而，当时还有很多人对这一命令表示反对，认为教育部应该先定国语的标准，然后再逐渐推行。对此，胡适明确指出："先有了国语然后有所谓'标准'的"，"推行国语是定国语标准的第一步"。

1920年，胡适在《中学国文的教授》中提到，中学国文教学的目标之一是"人人能用国语自由发表思想"。两年后，他在《再论中学的国文教学》中又说"国语文通顺之后，方可添授古文"。他主张以文学为主要课程内容，其实就是以白话小说作为主要模本和参考依据来设置中学语文教学的课程内容，多从如《红楼梦》《水浒传》《儒林外史》《西游记》等优秀的白话小说中选取教科书的材料。正如胡适在《中学国文的教授》一文中提到"我的意思，小学教材应该多取小说中的材料，读一千篇古文，不如看一部《三国志演义》。这是我们自己身受的经验，只可惜现在好小说太少了，不够教材的选择"，因此必须"先提倡白话文学，究竟是根本的进行方法。没有新文学，连教科书都不容易编纂"。② 胡适认为国语文的教材要包括三部分：一是小说，要看二十部以上五十部以下的白话小说；二是白话的戏剧；三是长篇的议论文与学术文。在他看来，中国的白话文学有着悠久的历史，从唐代的白话诗歌，到宋代的白话诗词，再到元代的杂曲，明清的白话小说，都让我们看到了历史长河中白话文学的影子。

4. 修订课程纲要，突出文学教育之地位

对于如何在中学国文教学中更好地进行文学教育，胡适采取了以下三种途径：

第一，在课程标准中强调文学教育的重要性。1923年，胡适参与起草的《高级中学第一组必修的特设语文课程纲要》明确提出"要引起学生研究文学的趣味"。随后1929年颁布的课程标准中也提到"继续培养学生欣赏中国文学名著的能力"，这也成为当时的国民政府修订此后所有语文课程标准的蓝本。

第二，在课程标准中突出白话文学的地位。从胡适拟定的课程目标以及课程设置来看，我们不难发现，他始终坚持国语的主导地位，坚持以"白话取代文言"，主张学生学习白话文。而如果要学习白话文，就必须配以相关的课程内

---

① 胡适：《五十年来之中国文学》，见姜义华编：《胡适学术文集·新文学运动》，北京：中华书局1993年版，第157页。

② 胡适：《中学国文的教授》，载《新青年》，1920年第1期，第1~12页。

容。胡适在《再论中学的国文教学》中根据学生小学至毕业时掌握国语的程度，分别设置了两种不同的课程：第一种是"在小学未受过充分的国语教育的"，先求国语文的知识与能力，继续授国语文至二、三学年，然后再开始学习古文；中学四学年内，作文均以国语文为主。第二种是针对"国语文已通畅的"学生的，这些学生应该注重国语文学与国语文法学；古文钟点可稍加多，但不得过全数的三分之二；作文则仍应以国语文为主。①

第三，将语言文字和文学进行分科。他在参与起草的《高级中学第一组必修的特设国文课程纲要》中将国文分为文字学与中国文学史两科，其中，文学史科的教学目的是："1. 使学生略知中国文学变迁沿革的历史。2. 使学生了解古文学与国语文学在历史上的相当位置。3. 引起学生研究文学的趣味。"②《高级中学公共必修的国语课程纲要》中的"目的"对于文学教育的要求更高，要求"培养欣赏中国文学名著的能力"。因为当时的高中依然是学习文言，这里的欣赏中国文学名著，基本上都是文言的文学名著。胡适还给学生制定了"毕业最低限度的标准"："曾精读指定的中国文学名著八种以上，曾略读指定的中国文学名著八种以上，能标点与唐宋八家古文程度相等的古书，能自由运用语体文发表思想。"③ 他的这些主张，既涵盖了文学教育的地位和目标，又包含了如何分阶段进行文学教育的措施，他的这些主张和教育实践促使文学教育在当时的国文、国语教育中的地位得到了加强和巩固。

（二）周作人的"人的文学"教育论

新文化运动时期，周作人先后发表了《人的文学》（1918年）、《平民文学》（1919年）、《思想革命》（1919年）、《新文学的要求》（1920年）、《儿童文学》（1920年）等文章，组成了他的以人道主义为核心的"人的文学"理论体系，对文学教育产生了深远影响。再结合他发表的《关于儿童的书》《谈中小学》等文章，我们可以看到其以"人的文学"为核心内容的文学教育思想。

1. 从人道主义的立场提出"人的文学"观

1918年12月，周作人在《新青年》上发表了《人的文学》一文，这是

---

① 胡适：《再论中学的国文教学》，见欧阳哲生编：《胡适文集》（卷3），北京：北京大学出版社1998年版，第602~603页。
② 课程教材研究所编：《20世纪中国中小学课程标准·教学大纲汇编》（语文卷），北京：人民教育出版社2001年版，第280页。
③ 课程教材研究所编：《20世纪中国中小学课程标准·教学大纲汇编》（语文卷），北京：人民教育出版社2001年版，第281页。

"人的文学"主张的开篇力作,在文中周作人界定了什么是"人的文学","人的文学"与"非人的文学"相对,是"用这人道主义为本,对于人生诸问题,加以记录研究的文字,便谓之人的文学"①。他认为,在中国文学里"人的文学"少,而"非人的文学"多,"从儒教、道教出来的文章,几乎都不合格"。他还列举了一些"非人的文学"的类型,包括色情狂的淫书类、迷信的鬼神书类、神仙书类、强盗书类、才子佳人书类、下等谐谑书类、黑幕类。他认为,此等类型的文学"妨碍人性的生长""破坏人类的平和",都是应该排斥的。他指出,"人是一种动物",而且是一种"进化"的生物。"人是一种动物",那些违反动物的本能的"阻碍人性向上发展"的"古代礼法"都是应排斥的;另外,因为人是一种"进化的生物",所以人的生活比动物"更为复杂高深",那些反映"兽性余留"的作品也应被排斥。那么什么样的文学是"人的文学"呢?他主张"以人的道德为本",比如,在两性的爱方面,主张男女平等的、恋爱的、结婚的都是"人的文学";又如,在亲子的爱方面,主张亲子之爱"本于天性"的则是"人的文学"。②

在《人的文学》一文的最后,周作人说道,"人总与人类相关","所以张三李四受苦,与彼得约翰受苦"不要认为与己无关,"人类的命运是同一的"。进而提出,学者的创作不能偏于中国一方面,还要介绍外国的著作,以期"扩大读者的精神,眼里看见了世界的人类"。周作人一直重视介绍外国的著作,早在1909年,他就与鲁迅共同出版了《域外小说集》。之后,他依然不遗余力地翻译外国的文学作品,以期让中国的读者能读到更多符合"人的文学"精神的作品。1919年,周作人在《新青年》上发表了他翻译的外国文学作品。例如,翻译丹麦安徒生的《卖火柴的小女孩》③、俄国索洛古勃的《铁圈》④、俄国契诃夫的《可爱的人》⑤、南非施赖纳的《沙漠间的三个梦》⑥ 等。

1919年2月,周作人的新诗在《新青年》第6卷第2期上发表。这首诗以

---

① 周作人:《人的文学》,载《新青年》,1918年第6期,第578页。
② 周作人:《人的文学》,载《新青年》,1918年第6期,第580~582页。
③ [丹]安徒生著,周作人译:《卖火柴的小女孩》,载《新表年》,1919年第1期,第38~41页。
④ [俄]索洛古勃著,周作人译:《铁圈》,载《新青年》,1919年第1期,第42~48页。
⑤ [俄]契诃夫著,周作人译:《可爱的人》,载《新青年》,1919年第2期,第36~55页。
⑥ [南非]施赖纳著,周作人译:《沙漠间的三个梦》,载《新青年》,1919年第6期,第50~56页。

"一条小河，稳稳地向前流动"①开头，一反旧诗无病呻吟的弊病，语言平实、内容清新。在白话诗歌创作方兴未艾的时期，这首诗显示了新文化运动主将用白话文来创作诗和散文的诉求。此后，周作人又创作了很多新文学作品。仅在《新青年》1919年第6卷第3期上，周作人就发表了《两个扫雪的人》《微明》《路上所见》等多篇新诗；同年3月，周作人用"仲密"这一笔名在《每周评论》第11号上发表了《思想革命》。《思想革命》从文学与思想相统一的角度出发，"但我想文学这事物本合文字与思想两者而成，表现思想的文字不良，固然足以阻碍文学的发达，若思想本质不良，徒有文字，也有什么用处呢？"，指出了"文学革命上，文字改革是第一步，思想改革是第二步却比第一步更为重要"。②

1920年1月6日，周作人在北平少年学会发表了题为"新文学的要求"的演讲。在该演讲中，他将新文学分为两派：艺术派和人生派。他认为艺术派"重技工而轻情思"或者人生派"以文艺为伦理的工具"都是不妥当的，于是他说"我们所要求的当然是人生的艺术派的文学"。那么，"人生的文学"应该是怎样的呢，他做了两项说明：一个是文学是"人生的"，而不是"兽性的"或者"神性的"；另一个是文学是"人类的""个人的"，而不是种族的、国家的或家族的。然后，他再次强调人的文学是"人间本位主义"的。人是一种"进化的动物"，有"共通的生活本能"。他认为，反映人性的文学都是美的、善的，而那些写"神"与"兽"的文学则没有这种"人间性"。在这里周作人进一步阐述了他在《人的文学》中的观点，让"人的文学"这一概念更易于理解。在该演讲中，周作人再次强调了"人的文学"是"人道主义的文学"，并且声明"人道主义的文学""人生的文学""理想主义的文学"的名称虽有所不同，但实质都是一样的，都是"用艺术的方法，表现他对于人生的情思"。③

"现代人道主义者对理想的'人'的发现，成为初期新文学的一个核心主题。"④ 本着人道主义的精神，人的文学应该反映人生的问题。如果对那种处于"非人"状态的人进行思想的解放，那么在传统以"神权""族权""君权"为本位的文学中被忽视的平民和儿童在"人的文学"的思想下便能得到关注。紧

---

① 周作人：《小河》，载《新青年》，1919年第2期，第4~8页。
② 周作人：《思想革命》，载《新青年》，1919年第4期，第64~65页。
③ 周作人：《新文学的要求》，见周作人：《周作人自编集·艺术与生活》，北京：十月文艺出版社2011年版，第18~19页。
④ 张先飞：《五四理想"人"的发现与初期新文学主题、形态的确立》，载《河南大学学报》（社会科学版），2016年第6期，第87~95页。

接着，周作人分别就"平民文学"与"儿童文学"发表了自己的观点。

2. 针对"贵族文学"提倡"平民文学"

在胡适和陈独秀的文学革命主张中有一定的"平民文学"的萌芽。例如，胡适在《文学改良刍议》中认为，"与其作不能行远不能普及之秦汉六朝文字，不如作家喻户晓之水浒西游文字也"①，陈独秀也在《文学革命论》中提出要建设平易、抒情的"国民文学"和明了、通俗的"社会文学"。基于新文化运动中革新文化和民众思想的需求，胡适和陈独秀的文学革命主张已包含了一定的致力于文学通俗化、普及化等平民文学的思想，只是还没有明确出来。直到俄国十月革命后，在人道主义思潮和劳工神圣思潮的影响下，周作人才在1919年初发表的《平民文学》一文中正式提出"平民文学"的主张。

中国平民教育思潮的产生是一果多因的，促成原因包括民主主义思潮、五四运动和杜威来华等。杜威的民主主义教育思想，提倡平民主义教育，主张人人都能接受教育，以促进社会进步。他提倡"教育即生活，学校即社会"，这一思想迎合了当时中国要求民主主义思潮的呼声，对中国教育界产生了极大影响。新文化运动中，青年学生认识到只有全国人民都有觉悟，才有希望成功救国。但是陶行知指出，中国当时的读书人实在太少，"全国能识字的，只有八千万人"②；汤茂如等也为之叹惋："不料实际上，中国不识字的男女老幼，竟有三万万二千万之多！"③ 于是，各地兴起创办平民学校，教育失学的儿童及成人，以期增强国家的实力。

作为宣传新文化的阵地，《新青年》侧重发表翻译的国外作品以及用白话创作的新文学作品，随着新文学与旧文学、新文化与旧文化论争的加剧，新文化运动的倡导者筹备再创办《每周评论》这样一个期刊，以期能更及时地发表反映新思想的作品。在筹办《每周评论》的过程中，周作人积极撰写文章，在1918年12月完成了《人的文学》《平民文学》等重要论述的撰写，这两篇文章分别在《新青年》和《每周评论》上发表。《平民文学》这篇文章同样体现了人道主义精神，承接了"人的文学"中"人类的命运是同一的"④ 主张，正式提出了"平民文学"这一口号。"平民文学"是相对于"贵族文学"而言的，贵族文学是"修饰的、享乐的，或游戏的"，那么与贵族文学相反，平民文学应

---

① 胡适：《文学改良刍议》，载《新青年》，1917年第5期，第26~36页。
② 陶行知：《平民读书处之经验》，载《晨报副刊》，1924年3月13日，第13版。
③ 汤茂如、周德之：《平民教育运动的使命》，载《晨报副刊》，1927年第65期，第9~11页。
④ 周作人：《人的文学》，载《新青年》，1918年第6期，第30~39页。

该是"普遍而真挚"的，他提出平民文学应该做到两件事："以普通的文体，记普遍的思想与事实"和"以真挚的文体，记真挚的思想与事实"。对于平民文学的意义，周作人还特意做了两点说明：第一点，平民文学"决不单是通俗文学"，通俗是目的之一，这样可以让平民能看得懂，但是不仅要用白话等形式让他们能看懂，还要提高平民的生活，提高他们的思想趣味；第二点，平民文学"决不是慈善主义的文学"，他认为"慈善"是富贵人对贫贱人说的带有侮辱性的话，在现代平民时代，"所有的人都只应守着自立与互助两种道德"，而不是什么"慈善"。①

3. 从"儿童是独立的人"的角度提倡儿童文学

周作人一向重视儿童的教育，重视童话、儿歌的研究，早在1913—1914年，他就曾发表过《童话略论》《童话研究》《儿歌之研究》《古统话释义》《儿童问题之初解》等文章。在1914年发表的《儿童问题之初解》中，他将儿童的教育与民族的兴亡联系起来，提出对儿童要发挥教育之力，"但得顺其固有之性，而激励助长之"②。

随后，他对儿童文学的教育进行了更深入的思考。他提出儿童文学要以"儿童为本"，同时敏锐地发现儿童文学在儿童教育上有两个方向不同的错误：一个是"太教育的，即偏于教训"，另一个是"太艺术的，即偏于玄美"。教育者多属于前者，文人多属于后者，这两种倾向都不对。他强调"我很反对学校把政治上的偏见注入小学儿童，我更反对儿童文学的书报也提倡这些事"③。1922年，在与赵景深的讨论中，他明确强调"童话在儿童教育上的作用是文学的而不是道德的"④。周作人特别推崇安徒生的童话作品，他认为安徒生童话的特点是"小儿说话一样的文体"，是儿童的文学，而不是诗人的文学。周作人为中国的儿童翻译了大量安徒生的童话，例如《安兑尔然》《无画的画册》《卖火柴的小女孩》《皇帝的新衣》等。

周作人以人道主义儿童观为理论基础，承认儿童是独立的个人，有自己的特点，指出要顺应儿童的特点和需求，儿童文学必须反映儿童特有的心理年龄特点。在他的推动下，儿童文学逐渐发展起来，与该时期人的解放、儿童的解放思潮融合在一起，儿童的教育、儿童文学的创作等逐渐成为全社会关注的问题。

---

① 周作人：《平民文学》，载《每周评论》，1919年第5期，第1~2页。
② 周作人：《儿童问题之初解》，载《绍兴教育月刊》，1914年第6期，第9页。
③ 周作人：《关于儿童的书》，载《晨报副刊》，1923年8月17日，第3版。
④ 赵景深、周作人：《通信：童话的讨论》，载《晨报副刊》，1922年1月25日，第3版。

(三) 叶圣陶的"儿童的文学"教育论

叶圣陶于 1911 年中学毕业，然后成为小学教师，直到 1922 年一直在小学工作，1923 年进入商务印书馆从事编辑出版工作。

叶圣陶的教育实践丰富，他在文学和教育方面具有丰硕的理论与实践成果，研究叶圣陶教育思想的著述很多。他的"生活教育"理论、国文国语教材编写经验、期刊的编辑主张等都是学界研究的重点。他在新文化运动期间的教育思想容易被他后来丰富的理论主张冲淡，故而相关研究较为薄弱；但是，他在这段时间的教育主张和文学创作实践对文学教育来说，尤其是对儿童文学教育的贡献，值得深入研究。

1919 年，时为小学国文教员的叶圣陶发表了《今日中国的小学教育》和《小学教育的改造》两篇论文，表达了对儿童教育的深沉担忧和关切。这两篇论文都是用白话文写的，语言简洁但内容深刻。在《小学教育的改造》中，叶圣陶根据自己对小学教育的实践和观察，指出当时的小学教育存在很多问题，教育"没什么效果"，小学的儿童"并没有从受教育上得到什么幸福"，而且认为如果把小学的儿童和没有进学校的儿童混在一起，若不是从零碎的知识角度而是从"真的知识"的角度来观察，恐怕难以区分。那么，教育没有取得真正效果的原因是什么呢？他认为主要的原因是教育者固守成见，只知传授知识，"教师对于人生没有真实明确的观念"，也不关心学生如何"养成良习、陶冶性情"。那么应该怎样纠正呢？他提出要重视儿童的兴趣，关注"儿童的心理和习性"，要关注教育的内容，也要改变教育的方式、方法。① 《今日中国的小学教育》则提出要以生物学、心理学为起点，顺着孩子的天性，指导他们走上正确的轨道。他用形象的说法表达了我们应该尊重孩子天性的观点，他说："一棵花，一棵草，它那发荣滋长的可能性，在一粒种子的时候早已具备了。"② 为了能让儿童享受到他向往的教育，让孩子在天真烂漫的年龄读到符合他们心理特征的作品，叶圣陶在任教的同时，也积极投身于文学的创作和研究之中。

1919 年，叶圣陶加入北京大学的新潮社；1921 年，叶圣陶参与成立文学研究会。文学研究会的宣言说："文学应当反映社会的现象，表现或讨论一些有关人生的一般的问题。"③ 作为文学研究会的成员，叶圣陶的创作也坚持"为人生

---

① 叶绍钧：《小学教育的改造》，载《新潮》，1919 年第 2 期，第 118~133 页。
② 叶圣陶：《今日中国的小学教育》，载《新潮》，1919 年第 4 期，第 60~71 页。
③ 《文学研究会宣言》，载《小说月报》，1921 年第 1 期，第 136~137 页。

而艺术"的主张,只不过他的创作更倾向于表现儿童的世界,他将创作热情奉献给了儿童的文学。

1921年,叶圣陶发表了他的第一篇童话《小白船》。这篇童话以"一条小溪是各种可爱的东西的家"开头,用清新的语言讲述了孩子的故事,表达了善和爱的主题。虽然其中的主人公是男孩儿、女孩儿,但是在文中花和草会跳舞,青蛙会唱歌,大自然中的一切都格外富有生机。1922年,他的短篇小说集《隔膜》由商务印书馆出版。这是叶圣陶的第一部小说集,也是新文化运动以来用新文学创作并发表的第二部短篇小说集,仅晚于郁达夫的短篇小说集《沉沦》。虽然其中的《潘先生在难中》《多收了三五斗》《饭》等都表达了对社会问题的高度关注,有"社会问题小说"之称,但是其中的《春游》(1919年)、《低能儿》(1920年)、《潜隐的爱》(1921年)、《阿凤》(1921年)等表现的是容易被忽视的儿童的生活。其中一篇小说《低能儿》很具有代表性:小说的主人公阿菊,是一个八岁的小女孩,在她进入学校之前,她生活在旧的、狭窄的世界里,在那里"除了一间屋子和门前的一段街道,他没有境遇"①,学校的敞亮和干净才让她见到了光明。另一篇小说《阿凤》描写的则是十二岁的童养媳阿凤的生活。这些小说虽然不是专门写给儿童看的,但是其中对儿童遭遇的关注,表达了叶圣陶对儿童的重视,也体现出以儿童为本、博大的教育情怀。

1923年,叶圣陶发表了童话集《稻草人》,其中收录了他从1921年到1922年上半年间创作的二十三篇童话。这些童话专门为儿童创作,不再是表现社会上的儿童,而是用丰富的想象力为儿童勾画出一幅幅美丽的画卷,创造出一个又一个童话世界。例如《燕子》中,顽皮的风摇着怕羞的棠棣花,一只小燕子从巢里掉落下来呼唤着妈妈,柳树、池塘里的水、蜜蜂、棠棣花都耐心地安慰它,好心的小女孩把它带回家养好伤又送了回来,小燕子快乐地回到了妈妈身边。这样充满阳光的作品,会像春风一样吹进儿童的心里,播下可以开花的种子。试想,当以往只能背诵《三字经》和《弟子规》的儿童读到这样生动活泼的作品,那会是怎样一种心情?

叶圣陶是中国现代童话的开拓者,给中国的童话开辟了一条自主创作的道路。当然,他的童话创作也受到了西方文学思想的影响。叶圣陶说过:"我写童话,当然是受了西方的影响。'五四'前后,格林、安徒生、王尔德的童话陆续介绍过来了。我是个小学教员,对这种适宜给儿童阅读的形式当然会注意,于

---

① 叶圣陶:《低能儿》,载《小说月报》,1921年第2期,第23~28页。

是有了自己来试一试的想头。"① 外来的童话带给了叶圣陶创作的灵感和想尝试创作的冲动，其中的模仿和借鉴是不可避免的，但是，他的创作富有自己的个性。叶圣陶喜欢用具体、细腻的文字来描绘大自然，他的语言富有诗意，如"清澈见底的小河是鲤鱼们的家"（《鲤鱼的遇险》），这样具体细致的表达，更加生动，更加鲜明，更容易被儿童接受和喜欢。

　　除了在文学中塑造儿童形象和为儿童创作美妙的童话，叶圣陶还参与国语课程标准的制定，参与教材的编选。1922年，全国教育联合会组建起"新学制课程标准起草委员会"，负责起草各课程标准草案，叶圣陶负责起草初中的国语课程纲要；同年，他还发表了《小学国文教授的诸问题》一文，关注"何为最好的教材"等问题，提出了"文学趣味本是儿童的夙好"等观点，并主张给儿童编写并选用富有文学趣味的教材。1923年，叶圣陶起草了《初级中学国语课程纲要》，在这个纲要中，他把其教材编选观融入其中。到了1924年，他和顾颉刚一起编写了《初中国语教科书》，开始了他的国文、国语教材的编辑历程。其后他主编或参编了多部经典教材。通过叶圣陶在1916—1924年的创作和论述，我们可以看到叶圣陶的文学教育思想在这一时期已经发展起来，并且趋于成熟。他对儿童的教育和生活的敏锐分析、对儿童文学的亲身创作，以及对国语标准和教材编写的主张，使其成为新文化运动时期以儿童的文学为主要内容的文学教育内容论的代表人物。

---

① 叶圣陶：《我和儿童文学》，见韦商编. 叶圣陶和儿童文学，上海：上海少儿出版社1990年版第1页。

第五章

"自动"读赏：文学教育方法论

在清末戊戌变法后，科举考试制度被废除，西式教育开始实施，传统的私塾式教育方法必然不能符合新学堂教育的教学要求，那么用什么样的教学方法来教学，成为当时教育界面临的一个紧迫课题。当时，留日的学生将赫尔巴特在德国创立、在日本盛行的"五段教授法"引入我国。赫尔巴特的教学过程分为明了、联合、系统、方法这四个阶段，后来他的学生席勒和赖因对其进行了补充，分为预备、提示、联想、总结、应用五个阶段，这就是通常所说的"五段教授法"。起初，留日归国的学生以日本小泉又一的《小学各科教授法》中的"五段教授法"为依据，在上海、南通等地的新式学堂使用"五段教授法"。这一教学方法对新手教师按部就班地完成授课任务起到了指导作用，但是最初实施"五段教授法"仅在部分地区开展，而且仅停留在移植、模仿阶段。在1909年后，俞子夷、杨保恒等被派往日本考察"五段教授法"，他们回国后进行的教育实验在全国引起了很大的反响，《教育杂志》等对其进行了大量宣传后，此法才在全国范围内推广开来。当时教育界通过翻译日本的教育理论著作、撰写论文、出版新教材、开展教学实践等多种方式推广"五段教授法"。在翻译日本的汤本武比古著的《教授学》①等著作的基础上，留日学生和教育者在杂志上发表了大量相关论文，并且着手编制相关的新式教材，一方面向传统的封建时代的教授方法发起进攻，另一方面将引进的西方"五段教授法"中国化。例如，蒋维乔结合"五段教授法"和自己的教学经历编著了《教授法讲义》（1913年）；范源濂针对"高小"男生、女生分班上课的现实情况，特意为刚刚有机会上学的女子编辑出版了《中华女子高等小学国文教科书》（1914年）；李廉方等留日的学生编著的我国最早的专门给师范生使用的新式教授法教材《师范讲义》

---

① 汤本武比古的著作原名《新编教授学》（1895年），由王国维翻译成汉语在《教育世界》1901年第12号至第14号上连载，改题为"教授学"。这是我国出版的首部教学论著作，从而将赫尔巴特"五段形式教学阶段"引入了中国。

(1914年);等等。

新文化运动时期,随着西方教育思想的传播和"健全人格"教育思想的发展,教育者逐渐认识到"五段教授法"把少年儿童置于被动地位的弊端,为了发挥少年儿童的能动性,促进他们的个性发展,他们开始大力宣传和实施"自动主义"的教育方法,对此前机械式、注入式的教育方法进行了大力改革。另外,新文化运动时期,白话文学逐渐进入课堂并且日益成为学生课外阅读的主要读物,教育者结合文学阅读的传统经验和白话文学的特点,形成了注重"读赏"的白话文学的教授观和课外阅读指导观。笔者在这里用"自动"和"读赏"两个词来概括新文化运动时期文学教育方法论的基本观点,主要是认为这两个词能传达两点意思:一是"自动"可以体现这一时期兴盛的"自动主义"的教育方法论中学生自动的观念;二是"读赏"能体现文学教育的最主要的方法,即阅读、欣赏。自动读赏更注重学生自动、"自主"地阅读,而不是教师主导的"讲读"。

第一节 "自动"与"互动"结合的文学讲读观

(一)"自动"教育思想的传播

1. 实用主义教育论的引进

实用主义教育思想是19世纪末20世纪初兴起于美国的一种教学思想,其主要代表人物是约翰·杜威。杜威提出的"教育即生活""学校即社会""儿童中心"等观点基于美国以个人为中心的生活哲学,提倡关注学生的个性发展和心理需求,倡导"做中学"的教学方法,有助于形成平等、民主的师生关系。在新文化运动的推动下,中国教育界开始转向关注实用主义教学法和科学主义教学法。当时,设计教学法、教育测验、智力测验、心理测验、职业测验等各种教育方法逐渐被引入国内并发展起来。1922年出版的由王炽昌主编的《教育学》反映了这一时期中国教育学的主流思想。王炽昌在编辑大意中坦言"教育思想于近今有日新之趋势,本书本现代民本主义、试验主义及自动主义而编辑",内容"大部分取材于杜威、桑代克、密勒三氏之学说"。①

实用主义教育思想与当时新文化运动背景下教育界想要打破封建的、维护

---

① 王炽昌:《教育学》,上海:中华书局1922年版,第23页。

师道尊严的传统教育思想的束缚，建立"民主""科学"的教育方法论的时代需求相契合，再加上杜威的学生胡适、陶行知、蒋梦麟等的大力宣扬，在1919年迅速发展成为影响中国的主要教育思想。1919年4月，蒋梦麟任总编的《新教育》杂志专门推出了"杜威专号"来介绍杜威的思想。

"设计教学法"以美国实用主义教育思想为理论依据，由杜威的学生克伯屈创立。这一教学法能在20世纪20年代成为影响我国教育界的主要教学方法论，与杜威实用主义教育思想在我国的广泛传播有密切联系。克伯屈在1918年发表了《设计教学法》一文，成为"设计教学法"的开创者。这一教学法在教育思想上坚持了实用主义的"做中学"和"儿童中心"的理论，在教学组织上主张打破学科界限，废除班级授课制和教科书，在教师的指导下，由学生自己决定学习内容。当时，南京高等师范学校教育科教授俞子夷在南京高师附小主持了"设计教学法"的实验，他的实验没有完全照搬克伯屈的方法，而是做了一些变通，为这一设计法的推广和中国化做出了贡献。实验刚开始时他仅以小学一二年级的学生为实验对象，在实验中他打破了学科和教材界限，让音乐教学和游戏结合，或设置"自然角"让学生观察、动手等；后来又把性质相同或相近的几门课程结合在一起，分成观察、表演、故事等系列，按各种问题设计教学，继续打破学科教材的限制；这些实验激发了学生的学习兴趣，提高了学生学习积极性，后来他将实验范围扩大到全校。

2."自动主义"教育论的传播

"自动主义"是引入中国的西方教育方法论之一，而且对国文教授，尤其是国文"读法"，产生了较大影响。对于什么是"自动主义"，当时的教育家进行了大致的界定。有人认为，"所谓自动主义，非无论何事悉委之儿童自动致教师如赘庸之谓也。不过限其教授之部分，与自习之部分，以养其发明力而已"[1]；也有人认为，"自动主义"即"所谓自动主义者，乃使儿童不受父母、教师及他人所传达之知识技能，自进而为独立的研究，籍其自发活动以获得知识技能之主义也"[2]。简单来说，"自动主义"是要实现儿童"自己教育自己"，也就是在无人指导、无人暗示的情况下自己教育自己。至于儿童为什么能如此"自动"？学者也给予了一定的解释：人生之初"自动之性能不待教者始然也"[3]。儿童有爱活动的天性、天真烂漫，自动活动这是他们的本能。

---

[1] 老化：《自动主义教授法》，载《武进教育月刊》，1916年第6期，第3~4页。
[2] 吴家煦：《自动主义之理科教授法》，载《中华教育界》，1916年第5期，第1~13页。
[3] 梁稼畦：《自动主义之国文教授法》，载《中华教育界》，1916年第5期，第1~7页。

从文献来看，1916—1917年，《中华教育界》《环球》《新青年》等杂志上纷纷发表相关文章，形成了学习"自动主义"教育方法论的热潮。1916年第5卷第5期的《中华教育界》先后刊载了吴家煦的《自动主义之理科教授法》和梁稼畦的《自动主义之国文教授法》，对西方的自动教育方法进行了详细评介。《环球》杂志1916年第2期接连发表了沈信卿的《中国教育自动主义之教育》和徐纫荪的《学生自动论》等文章，宣扬"自动主义"的教育。沈信卿在文中针对"内地学校对于自动主义尚在怀疑时代"的现状深感忧虑，他认为中国社会"自动者"不足，不足以凭借广大的受教育者去感化社会，这是中国落后于欧美各国的原因；他指出"所谓自动者，乃以自己之意志，发挥自己之能力，并能支配他人，使为我用是也"，从家庭教育时期开始，到学校教育时期，再到社会时期，都要培养"自动者"。① 1917年，《中华教育界》发表黄子绂的《自动主义之国文读法预习复习表》一文，文中黄子绂从自身国文教学的经验出发，结合在某地学校曾见到的读法预习表而制订了自动主义的"国文预习复习表"，并实行了半年。这个预习复习表主要列出了相关项目供学生填写，如直观实物摘录、全科大意、生字、难句、成语、内容深究、摘录佳句、模仿、备考等；而且他非常明确地肯定了教学方法转变的价值，他说道："我国兴学十余年，教授主义由注入而启发而自动，逐渐进步。"② 作为新文化运动的理论阵地，《新青年》杂志也发表了相关文章助力"自动主义"教育理论的宣传。1917年，陈独秀在天津南开学校做了题为"近代西洋教育"的演讲，他希望中国大兴教育，又希望中国的教育家明白读几本历史洋文、学一点理化博物，算不得是真正的近代西洋教育；想要取法西洋，要懂得真正的近代西洋教育的几大方针，其中一种便是"自动的而非被动的"，并且批评当时的教育"多半是用被动主义、灌输主义"。③ 1918年《新青年》杂志又发表了邓萃英的《动的新教授》一文，其中提出："传授为客、学习为主。传授范围须缩至极小限、学习范围须伸至极大限。"④

---

① 沈信卿：《中国教育自动主义之教育：一月二十日晚本会演说速记稿》，载《环球》，1916年第2期，第21~23页。
② 黄子绂：《自动主义之国文读法预习复习表》，载《中华教育界》，1917年第5期，第1~4页。
③ 陈独秀：《近代西洋教育——在天津南开学校演讲》，载《新青年》，1917年第5期，第6~9页。
④ 邓萃英：《动的新教授》，载《新青年》，1918年第3期，第96~105页。

3. 整合的"自动"教育论

对于自动教育的理论基础和根本思想，姜琦在《自动主义的根本思想》一文中进行了较为全面的分析，他将"自动主义"的理论基础分为四派：第一派根据哲学，采用德国的魏坚、法国的柏格森和美国的雷斯等的思想，他们认为"万物的本体及人类的本性都是活动的"；第二派根据自然科学，采用蒙台梭利的思想，也被称为"科学的教育学"；第三派侧重意志活动方面，采用叔本华的"意志本位说"和惹姆斯的实验主义的"本能尊重说"；第四派带有"主知"倾向，运用马克莫列的观念，反对被动的、模仿的消极教育，主张尊重理性的动作，偏重"理性主义"。① 在姜琦概括的"自动主义"的基础理论中，并没有提到杜威的实用主义。其实，杜威强调的学生主体，与学生自动的精神相一致，于是也经常被归为"自动主义"教育。例如，1918 年杜威的学生蒋梦麟发表了《职业教育与自动主义》一文，将职业界的人才划分为"自动的"和"机械的"两种，其中，所谓的"自动的人才"是指"具有远大的眼光、进取的精神、事事图改良、著著求进步"的人。② 陶行知也在《学生自治问题之研究》一文中概括了"自动主义"教育的特点，他说"近世所倡的自动主义有三部分：一、智育注重自学；二、体育注重自强；三、德育注重自治"③。可见，注重自学、自治等思想明显受杜威教育思想的影响。1920 年，陈独秀在武昌高等学校进行演讲，提出新教育要具有三个要点，其中一点便是"当以学生为主体"，他以杜威的"学生教先生"的主张为依据，提倡启发学生"自动的本能"。④ 黎锦熙将在杜威实用主义、设计教学法等理论基础上设计出来的三段六步讲读教学程序命名为"自动主义的形式教段"。由此可见，"自动"教育在当时是一个较为笼统的说法，强调以儿童自身的活动为中心，只要是注重儿童的自学、自修的教育方法皆可称为"自动"的教育方法。

辛亥革命后，时任南京临时政府江苏省教育司司长的黄炎培在 1916 年发表《中国文之新教授法》一文，他指出改进中国教育的道路有三条，分别是感觉教育、自动教育和语言文字。对于"自动教育"，他指出"譬如作字、作画、手工，既成习惯，往往不假思索，而自然合度，则神经自能动作故也。一切器官，

---

① 姜琦：《自动主义的根本思想》，载《中华教育界》，1920 年第 1 期，第 1~4 页。
② 蒋梦麟：《职业教育与自动主义》，载《教育与职业》，1918 年第 8 期，第 1~2 页。
③ 陶行知：《学生自治问题之研究》，载《新教育》，1919 年第 2 期，第 94~102 页。
④ 陈独秀：《新教育的精神》，见戚谢美、邵祖德编：《陈独秀教育论著选》，北京：人民教育出版社 1995 年版，第 229~230 页。

皆设法使之增进其自然动作之能力"①。对于读法,他强调"就儿童所能解者略授之","须注重预习","用种种方法,以诱起儿童研究之兴味",所读的文字也不限于教科书,在教科书之外,随时利用新闻纸、广告、书信等印刷品"以广其应用"。② 这些具体的教授方法,都体现了儿童自动的精神,并且对如何教授读书方法进行了具体化、可操作化的探索。

"自动"教育方法论的影响在20世纪20年代一直持续着。1920年,《中华教育界》又发表了多篇相关论文,包括12卷1号姜琦的《自动主义的根本思想》、天民的《文化运动和自动教育》、隐青的《实施自动教育的先决条件》、太玄的《美国之自动教育法》,12卷3号余崇义的《美国之自动教育法》,12卷5号、6号隐青的《英法自动教育之趋势》和12卷6号凌空的《自动教育法之真髓》。到了1924年,孟承宪在论述国文教学的方法时,也强调"现代教育的精神,根本上是要生徒活动,生徒自学"③。

(二)"互动"式白话文学教学论

白话文学进入中学国文教材,为中学生的课堂教学和课外阅读提供了丰富的文本素材,成为中学生文学观念和现代意识养成的重要媒介。

白话文学的教学成为新文化运动之后中学课堂教学的新现象,但是白话文和文言文不同,白话文语言明白易懂,因此中学教育中要探索中学生白话文学的自主学习之路。因为不管是明清的白话小说还是新创作的白话小说,对于民国时期的中学生来说都是容易理解的。所以这一时期小说的教学基本上以学生的自学为主,课堂上进行师生间的讨论。胡适在谈到中学国语文的教授法时指出:"小说与戏剧都是由教员制定分量,由学生自修。课堂内只有讨论,不必讲解,因为讲解是教授文言不得已的方法。"④

浙江一师最早设计出了一套以问题为中心展开白话文教学的方案。浙江一师的国文教员,如刘大白、夏丏尊、沈仲九等,共拟了一种国文教授法方案。我们可以通过1919年沈仲九发表的《对于中等学校国文教授的意见》一文了解

---

① 黄炎培:《中国文之新教授法》,载《教育研究(上海1913)》创刊于1913年,停刊于1916年8月,共28期,第19~21页。
② 黄炎培:《中国文之新教授法》,载《教育研究(上海1913)》创刊于1913年,停刊于1916年8月,共28期,第19~21页。
③ 孟承宪:《初中国文之教学》,载《新教育》,1924年第1~2期,第81~90页。
④ 胡适:《中学国文的教授》,载《新青年》,1920年第1期,第1~12页。

这一教授法的主要内容。该方案主要包括以下 11 个步骤①（见表 5-1）：

表 5-1　浙江一师的国文教授法

步骤	内容
1. 说明	每一星期或两星期，由教员提出一个研究的问题
2. 答问	学生询问教员，教员随时讲解
3. 分析	学生分析大段的大意，概括大纲次序
4. 综合	学生做好各篇大纲以后，比较各篇异同，概括分析
5. 书面批评	学生把对于这个问题的意见，用文章表达出来，写成"批评"
6. 口头批评	对学生发表的"大纲"和"批评"先同学互评，再教师点评
7. 学生讲演	教员请学生轮流上台讲演某一问题的"大纲"和"批评"
8. 辩难	教员提出对一问题的甲乙两说，然后请学生双方辩难，教员评判
9. 教员讲演	总评学生"书面批评"的内容，发表教员自己的意见
10. 教师批改	批改学生的"书面批评"的字句
11. 临时作文	有临时事情发生时，教员提出相关题目，请学生用文章表达意见

这个设计以问题为中心，将"读""写""说"综合运用，让白话文教学方法更加多样化。何仲英非常赞赏这一方案，对其有很高的评价，他说："我们教授白话文的，也不能说教学生'看得懂'，就算尽我们教授的责任还有内容形式方面种种推敲要大家预备，要人家讨论。讲堂里不是教员一人说话，要大家说话"。②

（三）"自动主义"读法教学论

在这一时期，黎锦熙可以说是借鉴"自动主义"教育方法论和设计教学法方面的集大成者，他将这些理论中国化，形成了自己的"自动主义"读法教学论。

黎锦熙的"自动主义"读法教学论主要体现在其 1924 年出版的著作《新著国语教学法》中。这部著作被誉为"我国现代白话文教学论的第一部专著"③。该著作涉及国文教学中的"读法""话法""缀法""书法"等多个方面，其中，

---

① 沈仲九：《对于中等学校国文教授的意见》，载《教育潮》，1919 年第 5 期，第 43~47 页。
② 何仲英：《白话文教授问题》，载《教育杂志》，1920 年第 2 期，第 1~15 页。
③ 潘新和：《语文：回望与沉思——走进大师》，福州：福建人民出版社 2007 年版，第 99 页。

关于"读法"的论述最能反映其对西方教育方法论的借鉴和改造，对文学教育具有较强的指导意义。

黎锦熙在"读法"教学方面非常坚定地支持用白话文进行教学。他在1922年发表的《中等学校的"国文科"要根本改造》一文中申明，自己在过去的一年半内做的一件有意义的事情就是对中等学校国文科改造的主张和方法进行了实地的实验。他的主张主要有两个：其一，将中等学校四年的国文科的"讲读"分为两大类，第一类是模范文，用现代国语写作和翻译的文学作品，绝对不用文言文；第二类是文学史的教材，这需要按时代分期编次；这两类按时间分配，各占"讲读"的二分之一。其二，中等学校的作文要纯粹地练习语体，绝对废止文言文。①

黎锦熙在《新著国语教学法》第一章论述语言文字的用处时引用了杜威的话，即"一切文字及数目，都是符号；都是拿它来代表事物和思想的"②，这反映了他对实用主义教育思想的赞同。他将国语要旨归纳为四个：自动的研究与欣赏、社交上的应用、艺术上的改造和个性与趣味的养成。③ 这既体现了"自动主义"教育方法论对学生自动研究的重视，也体现了杜威实用主义教育理论的"儿童中心""经验的改造"等思想。

《新著国语教学法》第三章"国语教材和教学法的新潮（设计教学法）"是黎锦熙在1920年考察江浙国语教育时的参观笔记，其于1921年以此为基础并加以引申在安徽教育厅附设的国语讲习进行了同题演讲。他将国语教学的材料和教学方法分为三等：下等的是以读本为主体的；中等是以实际事物（标本、图画、故事画等）的观察入手，然后学习它们表示内容的语言和文学；上等的是以儿童生活中随时随地的各种事实为"普遍而流动的教材"。④ 此文基于设计教学法的理论，主张打破学科界限，符合"教育即生活"的理论，但是在现实中很难实现。在20世纪20年代设计教学法红极一时的背景下，在强烈的改革教育的激情中，在文章的最后，黎锦熙充满豪情地说："只要去做，没有做不到的。"⑤ 然而，从设计教学法遇到的如何让儿童自觉自愿地学习、如何保持学习的连续性等困难来看，这一教学法在实施中并不是想做就能做好的。

---

① 黎锦熙：《中等学校的"国文科"要根本改造》，载《国语月刊》，1922年第2期，第1~3页。
② 黎锦熙：《新著国语教学法》，北京：商务印书馆1924年版，第1页。
③ 黎锦熙：《新著国语教学法》，北京：商务印书馆1924年版，第2页。
④ 黎锦熙：《新著国语教学法》，北京：商务印书馆1924年版，第9页。
⑤ 黎锦熙：《新著国语教学法》，北京：商务印书馆1924年版，第16页。

《新著国语教学法》第四章专门论述读本和"读法",其中的第一、第二节论述国语教材的分类和实用方法。"文学的国语教材之分类和支配"这一节的内容原本是黎锦熙 1921 年 4 月在上海江苏二师校演讲时的内容。当时就其对"儿童文学"如此重视,并且如此分门别类地论述儿童文学的类型来说,其思想是非常先进的。他说:"大凡正式的国语读本,运用教材,总要合于文学的体式,总要是现代国语的儿童文学"①。他将小学教材单从"文学的"方面分类,分为十类:儿歌,新诗,歌谣、曲词和旧诗,寓言,童话(神话、无稽的故事等),传说(有历史根据的故事史话和传记),天然的故事(物话),小说,游记,戏曲。② 在黎锦熙看来,国语的读本不仅限于课内的教材,还有课外广阔的阅读资源。他认为,小学国语读本应该分为两种,同时使用。一个是"正读本"(文学的国语读本),另一个是副读本(补充的国语读本)。正读本以文学的教材为主,副读本要丰富儿童的知识,补充实质的知识,也要补充正读本中因为分量等原因没有收录进去的童话故事、儿歌等,以培养儿童读书的趣味和能力。③

《新著国语教学法》第四章第三节中论述了"读法"的新教段和注意事项。他结合西方教育方法论和国语内容的特点,设计了"自动主义的形式教段",主要包括三段六步④(见表 5-2):

表 5-2 黎锦熙的"自动主义的形式教段"

阶段	教段	步骤	注意事项
第一阶段	理解	预习,包括指示目的,唤起学习的动机;预备的指导;儿童预习并欣赏	
		整理,包括儿童问疑、教师试问、儿童发表等	问疑、试问、发表,都是练习话法的机会
第二阶段	练习	比较并概括	四年级以上,可略授国语文法的要素
		应用(表演等)	注意读本课文的表演和实质的谈辩
第三阶段	发展	创作	注意作文和语言的技术
		活用	注意读书能力和研究兴味的养成

---

① 黎锦熙:《新著国语教学法》,北京:商务印书馆 1924 年版,第 27 页。
② 黎锦熙:《新著国语教学法》,北京:商务印书馆 1924 年版,第 27~37 页。
③ 黎锦熙:《新著国语教学法》,北京:商务印书馆 1924 年版,第 48 页。
④ 黎锦熙:《新著国语教学法》,北京:商务印书馆 1924 年版,第 52~61 页。

这是新的白话文讲读教学的程序,是一种"自动主义"阅读教学程序。黎锦熙将"自动主义的形式教段"定义为"以学生自发自动,自己表现为主,所谓儿童中心主义是也"①,是"自动主义"教学法的典型代表。

第二节 传统兼现代的自主读赏观

传统的文学教育因为是文言文,学生一般是读不懂的,所以需要教师逐字逐句地讲解才能通解其意。但是,新文化运动时期,白话文学逐渐进入中小学教材,并且成为学生课外阅读读物的主体部分,如何进行白话文学的教授成为教育者面临的新课题。在西方教育思想传播的同时,中国传统教学中"诵读涵泳"等教学经验也在一定程度上影响着文学阅读教学方法的演化。经过教育者不断的探索和经验积累,国文、国语教学中逐渐形成了基于白话文学的阅读和教学观。

(一)文学读赏的"本能"论

这一理论的典型代表是孙俍工的文艺鉴赏本能观。1919 年,孙俍工投身文坛,参编《平民教育》《工学月刊》等杂志,"对于作文编辑是很卖过力气的"②。1920 年,从北京高等师范学校毕业后,他先后在漳州、长沙、上海、南京等地的中等学校任国文教师。1922 年,他赴上海中国公学中学部任教。他在1922 年发表的《文艺在中等教育中的位置与道尔顿制》一文中,详细阐述了文艺在中等教育中应该占有怎样重要的地位。他认为,文艺的使命,"就是用美的形式把人类情感思想描写出来",它就像人们生命的花那样重要。他还指出,中等教育中的国文科无论在文言文时期还是在白话文时期都不看重文艺,那是因为不知道文艺的内容和中等教育应该教授的文章的范围。在中等教育中,纯文学(诗歌、小说、戏剧等)的分量应该占到国文科篇目的十分之六七,至少应该与杂文学(叙述文、评论文等)并重。他说"我们对于文艺,本来可以说有三种兴趣:一是赏鉴,二是创作,三是研究","研究是专门的""创作是天才的",中学生不一定做到,而赏鉴文艺的兴趣"是人类的一种本能";他还指出,"为赏鉴文艺""为稳固白话文的基础""为调剂生活"这三点就是重视文

---

① 黎锦熙、曹辛汉:《何谓国语教育?》,载《云南教育杂志》,1920 年第 1 期,第 40~47 页。
② 孙俍工:《作家自传》,载《读书杂志》,1933 年第 1 期,第 698~701 页。

艺的三个理由。① 将鉴赏文艺的兴趣作为人类的本能,一方面肯定了人们在阅读文学时天生的阅读兴趣和阅读基础,另一方面提示人们在教学中要运用自然的教学方法,尊重儿童的天性。

1929年,孙俍工翻译了日本盐谷温的《中国文学概论讲话》,书中主要论述了文学的发达与变迁,以及文学的性质和种类。后来,孙俍工在《中学生与文艺》一文中,鉴于有某学校的学生想组织一个文学研究会并且想请他去做指导,他发表了自己的观点:他首先肯定了文艺的重要作用,"文艺对于人生,是生命之灯的油,是生命之力的热"②,但是他并不主张中学生轻率地去成立什么文学研究组织,他认为"中学生时代是文艺基础的时代"。

1924年,孟承宪说"要注重训练学生本能天才的发表,使他的知识能力有创造性,能应付新的问题,新的环境,我认为一切教育都应该如此,决不能为某种环境、某种家庭,去设想"③,这也一定程度上体现了的文学创作"本能"的观点。

(二) 文学读赏的"情意"论

首先来看宋云彬"主情意"的读法观。宋云彬在《主情意的读法教学底原理》一文中说:

> 因此这情意的教学,亦可以说是从自己的体验而生的。即我对于读书发生意志,故读书;对于读书感有兴味,故读书;我自己这样的读书态度,就是全教学法的核心。④

他以"自由教育""自然教育"为理论基础,认为儿童学习的出发点在于"意志发动",儿童的意志决定了自己学习的材料和学习的方法。那么,儿童学习的材料(教材)要有能引起儿童的欲求的可能性,学习的过程要能实现读书的情意。"读"既是过程,还是目的;"读"不仅是口头的诵读,还是思想的理解鉴赏。不管是教学的材料,还是教学的内容,都统一到儿童的"情意"上,关心儿童的态度,关注儿童的欲求,这样才能保护儿童的读书欲。

---

① 孙俍工:《文艺在中等教育中的位置与道尔顿制》,载《教育杂志》,1922年第12期,第1~14页。
② 孙俍工:《中学生与文艺》(未完),载《好朋友》,1933年第24期,第6~7页。
③ 孟承宪:《初中国文之教学》,载《新教育》,1924年第1~2期,第81~90页。
④ 宋云彬:《主情意的读法教学底原理》,载《教育杂志》,1921年第12期,第1~15页。

林语堂也表达了类似的观点，1931年11月4日，他在光华大学演讲时说："读书必求深入，而欲求深入，非由兴趣相近者入手不可"，"学问是每每互相关联的，一人找到一种有趣的书，必定由一问题而引起其他问题，由看一本书而不能不去找关系的十几种书，如此循序渐进，自然可以升堂入室，研磨既久，门径自熟；或是发现问题，发明新义，更可触类旁通，广求博引，以证己说，如此一步一步地深入，自可成名。这是自动的读书方法"①。林语堂还认为，对于读者来说，找到一个与自己气质相近的作者，犹如"找到文学上之情人"②。

（三）文学读赏的"指导"论

胡适自称是语文教育的"门外汉"，但是依然将中学国文的教授作为自己的一项事业，发表了一些新鲜的意见。1920年，他发表的《中学国文的教授》一文，不仅阐述了关于中学国文的目的、理想标准、课程设置和教材选择的观点，还对教学方法提出了很多建议。胡适提出："小说与戏剧，先由教员指定分量，自何处起，自何处止，由学生自己阅看。讲堂上只有讨论，不用讲解。"③ 对于小说、戏剧等，胡适的主张都是先读，再讨论，读小说可以根据小说的不同类型变换讨论的主题，读戏剧时可以"高声演读"。胡适的用"看书"来代替"讲读"的主张获得了很多学者赞赏。1924年，朱经农在《对于初中课程的讨论·国语科的内容》一文中说："我们如果希望学生对于国文一门有一点确实的心得，除非把'被动听讲'改成'自动阅读'不可。"④ 朱经农所说的"自动阅读"代替"被动听讲"就是对胡适用"看书"代替"讲读"观点的进一步阐述。"看书"和"自动阅读"其实是差不多的意思，但值得注意的是，无论是"看书"还是"自动阅读"，都不是让学生放任自流，而是强调要有指导的阅读。朱经农说过："不过教育对于学生看书，须加积极的指导，万不可专取放任主义。"⑤

随后，白话文的教学方法更加多样化，并且注意区分不同的文章类型，运用不同的教学方法。1923年，由叶圣陶亲笔撰写的，由新学制课程标准起草委员会颁布的《新学制初中国语课程纲要》就开始将阅读区分出了"精读"和

---

① 林语堂：《读书的艺术》，载《读书月刊》，1931年第6期，第8~19页。
② 林语堂：《论读书——十二月八日复旦大学演讲稿又同十三日大厦大学演讲稿》，见《林语堂名著全集》，长春：东北师范大学出版社1994年版，第172~173页。
③ 胡适：《中学国文的教授》，载《新青年》，1920年第1期，第1~12页。
④ 朱经农：《对于初中课程的讨论·国语科的内容》，载《教育杂志》，1924年第4期。
⑤ 朱经农：《对于初中课程的讨论·国语科的内容》，载《教育杂志》，1924年第4期。

"略读"这两种不同的阅读类型。按其中的定义,所谓"精读",乃由学生详细诵习,反复研究,其大部分须于上课时直接讨论;所谓"略读",指由教师制定书籍数种,令学生自修,得其大意,上课的时候只需要提出要点加以讨论。到了20世纪30年代,中小学广泛运用默读和朗读作为阅读教学的重要方法。到了20世纪40年代,叶绍钧、朱自清合编的《精读指导举隅》《略读指导举隅》将精读和略读的教学方法进行了全面的总结与提升,并结合具体作品进行了分析,逐渐发展了"就效果而言,精读是准备,略读才是应用"的观点,指出精读主要在课内应用,略读是课外阅读常用的方法,这一精读和略读的关系,也为指导课内和课外的文学阅读提供了理论基础。

1927年,褐夫发表了《青年应该读豪放壮烈的诗》一文,文中指出:现代青年读书的目的"是为一己或全社会的生活而奋斗,为奋斗胜利而求智识,为求智识而向学"[①];青年应该读豪放壮烈的诗,"读豪壮的诗能养成光明磊落的心""可以养成慷慨深挚之情谊""可以激发发扬蹈厉的志气""能增进作诗作文的技术"[②]。同年,他还发表了《读文学书时应撤去的几个问题》,指出"下面的几个问题,和文学是不相及的——如同风马牛",这几个问题包括六项:本事问题("猜想的索引,博洽的表征与考证")、注解问题、校勘问题、评点问题、美刺问题、偏正问题[③]。

孙本文在《中学校之读文教授》一文中强调了课外自读的重要性,他认为"课本之死教育,原不合创造进化时代之新学生","课内教授,仅为指导课外自读之预备"[④]。孙本文对于中学国文科承载的"涵养读书擒思之应用能力"的重任体会颇深。从短短的四年中学国文修业时间来看,只靠课内的教学是难以完成的,所以,教授国文,不能只靠课内,而且不能将重点放在课内,而应该以课外阅读为主。他指出,国文的主课不应该仅求之于课内,国文教授的希望在于"非课本而代以课外自读",在课内,仅需要指示订正而已[⑤]。

当时的教育界普遍重视课外阅读,阮真曾说"中学国文教学必须注重学生课外阅读,已经成为一般学者和教师一致主张的定论,这是无可怀疑的了"[⑥]。

---

① 褐夫:《青年应该读豪放壮烈的诗》,载《学生杂志》,1927年第11期,第13页。
② 褐夫:《青年应该读豪放壮烈的诗》,载《学生杂志》,1927年第11期,第15~20页。
③ 褐夫:《读文学书时应撤去的几个问题》,载《学生杂志》,1927年第11期,第9~12页。
④ 孙本文:《中学校之读文教授》,载《教育杂志》,1919年第7期,第1~18页。
⑤ 孙本文:《中学校之读文教授》,载《教育杂志》,1919年第7期,第1~18页。
⑥ 阮真:《中学国文校外阅读研究》,上海:民智书局1929年版,第1页。

但是，课外阅读中也存在一些问题，如"在课内则有教而无学""在课外则有学而无教"①，他主张"归纳课外阅读于课内""补充校内阅读于校外"②，强调"须注意其阅读之效果，必求其功力较省而获益较大者"③。

---

① 阮真：《中学国文校外阅读研究》，上海：民智书局1929年版，自序。
② 阮真：《中学国文校外阅读研究》，上海：民智书局1929年版，自序。
③ 阮真：《中学生国文课外阅读书籍选目及研究计划》，载《中华教育界》，1930年第2期，第1~14页。

第六章

新文化运动时期白话文学教育思想的当代启示

安东尼·塞尔登和奥拉迪梅吉·阿比多耶撰写的《第四次教育革命》阐述了随着社会的发展我们应如何改变传统的教育理念、教育方式,以使教育对象更好地适应社会变革。两位作者将人类已经历的和正在经历的教育历史时期称为"四次革命",并对每次教育革命的特征进行了概括:第一次教育革命,有组织的学习,必要的教育;第二次教育革命,学校和大学的到来——制度化教育;第三次教育革命,印刷与世俗化、大众化教育;第四次教育革命,人工智能时代的教育。[①]

我国20世纪所进行的教育大致可以归入第三次教育革命,尤其是在新文化运动时期,伴随着媒体出版自由,杂志、报纸、书籍的大量出版,中国的教育朝着大众化教育迅猛发展。当今,人工智能正在全世界崛起,人类的教育已经开始进行"第四次教育革命"。《第四次教育革命》中列举了传统教育的五大难题:未能克服根深蒂固的社会阶层固化问题,教育制度僵化问题,教师因行政而不堪重负问题,大班教学抑制学习的个性化和学习的广度问题,教育的同质化和缺乏个性化问题。该书认为,"第四次教育革命"将解决"工厂教育模式"的很多局限,例如,从规模化的班级授课转向个性化的一对一的教育,从按年龄逐级上升的教育转向不分年龄只分阶段的教育,从同质化的教育转向个性化的教育,等等。

在新的时代,我们要重新思考下面的问题:教育的目的是什么?用什么内容来教育?用什么方法教育?受过教育的人应该是什么样的?新时代有新特征,但社会的发展是前后联系的,人类的精神、文化都需要传承。那么,新文化运动时期迅速发展起来的,以印刷和世俗化为主要特征的大众化的文学教育将如

[①] [英]安东尼·塞尔登、奥拉迪梅吉·阿比多耶:《第四次教育革命》,吕晓志译,北京:机械工业出版社2019年版,第1~14页。

何应对我们正面临的第四次教育革命？反观历史，当今的我们对新文化运动时期的文学教育又有何反思，新文化运动时期的文学教育能给当今的教育怎样的启示，在这一章我们将重点关注这些问题。

第一节　文学"立人"观与转型期青少年人格与精神的培育

新文化运动时期在文学教育的目的定位方面，以文学"立人"为总方向，呈现出"启蒙"和"审美"两种导向的教育目的观，这反映了文学教育功利性与非功利性双重目的观的分化与整合。从这个角度来区分，我们可以将陈独秀的文学教育目的观归为"启蒙"倾向的，蔡元培的文学教育目的观是"审美"倾向的，鲁迅的文学教育目的观则是"启蒙"与"审美"的结合。这些思想都是在中西教育思想与古今教育理念激烈碰撞、个人思考与群体探索结合的形势下生长起来的，是文学教育历史中不可多得的思想智慧。

令人遗憾的是，新文化运动时期，当时北洋军阀政府派系相争不断，并没有将"培养健全人格、发展共和精神"这一教育宗旨施行。1929年，南京国民政府又颁布了"三民主义"教育宗旨。培养健全人格，在很大程度上是少数知识分子心中的理想信念与一时的思想流行风潮。有"中国的文艺复兴"之称的新文化运动中的文学教育，以文学"立人"为主要目的，虽然对现代文学的创作及文学的阅读产生了重要影响，但是在一定程度上属于教育家主观的期待，受当时的教育行政和社会大背景的影响，文学"立人"的教育目的观并没有真正落到实处。

虽然有很多思想属于"理想"没有实现，也有一些思想属于空谈，但是给我们留下了一大笔有关人文精神培养的财富。我们将主要从健全人格的培养和人文精神的培养两个方面谈新文化运动时期文学"立人"的文学教育目的观带给我们的启示。

（一）文学教育与健全人格的塑造

古代的人伦思想，压制个体的主观欲望，限制个体的个性和自由。古代的人伦社会和宗法家族观念是束缚人的本性与潜能发挥的枷锁，新文化运动试图肃清当时社会残留的重伦理而不重平等、重"亲亲"而非尚贤等思想的贻害。新文化运动时期的教育家、思想家，以"人"的个性、自由作为哲学思考的起点，反思国人的生存状态，揭示国人精神的劣根性，通过人的文学的教育，促进国人的自我意识的发展。蔡元培"以文学代宗教"、鲁迅以文学"尊个性而张精神",以及陈独秀"完其自主自由之人格"的思想对当时的教育具有很强的现实指导意义,对当今的教育也有启示价值。

1. 文学"立人",追求人的个性独立

《共产党宣言》设想了关于个人与群体的比较完善的关系:"将是这样一个联合体,在那里,每个人的自由发展是一切人的自由发展的条件。"① 在新文化运动中,对于教育的目的,展露了一些这样的"联合体"的特点,追求"个性"与"群性"的统一。在这一时期的论述中,"个性"与"群性"是紧密联系在一起的。1919年,新的教育宗旨的上半句是"养成健全人格",下半句是"发展共和精神",充分体现了"个性"与"群性"的结合。在胡适的理解中"个性"包含一定的"群性",他认为发展"个性"有两个条件,一个是有"自由的意志",另一个是"个人担干系、负责任"。②

另外,对"健全人格"的追求含有一种"一切由我主动争取"的精神。尼采在《查拉图斯特拉如是说》中将人的精神分为三种境界,即骆驼、狮子和婴儿:"第一境界骆驼,忍辱负重,被动地听命于别人或命运的安排;第二境界狮子,把被动变成主动,由'你应该'到'我要',一切由我主动争取,主动负起人生责任;第三境界婴儿,这是一种'我是'的状态,活在当下,享受现在的一切。"③

人的成长就像植物的生长一样,所处的环境对成长的方式影响巨大。生在石缝下的小草需要拼命地挣扎才能得到阳光雨露,而在温室里的花朵即便把根扎得很浅也能享受照拂和灌溉。人所处的环境也是如此,如果处于民主、自由的环境中,那么人即便用婴儿般地活在当下的方式也能安度一生;但是,如果处于压迫、昏暗的环境中,若想逃脱被奴役的、骆驼般的生活就必须像狮子一样去战斗。新文化运动的健将正是在政治混乱、社会动荡的背景下,为了让人们的思想不再愚昧而奋起呼告,主动地担负起人生的责任,主动争取。这种主动担当、主动争取的精神在人类发展的历史上熠熠生辉。人类前行的历史,就是一部不断抗争的历史。个人的主动担当是社会、民族攻克难题向前发展的基础动力。

---

① 中共中央马克思恩格斯列宁斯大林著作编译局编:《马克思恩格斯选集》(第1卷),北京:人民出版社1972年版,第273页。
② 胡适:《易卜生主义》,载《新青年·易卜生专号》,1918年第6期,第503~504页。
③ [德]尼采:《查拉图斯特拉如是说》,杨佩昌译,北京:中国画报出版社2011年版,第103页。

这一时期的文学教育追求的人的启蒙以个性张扬为发端,最终归宿是激发人的社会责任,体现了"学以致用"的功利主义思想,也是近代以来"文学救国"思想的延续。这些主张顺应了资产阶级追求民主与科学的意愿,启发了民众的民主觉悟,促进了科学精神的发展。但是造成了一些问题:新文化运动时期的文学教育以"精神自由""个性独立"为重要口号,以"个性解放"为终极目标。然而,在文学教育实践中,"自由"是把"双刃剑",一方面,它打破了文言与旧文学的形式和内容的束缚,促进了文学的独立和现代化;另一方面,它动摇了中国传统文化、传统教育的基础。

2. 文学"立人",追求思想启蒙

新文化运动健将提倡文学启蒙,他们反封建、反孔教、反文言,从反对以儒家伦理道德为主的封建礼教入手,主张"打倒孔家店",以此抨击"君权""族权""父权",进而瓦解专制政治的思想基础,正如李大钊所说"余之掊击孔子,非掊击孔子之本身,乃掊击孔子为历代君主所雕塑之偶像的权威也;非掊击孔子,乃掊击专制政治之灵魂也"①,并提倡用西方的"民主"和"科学"来"救治中国政治上、道德上、学术上、思想上一切的黑暗"②。

他们倡导的人的思想的启蒙主要是对人的道德思想的启蒙。新文化运动有两面旗帜,一个是"提倡新道德,反对旧道德",另一个是"提倡新文学,反对旧文学"。他们注重的是文学对道德觉醒、精神独立的作用,并不强调文学对人的心灵和情感的陶冶。胡适说的"凡受这个新世界的新文化的震撼最大的人物,他们的人格都可以比上一切时代的圣贤,不但没有愧色,往往超越前人"③,明显属于过分自信。再就是在政权更迭频繁、政令有令不行的背景下,这些教育主张到底有多少能落到实处委实是一个问题。在20世纪二三十年代,有许多对教育的抱怨与批判,文学教育的实绩也并不乐观。

不破不立的现实困境让新文化志士磨刀霍霍向"儒学",但是这在一定程度上造成了中国文化、思想的割裂,尤其是在传统文化的传承上造成的损失很大。在当时的社会文化背景下,新文化运动的倡导者颇有一股视传统儒家文化为洪水猛兽的劲头,为了能树立"科学""民主"思想,不惜将"国故"全盘否定。这样的劲头虽有助于"破旧立新",但是割裂了古代与现代、旧学术与新学术之

---

① 李大钊:《自然的伦理观与孔子》,见《李大钊文集》(上),北京:人民出版社1984年版,第264页。
② 陈独秀:《本志罪案之答辩书》,载《新青年》,1919年第1期,第16~17页。
③ 胡适:《写在孔子诞辰纪念之后》,见欧阳哲生编:《胡适文集》(卷5),北京:北京大学出版社1998年版,第412~413页。

间的连续性。

新文化运动时期,出现过多次激烈的论争,包括文言与白话的论争、新文学阵营与学衡派论争、关于整理国故的论争等,文化自由主义、保守主义、马克思主义等各种文化思潮涌动。通过这些论争,我们可以从不同派别的观点中看到关于如何继承传统文化的各种论点,这些论争也反映了当时的知识界在激进地反对儒学的过程中进行的自我反思。

当代社会在人的本质、人的存在、人的发展等方面的思考逐渐深入,文化模式冲突、自我意识失衡等问题依然存在,因此,人的自我反思和自我理解依然是焦点问题。

爱因斯坦曾说"关心人的本身,应当始终成为一切技术上奋斗的主要目标"(1931年2月16日在美国加利福尼亚理工学院的演讲)。无论传统意义上的文学教育的发展是否已经到了举步维艰的地步,我们仍然需要通过新形式的文学教育及其他途径的教育塑造"健全的人格"。

(二) 文学教育与人文精神的培育

人文精神主要表现为对人的尊严和价值的尊重。虽然早在《周易》中就出现了"人文"一词,但是现代我们通常所说的"人文精神"这个词主要是从西方的"人文主义"演变而来的。楼宇烈指出,人文精神的内容包括人的价值理性、道德情操、理想人格和精神境界,"包含着信念、理想、人格和道德等"[①]。

1. 文学教育与传统人文精神的传承

新文化运动处于延续了几千年的封建帝制的结束而亟须打破封建思想枷锁束缚的时期、传统价值观遇到颠覆性冲击的时期、新的思想和精神亟待建立的时期。在西方民主与科学精神的指引下,先进的知识分子左突右击,迅速地确立"养成健全人格、发展共和精神"的教育宗旨,这一个高屋建瓴的教育导向为文学教育坚持"尊个性""张精神"等目的提供了纲领性的支持。但是,当时过于看重对西方人文精神的效法,对中国古代人文精神一味地否定,这也造成了新文化运动时期人文精神生成与失落并存。

楼宇烈的《论中国传统文化的人文精神》一文说:"中国传统文化的人文精神把人的道德情操的自我提升与超越放在首位,注重人的伦理精神和艺术精神

---

① 陈勇:《科学精神与人文精神关系探析》,载《自然辩证法研究》,1997年第1期,第23~28页。

的养成等。"① 当今文化、教育等领域在吸收借鉴现代西方文化思想的同时，也高度重视继承和发扬优秀的中国传统文化，实现传统人文精神和现代人文精神的融合和交流。但是，清末民国时期，无论是戊戌变法，还是新文化运动，都是在破旧立新的口号下，把传统文化和现代文化对立起来。为了彻底地反帝反封建，新文化运动倡导者决意打倒世代相传的儒家伦理和孔孟之道，中国的文学传统受到前所未有的冲击。这一时期的文学教育主张也带有一定的"全面西化"的倾向，凡是传统的就被误认为是落后的，未免存在矫枉过正的情况，例如，对传统的伦理道德一概否定，将孝、仁等思想也列入封建伦理，对传统教育方式盲目排斥，将尊师重教的一些做法也列为陈规陋习。全盘否定传统文化，意味着对过去的背叛，费孝通曾说"文化不仅仅是'除旧立新'，而且是'推陈出新'或'温故知新'"②。

有些学者把当前人文精神的低迷归咎于新文化运动中造成的文化断裂，但是也有学者认为，中国传统人文精神的失落一方面受外在形势的逼迫，另一方面是因为传统人文精神自身价值体系结构与社会发展日渐背离。高瑞泉等认为"人文学术中人文精神的低迷，恐怕有一个更深刻的背景，就是近代以来浸淫日深的价值失范"③。

从新中国成立到现在，我国发生了多次关于人文精神的讨论。第一次，从1978年到1984年，在改革开放的大潮中，社会面对"物欲横流"的风险，全国兴起了人道主义和异化问题的大讨论。此次讨论围绕着"什么是人性""什么是人道主义"等问题展开，宣传和促进了社会主义人道主义的实施。第二次，从1993年到1996年，文艺界又兴起了人文精神大讨论。这次的讨论以《上海文学》和《读书》杂志为主，全国多家报刊社参与讨论。讨论的主要问题是"是否存在人文精神的失落""市场经济与人文精神的关系"等，王晓明等犀利地指出"文学的危机实际上暴露了当代中国人人文精神的危机"④，这场讨论进一步认识到了在社会主义市场经济条件下社会面临的人文精神的培育问题。第三次是从2003年至今，理论界兴起了"以人为本"的争论，有感于当今世俗化社会

---

① 楼宇烈：《中国传统文化中的人文精神》，载《现代国企研究》，2011年第3期，第98~102页。
② 费孝通：《关于"文化自觉"的一些自白》，载《学术研究》，2003年第7期，第5~9页。
③ 高瑞泉、袁进、张汝伦等：《人文精神寻踪》，载《读书》，1994年第4期，第73~81页。
④ 王晓明、张宏、徐麟等：《旷野上的废墟——文学和人文精神的危机》，载《上海文学》，1993年第6期，第63~71页。

自身价值的失落,希望在世俗化社会中重新建立人文精神。

当前,我们处于信息化的时代背景下,"信息过载""知识焦虑""思想迷惘",人文精神的培养面临巨大的挑战。但是相较于新文化运动时期,我们能更理性地对待中国古代的人文精神,能对人文精神有兼顾中西的、更为全面的认识。我们面临新的挑战,也有新的发展契机。

北京大学将蔡元培提出的"兼容并包,思想自由"作为校训,陈寅恪先生在1929年所作的王国维纪念碑铭提出"独立之思想,自由之精神",这成为中国知识分子追求的学术精神与价值取向。人类需要自由的、审美的、精神的活动,即便这种活动不是文学,也会是其他的艺术形式。人文精神的教育不可荒废,人需要有自己的思想和"精神的底子",如果没有自己的信仰,就会依附于外在的"权威",过一种盲目而被动的生活。

2. 文学教育与现代人文精神培育

张志公曾说:"文学教育是一种精神教育、思想教育、美学教育,同时它又是一种非常有利于智力开发的教育。"[①] 这句话提到的"精神教育""思想教育""美学教育",每个词的内涵和外延都远远超出文学教育涉及的内容,但是文学教育要兼涉这几个领域。文学教育是一种精神教育,也是一种艺术教育,但是与通常说的思想政治教育不同,文学作为"人学",具有审美性、娱乐性,能陶冶情操、净化心灵。文学教育可以愉悦身心、启发智识、锻造品格,丰富人的精神世界。那种把文学教育视为思想政治教育的工具的认识和做法,弱化了文学教育作为艺术教育的功能,而单纯地强调了人的精神中的价值观和伦理道德等。

文学作品是优秀文化思想的结晶,曾一度被认为是人文精神的最大载体。鲁迅在《摩罗诗力说》一文中说"盖世界大文,无不能启人生之机","所谓机,即人生之诚理是已"[②]。人生的"诚理",也就是人生的真理、奥妙。伟大的作家将自己对人生的思考融入创作,伟大的文学作品往往能帮助人发掘人生的本质和规律,启发人对人生价值和意义的思考。这些"诚理"虽然微妙,但是对于人生来说非常重要。文学教育不仅仅是要进行文学的篇章分析、思想解读,更重要的是要能引导人进行真善美的探讨和人性的剖析。冯骥才曾说"人

[①] 张志公:《汉语文教学的过去、现在和未来》,见庄文中编:《张志公语文教育论集》,北京:人民教育出版社1994年版,第146页。

[②] 鲁迅:《摩罗诗力说》,见《鲁迅全集》(第1卷),北京:人民文学出版社1956年版,第202~203页。

文精神是教育的灵魂",他对学生的期望是"挚爱真善美,关切天地人"。① 文学教育是这种人文精神教育的极佳途径。

人需要对人性、善恶、自由、生死有基本的理解和是非的判断。《呐喊》自序中鲁迅说"凡是愚弱的国民,即使体格如何健全,如何茁壮,也只能做毫无意义的示众的材料和看客,病死多少是不必以为不幸的"②,这话虽然针对的是20世纪的情况,但是对于当今社会人的精神的培育而言,依然有警示作用。《阿Q正传》中上演的是20世纪的故事,但是今天的人依然能在其中看到这个时代的人的影子。文学,尤其是经典的文学,之所以具有旷世不朽的价值,是因为它们表现的内容能引发对"何者为人"等深刻问题的思考。日本的斋藤孝特别看重阅读经典作品的意义,他专门写了一本书,名为《经典的魅力》,该书详细介绍了五十部文化、哲学及文学名著的精华,其中有一节是"直视人的愚昧与脆弱",这一节中作者推荐了一些书,包括鲁迅的《阿Q正传》、陀思妥耶夫斯基的《罪与罚》、卡夫卡的《变形记》、司汤达的《红与黑》、莎士比亚的《麦克白》等。③ 中国现代文学不乏经典作品,《呐喊》《子夜》《骆驼祥子》这些作品描写了人性和社会的真实存在状态,比如,《呐喊》里的《狂人日记》《孔乙己》《药》《阿Q正传》等体现的道德与善恶、痛苦与救赎,《子夜》体现的资产阶级的贪婪与虚伪,《骆驼祥子》体现的劳苦大众的无知和善良等,这些作品对于世界观尚未成型的青少年,有着不可低估的启蒙作用。

我国当前对少年儿童的文学教育主要通过学校的语文课程及学生的课外阅读来进行。当前的学生教材选择了很多经典的文学篇目。以2016年开始使用的"部编本"中小学语文教材为例,小学语文教材选入了大量耳熟能详的儿童文学篇目,包括《拔萝卜》《雨点儿》《猴子捞月亮》《乌鸦喝水》等,约二百篇;初中语文教材选入了莫怀戚的《散步》、林海音的《爸爸的花落了》、史铁生的《秋天的怀念》、傅雷的《傅雷家书》、冰心的《小橘灯》等;高中语文教材必修(1~4册)编选了鲁迅的《祝福》(1924年)、《记念刘和珍君》(1926年)、朱自清的《荷塘月色》(1927年)、梁实秋的《记梁任公先生的一次演讲》(1922年)、戴望舒的《雨巷》(1927年)等大量文学作品。这些语文教材中的经典篇目都经过了严格筛选,这样做,虽然能让教学内容"文质兼美",但是让学生失去了独立的判断和选择的机会。只有广泛的文学阅读才能培养他们多元

---

① 冯骥才:《人文教育是教育的灵魂》,载《教书育人·校长参考》,2019年第3期,卷首。
② 鲁迅:《〈呐喊〉自序》,载《晨报副刊:文学旬刊》,1923年第9期,第1~2页。
③ [日]斋藤孝:《经典的魅力》,武继平译,厦门:鹭江出版社2016年版,第220~252页。

的价值观，锻炼他们的分辨能力和批判意识。另外，教材所选的作品虽然包括诗歌、散文、小说、戏剧等多种类型，但是其中的小说、戏剧多是节选，散文、诗歌也多以孤立的单篇作品呈现，在一定程度上来看，这不是"真正的书"。文学教育需要引导学生读真正的书，读整本的书，而不是经过加工、解释的"课本"。教材中规定的教学内容和方法对于文学阅读来说束缚过大，学生需要有真正的、出自自身的、带有一定阅读目的的文学阅读。

第二节　"儿童是人"观与人的自我意识和社会角色意识的培养

五四新文化运动的"旗手"陈独秀在新文化运动时期发表了大量文章，其中很多文章很有意义，例如，《敬告青年》（1915年）、《人生真义》（1918年）、《"五四"运动时代过去了吗？》（1938年）和《抗战与救国》（1938年），仅从这些题目我们就可以对那个时代的主题窥见一斑。在当今中国，人们过着和平安定的生活，我们不需要面对抗战与救国等严峻的形势，但是面对青少年自我意识和社会角色意识培养这一课题，我们不禁思考这些问题：人生的真义是什么？五四运动时代的精神过时了吗？在今天我们是否还需要敬告青年？

五四运动，是中国新民主主义革命的发端，也是青年学生首次成为中国社会先锋力量的时刻。五四运动以后，以学生群体为代表的年轻一代的意识进一步觉醒。这里所说的觉醒主要表现在两个层面，一个层面是个体自我意识的觉醒，另一个层面是社会角色意识的觉醒。有了这两个层面的觉醒，便能实现杜威所说的个人的和社会的"经验的改造"。杜威认为，在故步自封的社会，教育主要关注如何将所属社会团体的精神灌输给未成年人，将维护已有的风俗习惯作为价值标准。而在进步的社会则不然，"进步的社会力图塑造青年人的经验，使他们不重演流行的习惯，而是养成更好的习惯，使将来的成人社会比现在进步"①。我们身处进步的社会，还应继续塑造青年人的经验，以使将来的社会比现在更进步。

（一）年轻一代个体自我意识的激发

五四新文化运动在当时最大的成功在于它对"人"的自我意识的激发。这

---

① ［美］约翰·杜威：《民主主义与教育》，王承绪译，北京：人民教育出版社2001年版，第89页。

一时期对年轻一代的文学教育实现了"儿童的人"和"儿童是儿童"的双重发现。前者是人解放思想的一种反映，是人性的发现；后者是个性主义思潮的一种表象，是儿童性的发现。这些关于教育对象的新认识，对当时家庭的改造、教育的改造、文学教育的改造等都具有建设性的意义。

新文化运动时期"儿童是人"的思想的发展有其本土发源的基础，但也受了杜威儿童中心主义等国外教育潮流的影响。1919年5月至1921年7月，杜威在中国访问、讲学，他先后在北京、南京等城市举办了"七八十个不同的讲座论坛"①，他的"儿童中心"教育理论对中国的儿童地位的提升和儿童文学的发展有重要的推动作用；同时，当时重视儿童的个性发展符合国外教育潮流。从时间上来看，中国新文化运动时期与日本的大正时期（1912—1926年）处于相近的时间段，日本大正时期也在大力提倡尊重儿童的个性和自主性，例如，日本《赤鸟》等儿童文学杂志发表了大量提倡儿童的自主教育的文章，主张"开发和保护儿童的纯性"②。

虽然"儿童的发现"和个性自由是当时国外教育的潮流，新文化运动健将也做了大量的宣传并取得了很多实绩，但是顽固的传统思想依然禁锢着保守者的头脑，对于当时觉悟的新青年来说，个人真正的独立和自由依然是难以实现的奢求。在当时的中国，知识青年生活在封建与民主激烈对抗的时代中，他们的个人意识逐渐觉醒，但是社会中封建思想依然顽固，这无疑会让他们非常痛苦。鲁迅等曾说："人生最苦痛的是梦醒了无路可以走。"③ 1927年，丁玲发表在《小说月报》上的小说《梦珂》塑造了一个接受了新文化运动思想的新青年形象——梦珂，她充满正义感，追求个人的解放，敢于反抗欺负女模特的教师，毅然离开了看起来温柔实际浪荡的表哥，勇敢地谋求圆月剧社的演员职位，但是污浊的社会环境让她屡屡受挫，一直处于自我肯定与自我否定的矛盾中，最终一步步走向令人悲哀的结局。这部小说反映了那个时代的青年无路可走的处境，它再次警醒世人，革命还没有到底，必须打破这样的社会困境，才能有真正的出路。

当今社会，自由、独立的意识早已深入人心，新文化运动时期青少年梦寐

---

① Barry Keenan. *The Dewey Experiment in China*：*Educational Reform and Political Power in the Early Republic*. Cambridge：Harvard University Press，1977，p. 30.
② 刘菲：《大正时期儿童文学中的"儿童"发现》，北京外国语硕士学位论文，2019年，第41页。
③ 鲁迅、陆学仁、何肇葆：《娜拉走后怎样》，载《妇女杂志》（上海），1924年第8期，第1218~1222页。

以求的个性自由与独立在当今已成为社会共识。但是，"自由"具有两面性，过度的"自由"让很多人迷失了自我，当前，年轻一代的个体自我意识的培养又面临着许多新问题。例如，青少年在职业选择上的迷失问题：2016年，QQ浏览器发布的《关于2016高校毕业生毕业去向的大数据报告》显示，大学生的就业渠道选择呈现多元化、网络化、娱乐化的趋势，伴随网络时代应运而生的各类新兴职业是不少"95后"向往的（选择率超过8%），其中，"主播/网红"所占比例高达54%。①2017年，一则消息引发热议，某全日制本科高校设置了"星运网红（行业）学院"②，虽然这一"网红学院"仅是学校与企业进行"校企共建"的一个合作项目，但是引发了人们对大学开设"网红"专业的联想。高校毕业生及高校的这些做法，体现了处于当前网络化、娱乐化的社会文化之下的人们的浮躁心态。又如，学生"人"与"文"分离的问题：在片面追求升学率的背景下，为了在考试中博得高分，有的学生背诵优秀作文选，有的学生写新"八股"式的套路式作文，有的学生甚至不惜编造父母离异或父母双亡等悲情故事。鲁迅在《作文秘诀》一文中曾谈到对作文的要求，他强调作文要"有真意，去粉饰，少做作，勿卖弄"③。对应当前考试作文的怪现状，鲁迅这些话句句有针对性。作文"说真话"的教育，说到底就是一种"做人"的教育，当今时代不需要"作文是一套，内心是另一套"的双重人格的"人"，教育依然要抓好最基本的"人"的教育。

新文化运动时期，中西思想不断冲撞，是一个新旧文化更替的时期，是一个青年人作为独立的个体自觉地表达自己向往的开创时期，这一时期虽然面对着内外交困的严峻社会现实，但进步青年对"独立之精神，自由之思想"依然孜孜以求。这一时期文学教育发挥的塑造新人的作用功不可没，值得今天的教育借鉴。舒新城有深刻的见解，他说："今日中国的所谓教育家——至少在我看来，却都有几分非人的成分在里面"，"教育家以为文学作品是茶余酒后的消遣品，不足以登大雅之堂的。可是支配中国社会的不是什么圣经贤传，却是《水浒》《红楼梦》《聊斋志异》《西厢记》几本家喻户晓的小说"。④他还进一步指出："教育家为培养青年的人性，固然不当禁止他们阅读文学作品，而且当引导

---

① 《QQ浏览器大数据：95后迷之就业观！》，https：//www.sohu.com/a/104219333_162522（访问时间：2016年7月11日）。
② 《这所高校居然开设"网红"专业？你怎么看？》，https：//www.sohu.com/a/196985844_503442（访问时间：2017年10月9日）。
③ 鲁迅：《作文秘诀》，载《申报月刊》，1933年第2卷第12期，第103~105页。
④ 舒新城：《教育家与文学》，载《北新》，1927年第2期，第139~145页。

他们去读；就是为自己在神圣或鬼怪的生活中求保持人性也不可不多读文学作品，以为'复活'的根基。"①

（二）青少年社会角色意识的培养

自"五四"以来，社会对青少年的重视从未减弱，对青少年思想发展和社会角色意识培养的关注也从未止歇。20世纪80年代，一篇署名"潘晓"的读者在《人生的路啊，怎么越走越窄》的来信中表达的苦闷消极情绪引发了全国青年的共鸣。进入21世纪，关于年轻人思想与价值观的讨论仍在继续。2016年，在第九届新东方家庭教育高峰论坛上，徐凯文发表了题为"时代空心病与焦虑经济学"的主题演讲②，引发了一场关于"北大空心病"的热议。北大的学生可以说是"天之骄子"，都是从"千军万马挤独木桥"的严峻升学压力下拼杀出来的"人生赢家"，但是他们有很高比例的厌学情况，甚至有的人因不知道人生的意义何在而存在自杀倾向。与20世纪80年代的人生观的讨论不同，这一"空心病"的讨论更多地将矛头指向教育，我们不禁思索，当今的教育到底存在怎样的问题？教育如此受重视，又为何如此被质疑？

20世纪30年代，周作人写过一篇《谈中小学》的杂文，表达了对中小学生学习生活的真挚关切和深沉担忧。在周作人看来，当时人们常以为私塾不好，因为私塾有体罚的陋习，而他认为，塾师有严苛的也有宽松的，进了私塾不一定就是"落了监牢"。然而，当时的新式学堂却是一律严苛。虽然新式学堂没有体罚，但是中小学把学生看得太高，"须得才兼文武，学贯天人"，用"黎山老母训练英雄的方法"来训练学生，一天八点、十点的功课，晚上做各种宿题，"我常听见人诉说他家小孩的苦和忙于中小学功课与训练，眼看着他们吃受不下去"，这种"功课的繁重与训练的紧急"让人害怕。③ 周作人写的虽然是近一百年前的事情，但是对比当今，现在的情形又何尝不是这样呢？周作人的这番话，在今天读来依然发人深省。

当今教育也存在用力过猛的情况，现在的中小学生也得每天做八点、十点的功课，也得琴棋书画样样皆通、"才兼文武"，可以说，与周作人笔下的情形相比，有过之而无不及。更令人担忧的是，当今教育不仅用力过猛，而且靶向

---

① 舒新城：《教育家与文学》，载《北新》，1927年第2期，第139~145页。
② 徐凯文：《为啥教师家庭孩子心理健康问题高发》，http://edu.china.com.cn/2016-11/16/content_ 39714080（访问时间：2016年11月16日）。
③ 周作人：《苦竹杂记·谈中小学》，石家庄：河北教育出版社2001年版，第209~211页。

不正。在部分家长和教师的心目中，教育的目标是让孩子"成材"，而不是"成人"。"成材"的标准是"考上大学""出人头地"，教育中充斥着"不能输在起跑线上""考场就是战场"等口号。在实际的生活中学生每天处于学校、家庭两点一线的生活中，每天起早贪黑忙碌于各种习题和考试，连收拾自己的房间都无暇顾及，更别说去操心什么社会问题了。高中生无暇关注社会，大学生不愿关注社会，试想，这样教育出来的孩子如何具有独立的精神和健全的人格，如何能有社会责任感和担当意识？

民国时期对学生的社会角色意识和家国情怀培养的重视程度，从那个时代的"高考"作文试题中也可见一斑。1912—1937 年，各院校自行招生，是否考作文，如何命题，全由各院校自主决定。齐鲁大学的题目则是"语谓'多难兴邦'，试申其说"，东吴大学的题目是"论青年救国之方针"。① 这些题目让我们感受到了教育者的拳拳爱国之情，也让我们看到了国难面前教育界如何引导青年表达抗日报国的热情。教育的力量虽是无形的，却是强大的。

在青少年社会角色意识和家国情怀培养的过程中，教育始终处于关键性位置，它一方面被认为是造成"空心病"等青少年问题的原因之一，另一方面也被认为是培养青少年社会角色意识的重要途径。对于如何培养青少年的社会角色意识，新文化运动时期的文学家和教育家的观点启示我们：要教育年轻一代正视社会的问题。一个世纪前，大多数人面对繁杂的社会问题没有正视的勇气，因为中国的圣贤教人"非礼勿视"，中国的各种"礼"又非常严格，所以年轻人往往低眉顺眼，麻木地隐匿于混乱的社会之中，于是鲁迅等"独醒者"睁开了眼看，看清了当时的现实，故奋起呼告。鲁迅曾说"必须敢于正视，这才可望敢想，敢说，敢作，敢当"②。他于 1921 年发表的《阿 Q 正传》以辛亥革命前后的农村为背景，塑造了一个麻木的流浪雇农阿 Q 的形象，这个形象就像一面镜子，照出了暗藏国民心中的扭曲、麻木的灵魂；阿 Q 的"精神胜利法"可笑又可悲，鲁迅"哀其不幸，怒其不争"，用辛辣的讽刺揭示出愚昧的国民性，"揭出病苦，引起疗救的注意"③。从一个社会怎样对待下一代可见这个社会的良心，从一个时代有怎样的下一代可预知时代的未来。习近平总书记在纪念五四运动 100 周年大会上的讲话中指出："国家的希望在青年，民族的未来在青

---

① 樊晓敏：《民国时的高考作文》，载《视野》，2020 年第 19 期，第 14~15 页。
② 鲁迅：《论睁了眼看》，载《语丝》，1925 年第 38 期，第 1~2 页。
③ 鲁迅：《我怎么做起小说来》，载《日语月刊》，1935 年第 3 期，第 131~135 页。

年。"① 儿童、少年、青年是一个民族的未来和社会的希望，肩负着种族繁衍发展的重任。

第三节 "语""文"双新观与信息时代文学教育内容的选择

新文化运动时期，没有网络游戏、没有网络文学，阅读是人们最重要的文化生活方式。那是一个社会变革、思想转型的时代，新思想、新文化、新文学不断涌现，文学成为进步人士传达新观念的载体，新文学的阅读成为进步青年的标志之一。在那个时代，文学创作取得了辉煌的成就，学生成为文学盛宴的幸运"食客"。当今，社会正在步入信息化时代，人们的价值观念、思维方式、心理状态等呈现多元化特点，人的精神培养与人格塑造需要通过更多样的途径来实现。时代不同，文学教育的目的、内容、途径等也会有很大的变化。面对变化，有的时候要强调"以不变应万变"，有的时候讲究"变则通、通则达"。面对新时代，文学教育内容的"变"与"不变"就体现在其经典性和时代性的统一上。

（一）文学教育内容的经典性

鲁迅在1925年写作的杂文《论睁了眼看》中曾说"文艺是国民精神所发的火光，同时也是引导国民精神的前途的灯火"②。文学是中华辉煌文明的重要组成部分，虽然时代思潮更替、技术革新，但是经典的文学及其成就的文明依然熠熠生辉。文学教育需要传承经典，并且要注重传承经典中蕴含的不朽的精神。

从古至今，文学成就灿烂辉煌，但是在当今文学进入多元化时代之时，人们对经典则缺乏敬畏之心。传统文学经常被曲解或误读，新产生的文学作品又良莠不齐，鉴于此，在文学教育中倡导文学经典的教育势在必行。但是文学经典中有古代文学经典、现代文学经典和外国文学经典，如何对待它们是文学教育的一个重要问题。

首先，如何对待古代文学经典。新文化运动中，有多次关于"国故""国学"的论争，无论是传统派还是改革派，他们心目中的"国学"都是以孔子为

---

① 习近平：《在纪念五四运动100周年大会上的讲话》，http://www.xinhuanet.com/politics/2019-04/30/c_1124440193.htm（访问时间：2019年4月30日）。

② 鲁迅：《论睁了眼看》，载《语丝》，1925年第38期，第1~2页。

代表的儒家经典。儒家经典虽然因其所含的"三纲五常"等封建思想而饱受诟病，但是它依然是中国古代文化的"正统"。对于当今的文学教育来说，如何合理地传承古代文学经典，新文化运动中的论争与实践依然能给我们很多启示。从新文化运动时期的社会环境看，那是一个亟须破旧立新的时代，如果不把旧的思想权威打倒，国人新的思想就树立不起来。不管是袁世凯复辟还是张勋复辟，每次复辟都要尊孔读经，读经与旧制度有千丝万缕的联系。蔡元培等教育家主张废止读经并开拓思想，主张培养健全人格，这在当时的历史背景下是有很强的现实针对性的，得到了同时代许多教育家、思想家的热烈响应。从今天的角度来看，废止读经好像过于偏激。在弘扬优秀传统文化的今天，教育有了更强的包容性，教育界出现了"国学热""经学热"，一群小学生穿上汉服摇头晃脑地背诵《弟子规》的场景，是否是从"废止读经"这样偏激的做法走向了另一种偏激的做法呢？1919年，胡适在《新思潮的意义》一文中系统阐释了反传统派对待国故的四大原则，即"研究问题、输入学理、整理国故、再造文明"。并且主张运用"大胆假设，小心求证"的方法对国学进行整理，以期再造文明。[①] 在今天看来，胡适的这一主张依然值得借鉴。

其次，如何对待现代文学经典。现代文学有现实主义的，也有浪漫主义的，有消遣娱乐的，也有革命奋进的，当今的文学教育常从现代文学中采撷素材。对于文学教育来说，新文化运动时期形成的文学精神最值得青少年学习、发扬。文学革命以来的新文学汲取了西方理性主义、民主主义、人文主义等文化思潮的营养，充溢着"人的发现"的思想，使文学精神达到了一个全新的境界。鲁迅说过，"没有冲破一切传统思想和手法的闯将，中国是不会有真的新文艺的"[②]。从陈衡哲的《老夫妻》、鲁迅的《狂人日记》开始，新文学就冲破传统思想和手法，一方面用通俗的白话文代替文言文来进行创作；另一方面舍弃帝王将相、男欢女爱等陈旧的内容，转而写普通人的现实生活。其后，叶绍均的《这也是一个人？》、胡适的《人力车夫》、周作人的《两个扫雪的人》、冰心的《超人》等新文学作品的产生都是新文学创作的初步探索。他们对新的文学形式虽然有些生疏，但是使用的素材和写作手法大胆新奇。这些作品无论是写不幸的人的悲哀，还是写抗争中的人的勇气，都是以激发人的独立、人的自由为落脚点，并且展现出了作者各自的风格特点。这种在文学创作中冲破一切、不受束缚的精神，正是新文化运动反抗传统、勇于抗争精神的体现。这一时期的文

[①] 胡适：《新思潮的意义》，载《新青年》，1919年第1期，第12~19页。
[②] 鲁迅：《论睁了眼看》，载《语丝》，1925年第38期，第1~2页。

学，不管是鲁迅对"国民性"的深刻剖析，还是郭沫若对劳动人民力量的热情讴歌，都成为激发青少年的抗争意识和改革决心的催化剂。新文化运动成就了中国现代"不可一世"的新文学，其中，文学精神成为文学教育中闪闪发光的精神瑰宝。

最后，如何对待外国文学经典。鲁迅在《拿来主义》中说"没有拿来的，人不能自成为新人，没有拿来的，文艺不能自成为新文艺"，并强调"拿来"很重要，但要讲究方法，"首先要这人沉着，勇猛，有辨别，不自私"。[①] 在新文化运动时期，先进知识分子着重引进充满人文精神、关注社会现实、敢于直面社会与人生的作品，这些作品具有持久的艺术生命力和强大的精神感召力。

（二）文学教育内容的时代性

每种教育在人的教育生涯中都占相当重的分量，而文学教育是精神教育，也是艺术教育，但是，随着时代的发展，精神教育和艺术教育的途径日益丰富，传统文学教育的地位逐渐式微。在印刷术的普及与世俗化、大众化教育的时代，纸质的文学作品具有很强的亲和力。新文化运动时期，文学能被选为思想启蒙与精神塑造的媒介，与纸质媒介的流行有很大关系。在当今信息化的时代，虽然依然有纸质媒介的文学作品，但是文学的数字化趋势明显，并且在视觉媒体迅猛发展的形势下，自媒体、电影等势必成为人类课外学习、休闲娱乐的主阵地。传统意义上的文学教育的精神教育、美学教育的功能逐渐被其他传播媒介取代，人们通过手机、计算机独立发表作品，接收信息的能力渐趋发达。如今，虽然很多影视作品改编自文学作品，但是如果奢求现在的文学像新文化运动时期那样取得"轰动效应"，那是不现实的。

当今，人们的观影热情远远超过读书的热情。由中国新闻出版研究院组织实施的第十七次全民阅读调查在 2020 年 4 月 20 日公布了调查结果："2019 年我国成年国民人均纸质图书阅读量为 4.65 本"，"人均电子书阅读量为 2.84 本"。[②] 相比之下，则有越来越多的人选择走进电影院看电影，"据灯塔数据，2 月 26 日 18 时 58 分，中国电影市场 2021 年度总票房（含预售）已突破 150 亿元，总观影人次 3.42 亿"，其中，2021 年春节档的最高票房电影《你好，李焕

---

① 鲁迅:《拿来主义》，见《鲁迅全集》（第 6 卷），北京：人民文学出版社 1981 年版。
② 《第十七次全民阅读调查出炉，你的阅读达标了吗?》，https://baijiahao.baidu.com/s?id=1664567635363528057&wfr=spider&for=pc（访问时间：2020 年 4 月 21 日）。

英》的票房则为45.69亿元。① 人们的日常娱乐、休闲方式已经从阅读转向影视观赏、网络游戏等。

不仅在娱乐休闲领域文学已经很难占据优势，即便是在文学专业领域，文学创作的热情也被学术研究代替。面对学术著作汗牛充栋而文学书被挤到角落的情况，郜元宝曾哀叹"这个时代的总体文化将极其糟糕"②。那么，在视觉媒体蓬勃发展、文学创作和阅读热情不高的今天，文学教育该何去何从呢？

从进化论的思想来看，"变则通、通则达"。欧洲文艺复兴时期拉丁语的使用，中国新文化运动时期白话文的应用，当今电子文本的应用，都是社会发展的选择。文学教育与社会联系紧密，社会在发展，文学教育也要与社会发展相适应。希利斯·米勒曾探讨过"数字时代为何要读文学"这一话题，他认为数字时代带来了图书馆、书本、知识概念等在内涵和外延上的变化，"我们变得愈加实用主义，总是盼望尽可能快地获取信息，而不是细细品味书之智性和视觉的愉悦"③。

文学教育涉及家庭教育、学校教育和社会教育多个层面。家庭教育中文学教育仍然是重要内容，而且随着社会和家庭对教育投入的增加，儿童文学阅读的外在环境越来越好。精致的绘本、敞亮的图书馆、温馨的亲子阅读，无不彰显我们对儿童文学教育的重视。学校教育用的教材选取了一些文学作品，如诗歌、儿歌、小说片段、散文、戏剧等，这些作品丰富了学生的阅读，而且教材通过"名著导读"等形式鼓励学生在课外进行大量的阅读，也是助力少年儿童文学阅读的新颖形式。但是，课堂教学中的这些文学作品的教学有时仅作为学生学习语言文字的材料，或者是对学生进行思想教育的载体，从审美与精神教育的角度来定位文学教育实际上较少。在社会教育中，人们的阅读兴趣正在从传统的纸质文本转向网络文学的阅读。随着技术的发展，人们的生活方式和消费观念正在改变，选择阅读网络文学也无可厚非。但是网络文学质量良莠不齐，在物质利益的刺激下，很多作家放弃了文学创作应有的人文关怀和精神陶冶的立场，转而表现出对金钱或者物质欲望的追逐，这是非常值得警惕的问题。

---

① 《新纪录！中国电影市场2021年度总票房破150亿元》，http：//k. sina. com. cn/article_1635270132_61783df402000z4pg. html（访问时间：2021年2月26日）。
② 郜元宝：《为热带人语冰——我们时代的文学教养》，上海：上海教育出版社2004年版，第4页。
③ J. Hillis Miller. "Cold Heaven, Cold Comfort：Should We Read or Teach Literature Now？". Paul Socken（ed）. *The Edge of the Precipice：Why Read Literature in the Digital Age*，Kingston：McGill-Queen's University Press，2013，pp. 154.

当前的主导媒介从印刷的书籍转向数字媒体，文学的载体、内涵都发生了变化。技术的进步可以促进新思想的传播，但并不等于技术进步可以直接引起新思想的发展。无论技术如何发展，优秀的文学作品都是文学教育所依赖的基本载体。无论是在家庭、学校还是在社会，不管文学作品的媒介是纸质的还是电子的，文学作品的内容都是最重要的。

新文化运动时期的"人的文学"思想展现了文学教育应该有的精神面貌，那时文学教育的世俗化、大众化倾向也为文学教育的发展指明了方向。虽然当代文学创作面临现实主义批判精神滑坡的风险，但是依然有不少作品传承了新文化运动以来的现实主义精神，产生了许多关注普通人命运的优秀作品，如路遥的《平凡的世界》、张平的《抉择》、陆天明的《苍天在上》、周梅森的《人间正道》等，它们都聚焦于底层人民的生存境遇，体现了人道主义的立场和现实主义的批判精神。

第四节 "自动"读赏观与教育4.0时代文学教育方法的革新

2020年1月14日，世界经济论坛发布了"教育4.0行动"的首份成果——《未来学校：为第四次工业革命定义新的教育模式》白皮书，重新定义了新经济下优质学习的特征，包括"全球公民技能、创新和创造力技能、技术技能、人际交往能力、个性化和自定进度学习"[①]等八个方面。新文化运动中对"个性"培养的提倡和"自动"读赏等教育思想，依然符合当今的教育理念，对于实现"个性化和自定进度学习"有积极的指导意义。

（一）文学教育的自主与自动

受"人格教育""自动主义""儿童中心主义"等教育思想的影响，新文化运动时期的文学教育主张自动式的教育，在课堂教学方法方面，影响较大的有浙江省立第一师范学校基于学生自动的白话文教学法、黎锦熙的"自动主义的形式教段"等；在课内外的自主阅读方面，有文学教育的本能论、情意论等。这些都是基于学生的自主、自动的教育主张。在这一时期，为了促进学生自主的人格发展，结合白话文好读、易懂的特点，教育界力主改变传统的教学思维

[①] 世界经济论坛：《未来学校：为第四次工业革命定义新的教育模式》，载《教育智库》，2020年第4期，第3~32页。

和方法,由传统的教师逐句地讲解、学生被动地接受转变为学生自主地阅读、教师适当地点拨。这是对传统教学中教师作为文学解读和教学权威的一种反抗,凸显了学生的地位。正如这一时期经亨颐、杨贤江、陶行知等教育家在学生管理方面提倡的"学生自治"一样,学生自治"是我们数千年来保育主义、干涉主义、严格主义的反应"①。在新的教育理念下,教育给学生松绑,让原来只能作为被动的受教育者的学生站到教育的中心位置来,让他们能自主地进行阅读,自动地进行学习。

"自动"和"被动"看起来是学习方式的不同,但是对于教育的效果来说,有本质的差别。处于被动学习地位的学习者往往会对学习中遇到的问题持无动于衷的态度,而持主动学习观念的学习者则善于利用所学的知识和自身的经验去创造性地解决问题。从更深层次上来看,"自动"与"被动"的教育在塑造学生"个性""人格"方面的差异更为明显。在被动的状态下,学生倾向于依赖他人,消极执行他人的计划和命令;在自动的状态下,学生才能形成自主的意识,进而形成自由、自主的完全人格。

当今文学教育也应该将阅读和学习的自主权交给学生。在学生自动方面,当前的文学教育面临着新的挑战:一是,当前传统文学和现代文学、主流文学和非主流文学、纸质媒介文学和网络文学等呈现多元共存的态势,面对错综复杂的文学阅读环境,无论是家长还是教师都不敢将文学阅读的选择权交给学生。为了能让学生读到内容"健康"且有价值的文学作品,教育界从教材的编选、课外读物的推荐到网络的使用都进行了层层把关,但是这样的把关,往往存在一定的偏见,对文学的新变化反应滞后,思维固化、视野狭隘。这样的文学教育只能是片面的文学教育,当有一天学生进入没有管控的、自由的文学世界的时候,有可能因为不懂辨别、无法整合等原因而茫然无措。二是,在各种媒介迅猛发展的形势下,文学被拉下神坛,有被边缘化的倾向。但是,当前人格在塑造过程中,依然需要发挥文学对人性的关怀,对人的情感的抚慰功能。在这样的形势下,如何让学生自主、自由地享受文学阅读带来的快乐便成为一个极富挑战性的课题。

(二) 文学教育的自由化和现代化

新文化运动时期,文学家和教育家积极改进文学教育,改变文学的语言形式和体裁样式,不断更新文学创作理念和教育理念,促进文学教育与时代发展

---

① 陶行知:《学生自治问题之研究》,载《新教育》,1919年第2期,第94~102页。

和社会现实的密切结合。虽然当前的时代背景和新文化运动时期不同,但是当时那种勇于变革的精神依然值得学习。

21世纪的读者越来越多地通过手机、电脑和数字阅读器等设备对数字形式的交互文本进行阅读与学习。据2019年度的全民阅读调查的数据显示:"手机和互联网成为我国成年国民每天接触媒介的主体,纸质书报刊的阅读时长均有所减少。"①。当今时代被称为"读屏时代""多媒体时代"或"数字化时代",在这样的时代,越来越多的阅读材料和大量读者的出现创造了"阅读本质上的根本性转变"②。长期立足于纸质文学阅读的基础之上的文学教育理念,运用在当今数字化时代的文学教育中显然不合时宜。数字化时代的文学的基本特点是虚拟性和交互性。在数字化文学中可以提供"虚拟现实"和交互链接,阅读者可以沉浸其中,甚至可以参与情节发展。这种交互性、体验性更强的文学样式,与当前读者的好奇心理和阅读需求相适应。文学教育只有适应这种变化,并随着文学形式、教育对象、教育环境的变化不断调整教育方式,才能让具有审美和情感教育功能的文学教学焕发新的生机与活力。

数字化的文学凭借超文本技术和交互功能,具有自由的表达方式;多媒体时代的文学教育也应该实现阅读与交流的自由化、教学形式的自由化。数字化技术正在改变教育环境,其能为学习者提供异步参与、无处不在的学习机会。数字化阅读与纸质文本阅读则有很大的差异,面对数字化阅读的强势发展,抗议和赞成的声音兼有。例如,有的研究论述了数字化文本引发的信息过载问题,认为随着可用书籍数量的不断增长,读者只会在书中搜索或浏览,并不会认真阅读这些书的内容;③ 有的研究则认为,数字化阅读有巨大的能力,支持深层结构理解策略以及新知识的教学和学习。④ 我们目前尚不能断定数字化阅读究竟会有什么影响,也很难判定这些讨论谁对谁错,但是,媒体的变革必然与阅读实践的变革联系在一起,这是发展趋势。正如沃尔特所说:"技术是人为的,但是(又一个悖论)人的自然是人为的。技术,适当的内部化,不会降低人类的生

---

① 《第十七次全民阅读调查出炉,你的阅读达标了吗?》,https://baijiahao.baidu.com/s?id=1664567635363528057&wfr=spider&for=pc(访问时间:2020年4月21日)。

② R. Daniel. "Early Modern Information Overload". *Journal of the History of Ideas*, Vol. 64, No. 1, 2003, pp. 1-9.

③ R. Daniel. "Early Modern Information Overload". *Journal of the History of Ideas*, Vol. 64, No. 1, 2003.

④ Pryor David. *Digital Readers as a Tool for Engaging Elementary School Age Children in Deep Structure Comprehension*. portland: Lewis & Clark College, ProQuest Dissertations Publishing, 2013.

活,但相反增强了它。"① 数字化阅读的发展已成为不争的事实,我们不能因为不能完全把握它而回避它,只有不断尝试、接触、摸索,才能逐渐全面认识并掌控它。

数字化文学教育需要多样的文本选择及设备支持。在数字化教学中,师生可以通过多种数字阅读器获得庞大的阅读资源,丰富阅读;网络是重要的教学平台,能打破阅读教学的时空限制,师生可以使用电子邮件等工具进行阅读分享。当前,已有一些教师依靠电脑与学生在课堂内外进行交流,也有一些教师使用合适的软件、社交媒体和电子邮件提供教学与定期的反馈,这些都是建设性的尝试。

在数字化的文学阅读中,学生需要用多样化的文本架构自己的阅读经验,他们需要针对不同的目的去对多媒体呈现的文本进行选择与使用,并在阅读过程和策略等方面获得相应的指导。学生不会自动成为数字化阅读的熟练掌握者,教师是教学效果的关键变量,良好的教学是促进阅读能力发展和预防阅读理解出现问题的最有力的手段。教师需要思考如何教导学生进行有效的网络阅读,如何帮助学生与数字文本互动并从中学习。阅读教学中的阅读理解是一个复杂的过程,教师应进行涉及个性化的读者、流动而复杂的文本、有目的的活动之间相互关系的教学实践,以提高学生的数字化阅读能力。对于学生来说,阅读成果的交流和发表是激发和保持文学阅读兴趣的好方法,而新的技术手段可以拓宽学生阅读结果的呈现和分享的途径,学生可以通过读后感、阅读报告、提要、论文、视频、幻灯片、电子邮件等多种途径展示、分享阅读成果;同时,阅读教学的评价方式也应随之多样化,让新技术手段支持阅读教学评价的过程化、立体化。

---

① Ong W. *Orality and Literacy*: *The Technologizing of the Word*. London: Methuen and Co. Ltd, 1982, pp. 136.

结　语

　　新文化运动时期的文学教育思想是文学、教育、社会转型的产物，是在中外思想交融的历史环境中对文学教育问题进行理性分析和深入比较而形成的。尽管教育家、文学家对文学教育的认识有所不同，但是实质上有异曲同工之妙。这一时期的文学教育以文学"立人"为目的，通过自动读赏的方法，对民众（尤其是儿童、少年、青年）进行以国语的文学、人的文学、儿童的文学为主要内容的文学教育。

　　文学"立人"的教育思想从萌发到成为一个较为完整的思想体系，受惠于西方教育理念的洗礼和新文化运动健将的不断探索，陈独秀、鲁迅、蔡元培、胡适、周作人、叶圣陶等杰出的教育家、思想家站在时代的前沿，在对"复古读经"等封建思想遗毒的深刻批判和对人的人格培养的深入剖析基础上不断探索，在文学教育方面探索出许多新的理论和实践路径，其中的思想智慧熠熠生辉。

　　但是，这一时期政权更迭频繁、复古逆流时现，新文化运动先驱的文学观念及教育思想在政治、经济等因素的制约下没能在教育实践中被彻底地执行。尽管如此，他们还是最大限度地发挥了自己的能动作用，促进国语的文学成为中小学的教育内容，推动儿童文学成为儿童文学教育的主要凭借，通过推广"人的文学"塑造了具有自由个性、健全人格的一代新青年。

　　百年后的今天，我们的社会文化繁荣、思想开放，在审美和情感教育方面独具优势的文学教育也深受重视。但是如今正在迈向信息化时代，随着网络和多媒体的发展，包括文学本身在内的文学教育的内容、方法等都在发生改变，文学教育需要与新的时代相适应，做出新的调整。同时，人的审美和情感的教育千头万绪，文学、文化传播中有些问题还很棘手，年轻一代的自我意识和社会角色意识也有待提高，在这种情况下，新文化运动时期的教育家所积累的文学教育的思想财富，则更凸显出其宝贵的价值。

　　由于时间和研究能力有限，本书在研究的范围和深度方面都有待改进。对民国时期新文学的阅读和接受、具体的文学家和教育家的文学教育思想等问题，将在以后的学习和研究中继续关注。

参考文献

1. **史料**

[1] 北京大学、北京师范大学、北京师范学院中文系、中国现代文学教研室主编：《文学运动史料选》，上海：上海教育出版社1979年版。

[2] 北京图书馆、人民教育出版社图书馆合编：《民国时期总书目（1911—1949）——中小学教材》，北京：书目文献出版社1995年版。

[3] 陈学恂主编：《中国近代教育大事记（1840—1919）》，上海：上海教育出版社1981年版。

[4] 李桂林主编：《中国现代教育史教学参考资料》，北京：人民教育出版社1987年版。

[5] 李桂林、戚明琇、钱曼倩编：《中国近代教育史资料汇编·普通教育》，上海：上海教育出版社1995年版。

[6] 顾黄初主编：《中国现代语文教育百年事典》，上海：上海教育出版社2001年版。

[7] 课程教材研究所编：《20世纪中国中小学课程标准·教学大纲汇编》（语文卷），人民教育出版社2001年版。

[8] 彭明主编：《中国现代史资料选辑》（1—2册），北京：中国人民大学出版社1987，1988年版。

[9] 璩鑫圭、唐良炎编：《中国近代教育史资料汇编·学制演变》，上海：上海教育出版社2007年版。

[10] 璩鑫圭、童富勇编：《中国近代教育史资料汇编·教育思想》，上海：上海教育出版社2007年版。

[11] 舒新城编：《中国近代教育史资料》，北京：人民教育出版社1961年版。

[12] 汤志钧、陈祖恩、汤仁泽编：《中国近代教育史资料汇编·戊戌时期教育》，上海：上海教育出版社2007年版。

［13］中央教育科学研究所编：《中国现代教育大事记（1919—1949）》，北京：教育科学出版社 1988 年版。

［14］中国第二历史档案馆编：《中华民国史档案资料汇编》（第 3 辑），南京：凤凰出版社 1991 年版。

［15］朱有瓛主编：《中国近代学制史料》（第 1 辑），上海：华东师范大学出版社 1983 年版。

［16］［日］多贺秋五郎：《近代中国教育史资料》（清末编），台北：文海出版社 1978 年版。

［17］高平叔编：《蔡元培教育论著选》，北京：人民教育出版社 1991 年版。

［18］任建树、张统模、吴信忠编：《陈独秀著作选》，上海：上海人民出版社 1993 年版。

［19］欧阳哲主编：《胡适文集》，北京：北京大学出版社 1998 年版。

［20］鲁迅：《鲁迅全集》，北京：人民文学出版社 2005 年版。

［21］张品兴主编：《梁启超全集》，北京：北京出版社 1999 年版。

［22］吕达、刘立德主编：《舒新城教育论著选》，北京：人民教育出版社 2004 年版。

［23］刘国正主编：《叶圣陶教育文集》，北京：人民教育出版社 1994 年版。

［24］中央教育科学研究所编：《叶圣陶语文教育论集》，北京：教育科学出版社 1980 年版。

［25］朱乔森编：《朱自清全集》，南京：江苏教育出版社 1996 年版。

2. 著作

［1］曹明海：《文学解读学导论》，北京：人民文学出版社 1997 年版。

［2］曹明海：《语文教学本体论》，济南：山东人民出版社 2007 年版。

［3］曹明海、潘庆玉编著：《语文教育思想论》，青岛：中国海洋出版社 2002 年版。

［4］蔡世明：《近百年来我国中学国文教学的发展》，台北：文史哲出版社 2003 年版。

［5］陈平原：《触摸历史与进入五四》，北京：北京大学出版社 2005 年版。

［6］陈学恂、田正平主编：《中国教育史研究》（近代分卷），上海：华东师范大学出版社 2009 年版。

［7］陈必祥主编：《中国现代语文教育发展史》，昆明：云南教育出版社 1987 年版。

[8] 陈黎明、林化君：《二十世纪中国语文教学》，青岛：青岛海洋大学出版社 2002 年版。

[9] 陈雪虎：《传统文学教育的现代启示》，广州：广东教育出版社 2006 年版。

[10] 董宝良、周洪宇主编：《中国近现代教育思潮与流派》，北京：人民教育出版社 1996 年版。

[11] 董宝良、陈桂生、熊贤君主编：《中国教育通史·中华民国卷》（中），北京：北京师范大学出版社 2003 年版。

[12] 杜维明：《现代精神与儒家传统》，北京：生活·读书·新知三联书店 1997 年版。

[13] 方克立：《现代新儒学与中国现代化》，天津：天津人民出版社 1997 年版。

[14] 顾黄初：《现代语文教育史札记》，南京：南京出版社 1991 年版。

[15] 顾黄初：《语文教育论稿》，北京：人民教育出版社 1995 年版。

[16] 韩立群：《中国语文革命：现代语文观及其实践》，北京：中央编译出版社 2003 年版。

[17] 黄书光：《中国基础教育改革的文化使命》，北京：教育科学出版社 2001 年版。

[18] 李杏保、方有林、徐林祥主编：《国文国语教育论典》，北京：语文出版社 2014 年版。

[19] 李杏保、顾黄初：《中国现代语文教育史》，成都：四川教育出版社 1997 年版。

[20] 李泽厚：《中国近代思想史论》，北京：生活·读书·新知三联书店 2010 年版。

[21] 李宗刚：《新式教育与五四文学的发生》，济南：齐鲁书社 2006 年版。

[22] 李宗刚：《民国教育体制与中国现代文学》，北京：中国社会科学出版社 2021 年版。

[23] 李华兴主编：《民国教育史》，上海：上海教育出版社 1997 年版。

[24] 李方：《现代教育研究方法》，广州：广东高等教育出版社 2004 年版。

[25] 李志、潘丽霞主编：《社会科学研究方法导论》，重庆：重庆大学出版社 2012 年版。

[26] 栗洪武：《西学东渐与中国近代教育思潮》，北京：高等教育出版社 2002 年版。

[27] 刘麟生：《中国文学史》，上海：上海世界书局1932年版。

[28] 刘经庵：《中国纯文学史纲》，上海：东方出版社1996年版。

[29] 刘溶：《略谈中学文学教学问题》，武汉：湖北人民出版社1955年版。

[30] 刘进才：《语言运动与中国现代文学》，北京：中华书局2007年版。

[31] 罗大同：《初中文学教学讲话》，武汉：湖北人民出版社1958年版。

[32] 吕达：《中国近代课程史论》，北京：人民教育出版社1994年版。

[33] 毛礼锐、沈灌群主编：《中国教育通史》（第5卷），济南：山东教育出版社1995年版。

[34] 潘庆玉：《语文教育哲学导论》，北京：教育科学出版社2009年版。

[35] 钱穆：《中国历史研究法》，北京：生活·读书·新知三联书店2001年版。

[36] 钱基博：《现代中国文学史》，上海：世界书局1933年版。

[37] 饶杰腾：《近现代中学语文教育的发展》，广州：广东教育出版社2008年版。

[38] 孙培青、李国钧主编：《中国教育思想史》，上海：华东师范大学出版社1995年版。

[39] 孙培青主编：《中国教育史》，上海：华东师范大学出版社2008年版。

[40] 田正平主编：《中国教育通史·中华民国卷》（上），北京：北京师范大学出版社2003年版。

[41] 田正平主编：《中国教育思想通史》（第6卷），长沙：湖南教育出版社1994年版。

[42] 王松泉、王柏勋、王静义主编：《中国语文教育史简编》，北京：社会科学文献出版社2002年版。

[43] 王富仁：《语文教学与文学》，广州：广东教育出版社2006年版。

[44] 魏崇新、王同坤：《20世纪中国文学史观》，北京：西苑出版社2000年版。

[45] 杨东平：《艰难的日出：中国现代教育的20世纪》，上海：文汇出版社2003年版。

[46] 于述胜主编：《中国教育通史·中华民国卷》（下），北京：北京师范大学出版社2003年版。

[47] 武玉鹏、韩雪屏等：《语文课程教学问题史论》，北京：中国社会科学出版社2013年版。

[48] 武玉鹏、秦凤珍等编著：《中国现代语文教育思想研究》（第2辑），

北京：中国文史出版社 2006 年版。

[49] 张隆华主编：《中国语文教育史纲》，长沙：湖南师范大学出版社 1991 年版。

[50] 张心科：《清末民国儿童文学教育发展史论》，北京：北京师范大学出版社 2011 年版。

[51] 张心科：《清末民国中学文学教育研究》，北京：高等教育出版社 2018 年版。

[52] 赵志伟：《现代语文教育发展》，上海：华东师范大学出版社 2012 年版。

[53] 朱光潜：《文艺心理学》，上海：复旦大学出版社 2005 年版。

[54] 庄俞：《最近三十五年之中国教育》，上海：商务印书馆 1931 年版。

[55] 郑国民：《从文言文教学到白话文教学——我国近现代语文教育的变革历程》，北京：北京师范大学出版社 2000 年版。

[56] 郑国民：《当代语文论争》，广州：广东教育出版社 2006 年版。

[57] 周庆元：《语文教育研究概论》，长沙：湖南人民出版社 2005 年版。

[58] [波] 英加登：《对文学的艺术作品的认识》，陈燕谷译，北京：中国文联出版公司 1988 年版。

[59] [德] 马克斯·韦伯：《社会科学方法论》，韩水法、莫茜译，北京：商务印书馆 2013 年版。

[60] [德] 雅斯贝尔斯：《什么是教育》，邹进译，北京：生活·读书·新知三联书店 1991 年版。

[61] [德] 恩斯特·卡西尔：《人论》，甘阳译，上海：上海译文出版社 2004 年版。

[62] [德] 马丁·海德格尔：《什么叫思想》，孙周兴译，北京：商务印书馆 2017 年版。

[63] [美] 约翰·杜威：《民主主义与教育》，王承绪译，北京：人民教育出版社 2001 年版。

[64] [美] A. 班杜拉：《思想和行动的社会基础：社会认知论》，林颖等译，上海：华东师范大学出版社 2001 年版。

[65] [美] 费正清编：《剑桥中华民国史（1912—1949 年）》（上卷），杨品泉等译，北京：中国社会科学出版社 1994 年版。

[66] [美] 费正清、费维恺编：《剑桥中华民国史（1912—1949 年）》（下卷），刘敬坤等译，北京：中国社会科学出版社 1994 年版。

[67] [美]周策纵：《五四运动：现代中国的思想革命》，周子平等译，南京：江苏人民出版社1996年版。

[68] [英]安东尼·塞尔登、奥拉迪梅吉·阿比多耶：《第四次教育革命》，吕晓志译，北京：机械工业出版社2019年版。

3. 论文

[1] 蔡可：《"五四"之后中学文学教育的形态发展》，载《教育理论与实践》，2011年第2期，第46~48页。

[2] 曹明海：《我国语文教育观的历史考察与分析——兼论历代语文教材的编写理念》，载《山东师范大学学报》（人文社会科学版），2016年第5期，第1~8页。

[3] 曹明海：《语文教育目标和任务的探讨》，载《课程·教材·教法》，2014年第10期，第77~83页。

[4] 陈平原：《知识、技能与情怀（上）——新文化运动时期北大国文系的文学教育》，载《北京大学学报》（哲学社会科学版），2009年第6期，第97~118页。

[5] 陈思和：《文学教育窥探两题》，载《天津师范大学学报》（社会科学版），2007年第2期，第38~42页。

[6] 陈雪琴：《五四运动对传统文化创造性转化探析》，载《福建师范大学学报》（哲学社会科学版），2020年第6期，第160~166页。

[7] 崔明海：《近代文言教育边缘化的开端：白话文如何进入国民学校》，载《学术探索》，2010年第2期，第38~42页。

[8] 费孝通：《关于"文化自觉"的一些自白》，载《学术研究》，2003年第7期，第5~9页。

[9] 高玉：《语言运动与思想革命——五四新文学的理论与现实》，载《文学评论》，2002年第5期，第146~156页。

[10] 耿红卫：《民国语文教学方法的嬗变与特征》，载《教育评论》，2013年第4期，第132~134页。

[11] 耿红卫、刘歆：《民国时期国文精读教学思想的发展》，载《教育评论》，2014年第9期，第147~149页。

[12] 黄耀红：《"语""文"之争与中小学文学教育的关系突围》，载《课程·教材·教法》，2013年第5期，第95~101页。

[13] 季中扬：《文学经典危机与文学教育》，载《江西社会科学》，2007年

第 8 期，第 213~217 页。

[14] 江明：《民国时期中小学语文教材简析》，载《全球教育展望》，2007 年第 8 期，第 76~78 页。

[15] 李宗刚：《新式教育下的公共领域与五四文学的发生》，载《山东社会科学》，2006 年第 2 期，第 115~119 页。

[16] 李宗刚：《从"国语的文学"到"文学的国语"——以谭正璧编写的〈由国语到国文〉为例》，载《福建师范大学学报》（哲学社会科学版），2020 年第 6 期，第 115~123、166、171~172 页。

[17] 李宗刚：《现代社会的主体性确立与传统社会的关系裂变——以鲁迅、周作人周氏兄弟失和作为考察对象》，载《西南大学学报》（社会科学版），2020 年第 5 期，第 130~140、194 页。

[18] 李怡：《"五四"与现代文学"民国机制"的形成》，载《郑州大学学报》（哲学社会科学版），2009 年第 4 期，第 55~57 页。

[19] 李怡：《论"学衡派"与五四新文学运动》，载《中国社会科学》，1998 年第 6 期，第 150~164 页。

[20] 李斌：《论 1930 年代〈中学生〉杂志倡导的白话文观念》，载《中国文学研究》，2009 年第 3 期，第 34~37 页。

[21] 刘国正：《似曾相识燕归来——中学文学教育的风雨历程》，载《课程·教材·教法》，2000 年第 6 期，第 54~58 页。

[22] 刘正伟，王荣辰：《夏丏尊与现代语文教学理论的建构》，载《课程·教材·教法》，2019 年第 1 期，第 137~143 页。

[23] 雷实：《民国国语国文教科书研究》，载《教育研究与实验》，2013 年第 6 期，38~49 页。

[24] 罗成琰、阎真：《儒家文化与二十世纪中国文学》，载《文学评论》，2000 年第 1 期，第 62~72 页。

[25] 罗志田：《走向"政治解决"的"中国文艺复兴"——五四前后思想文化运动与政治运动的关系》，载《近代史研究》，1996 年第 4 期，第 120~152 页。

[26] 倪邦文：《五四精神与青年发展》，载《中国青年政治学院学报》，2009 年第 3 期，第 1~7 页。

[27] 潘庆玉：《试论文学作品教学召唤结构的三重"隐喻"》，载《课程·教材·教法》，2017 年第 8 期，第 46~51 页。

[28] 潘庆玉：《语文教育研究的语言哲学路向》，载《山东师范大学学报》

（人文社会科学版），2009年第4期，第52~56页。

[29] 潘纯琳：《"儿童"的发现与发明：作为文化概念的"儿童"对中国现代文学的全面形塑》，载《探索与批评》，2020年第2期，第84~105页。

[30] 钱理群：《五四新文化运动与中小学国文教育改革》，载《中国现代文学研究丛刊》，2003年第3期，第37~62页。

[31] 饶杰腾：《"定位"与"到位"——20世纪前期语文教育家论文学教育述评》，载《中学语文教与学》，2001年第8期，第3~6页。

[32] 沈卫威：《民国文学教育中的大历史与小细节》，载《文艺研究》，2012年第5期。

[33] 宋剑华：《重识五四新文学个性解放的启蒙价值观》，载《广州大学学报》（社会科学版），2019年第4期，第98~106页。

[34] 童庆炳：《语文教学与审美教育》，载《北京师范大学学报》，1993年第5期，第96~101页。

[35] 万军杰、乐三：《大历史观视域下五四运动、五四精神与新时代青年的使命担当》，载《社会科学动态》，2021年第1期，36~42页。

[36] 王奇生：《新文化是如何"运动"起来的——以〈新青年〉为视点》，载《近代史研究》，2007年第1期，第21~40、158页。

[37] 温儒敏：《语文教学中常见的五种偏向》，载《课程·教材·教法》，2011年第1期，第76~82、94页。

[38] 薛川东：《试论文学教育的含义与内容》，载《课程·教材·教法》，1999年第2期，第4~8页。

[39] 解娇：《略论新文化运动时期中国青年形象的重构——以"青春中华"和"少年中国"观念为例》，载《山西青年职业学院学报》，2020年第4期，第15~17、49页。

[40] 章清：《五四思想界：中心与边缘——〈新青年〉及新文化运动的阅读个案》，载《近代史研究》，2010年第3期，第54~72、2~3页。

[41] 张锡勤：《论中国近代的"国民性"改造》，载《哲学研究》，2007年第6期，第30~35页。

[42] 张向东：《白话教科书的编写与现代文学的发生》，载《甘肃社会科学》，2008年第1期，第126~129页。

[43] 张荣明：《近百年中国思想史研究探索与反思》，载《西北大学学报》（哲学社会科学版），2009年第3期，第20~28页。

[44] 郑国民：《陶行知的语文教育思想》，载《中学语文教学》，1995年第

4 期,第 1~3 页。

[45] 郑国民:《胡适对白话文教学的贡献》,载《教育研究》,1999 年第 5 期,第 65~67 页。

[46] 庄文中:《论中学语文学科中的文学教育》,载《课程·教材·教法》,1999 年第 11 期,第 22~25 页。

[47] 朱维铮:《何谓"人文精神"?》,载《探索与争鸣》,1994 年第 10 期,第 30~32 页。

[48] 周纪焕:《论鲁迅的文学教育思想》,载《重庆师范大学学报》(哲学社会科学版),2011 年第 6 期,第 116~121 页。

4. 博士学位论文

[1] 王林:《论现代文学与晚清民国语文教育的互动关系》,北京师范大学博士论文,2004 年。

[2] 蔡可:《现代中学语文课程与文学教育的演变》,北京大学学位论文,2005 年。

[3] 张伟忠:《现代中国文学话语变迁与中学语文教育》,山东师范大学学位论文,2005 年。

[4] 范远波:《民国小学语文教材研究》,华东师范大学学位论文,2007 年。

[5] 黄耀红:《演变与反思:百年中小学文学教育研究》,湖南师范大学学位论文,2008 年。

[6] 秦春:《中国文学教育历史轨迹及价值反思》,苏州大学学位论文,2009 年。

[7] 张心科:《清末民国儿童文学教育发展研究》,北京师范大学学位论文,2010 年。

[8] 欧阳芬:《叶圣陶:在文学与教育之间》,苏州大学学位论文,2010 年。

[9] 李斌:《民国时期中学国文教科书研究》,北京大学学位论文,2011 年。

[10] 刘绪才:《1920—1937:中学国文教育中的新文学》,南开大学学位论文,2013 年。

[11] 孙华泽:《晚清民初"现代文学教育"的发生》,东北师范大学学位论文,2014 年。

[12] 郑园园:《观念、知识与课程:新文学运动与新文学教育的建构》,浙江大学学位论文,2016 年。

5. 外文文献

[1] Andrew Goodwyn. "The Status of Literature: English teaching and the condition of literature teaching in schools". *English in Education*, Vol. 46, No. 3, 2012, pp. 212-227.

[2] Davies and Gloria. *Lu Xun's Revolution: Writing in a Time of Violence.* Cambridge: Harvard Univesity Press, 2013.

[3] Marianne Bastid. *Educational Reform in Early Twentieth-Century China.* East Lansing: Center for Chinese Studies, The University of Michigan, 1988.

[4] Meiyao Wu. "The reception of foreign educational thought by modern China (1909 - 1948): an analysis in terms of Luhmannian selection and self-reference". *Paedagogica Historica*, Vol. 45, No. 3, 2009, pp. 309-328.

[5] Thomas D. Curran. *Educational Reform in Republican China: The Failure of Educators to Create a Modern Nation.* New York: The Edwin Mellen Press, 2005.

[6] Xu Xu. "Translation, Hybridization, and Modernization: John Dewey and Children's Literature in Early Twentieth Century China", *Children's Literature in Education*, Vol. 44, No. 3, 2013, pp. 222-237.

后 记

  作为一名教师,我曾想:在教学之余,如果能在退休之前写出一篇自己引以为豪的文章,出版一部自己满意的著作,那自己的教师生涯也就了无遗憾了。但是对于我来说,这只是个愿望,希望它能有实现的一天。当前,要出版的这本书,我写了五六年。在写作过程中,我收获了很多,尤其是在阅读民国时期教育家著述的过程中,教育家的学术思想、探索和革命的精神给予了我丰厚的知识和力量。虽然我竭力让自己的文字能呈现出教育家的教育思想,但是,由于能力有限,我所写的内容和应该有的内容之间还隔着一道鸿沟,望各位读者多多批评、指导,希望自己在日后还能有接近理想写作状态的机会。

  新书要出版,这总归是一件令人高兴的事。但对于这本书的出版,在高兴之余,我还是会有些遗憾。不管自己愿不愿意承认,这曾是我以为的"博士学位论文"。我曾用了好几年的时间,攻读博士学位,因为到了毕业的年限而发表的文章尚差一篇C刊,无法达到学校规定的答辩审核的条件,于是我的博士生涯也就不了了之了。这次读博的惨败经历,对我来说是一个深刻的教训,每每有人问我博士研究生毕业与否,我都感觉无颜以对。渐渐地,我接受了这个事实,把它看成了一个正视自己的机会、一段人生路上的插曲。希望求学过程中的所学终究不会白费,我会继续向前求索。只是这篇论文成了"鸡肋",食之无味、弃之可惜。现在把它作为专著出版,也算是了却了自己的一桩心事,和自己达成一个和解,不再为难自己,也不再为此而苦恼。

  选这个课题的时候,我对民国历史或现代文学的研究了解不多,加上自己学术历练不足、历史观念浅薄,开始写论文的时候并不明白研究它的意义所在。后来听到一首歌曲叫《向天再借五百年》,就想到如果有人真的能活五百年,那就是从明朝末期活到现在,如果真有人从那个年代走来,会不会在思考当前的事情的时候有一种俯瞰世界的感觉?向天再借五百年是不可能了,但是通过阅读文献回到过去"看看"倒是有可能的。这样想来,突然觉得这样的研究很有意义了。

  写这篇论文的时候,自己深感学术积累浅薄,但是在资料搜集和整理方面还是下了不少功夫的。至少从书架上堆满的书籍、资料来看,我是很想把这本著作写好的。写这本著作的过程,自己感觉就像是要建造了一个大花园。花园里的每一个造景和每一条小径都要从一砖一瓦的积累开始,但这是一个混乱的过程。拿铺小径来说,想要一条由各色石块铺设而成的路,建造它需要水泥、沙子和成千上万块小石块。就写作来说,需要先到历史文献中去找这些"石块",把能找到的、看起来可能有用的都收集起来,石块越堆越多,等到有一天自己觉得可以开工铺路的时候再开始铺设。这些材料在经过细致地整理和设计之后,选择那些有用的,抛弃那些没用的,铺出来的小径应该是清晰、舒展的。但是,在这个过程中每一次打开文档看到的都是一堆堆杂乱无章的"建筑材料",这很令人疲惫和苦恼。

现在著作算是完成了,虽然没什么"功劳",但是也有点"苦劳"吧。虽然只结出一个涩涩的果子,但是敝帚自珍。毕竟这是我用了几年的时间用心培育才结出来的果。在这个过程中得到的帮助和收获,对我来说,都是弥足珍贵的财富。

第一,要感谢我的导师曹明海教授。我的学术功底差,承蒙曹教授不弃,收我为徒。曹教授帮助我一点点加深对文学教育思想的理解,一点点增强学术研究的能力。他常常教导我说:"写文章需要有真感情的投入,要与研究的内容产生思维的碰撞,这样才能产生灵感的火花。"曹教授的教导是非常精到的,只可惜我与自身的研究内容产生的思维碰撞不多,一直没能在这个选题方向写出什么像样的文章,很遗憾地错失了毕业机会,也给曹教授添了麻烦,真是非常惭愧。

第二,要感谢武玉鹏教授。武教授是我读硕士研究生时候的导师,读书期间武教授待我就像对自己的孩子一样,毕业之后,武教授依然是像对自己的孩子一样关照着我。在梳理写作提纲的时候,我一直苦于理不清头绪,武教授帮我查资料,给我指点迷津。真心地感谢武教授给予我的无私的关怀和帮助!

第三,要感谢李宗刚教授。虽然我不是李教授的亲学生,但是他深厚宽阔的学养、严谨治学的态度、勤奋拼搏的精神都令我由衷佩服,感谢他在如何治学、如何写作等方面给我提出的宝贵建议。

第四,要感谢我工作的学校滨州学院,没有因为我未拿到博士学位而嫌弃我;感谢我的同事和家人一直以来的支持、帮助和鼓励,他们的信任和期待给了我奋斗的动力。

第五,要感谢自己,感谢自己能被优秀的人抬爱、被命运眷顾、被亲人关爱,感谢自己虽平凡但努力发光。

2022 年 10 月 28 日于学苑花园